DRAGONFLY

Angie Sage

Maximilian Flügelschlag

Aus dem Englischen von
Katrin Segerer und Hanna Christine Fliedner

DRAGONFLY

Dieses Buch wurde auf FSC-zertifiziertem Papier gedruckt.

1. Auflage 2020
Deutsche Erstausgabe

Originaltitel: Maximillian Fly
Erschienen bei Katherine Tegen Books,
an imprint of HarperCollins *Publishers*, US
Published by arrangement with
HarperCollins *Publishers* L.L.C., New York
Aus dem Englischen von Katrin Segerer und Hanna Christine Fliedner
Umschlaggestaltung & Illustration: Nina Dulleck
Satz: GGP Media GmbH, Pößneck
Printed in Germany
ISBN: 978-3-7488-0028-6

www.dragonfly-verlag.de
Facebook: facebook.de/dragonflyverlag
Instagram: @dragonflyverlag

Für L. V. mit Liebe

Inhalt

Kapitel 1

MAXIMILIAN FLÜGELSCHLAG

M

Guten Tag, Maximilian Flügelschlag mein Name. Ich bin ein gutes Wesen. Auch wenn manche behaupten, ich sei schlecht.

Doch ich sehe schon, du glaubst mir nicht. Mein Panzer und mein breiter, flacher Kopf gefallen dir nicht, und selbst meine wunderschönen indigofarben schimmernden Flügel können dich nicht von meiner Güte überzeugen. Mir ist bewusst, dass Menschen wie du mich Schabe nennen – obgleich auch ich ein Mensch bin. Auch ich war einst ein weicher, flügelloser Säugling wie du. Trotzdem würdest du mich ohne zu zögern zertreten, wäre ich nur klein genug. Ha! Zum Glück bin ich viel größer als du und, wie man mir erzählt hat, recht Furcht einflößend. Denken wir also nicht weiter über zertretende Schuhe und zermalmte Panzer nach. Davon bekomme ich Mandibelzucken.

Ich nehme alles wahr. Auch den Ekel, der über dein Gesicht huscht, wenn du dir vorstellst, wie ich aussehe. Das schmerzt mich, denn ich bin ein sensibles Geschöpf. Ich möchte dir beweisen, dass ich gut bin, so wie du – oder so wie du zu sein glaubst. Ach, aber ich bin auch ein vergessliches Geschöpf! Ich habe vergessen, dass du mich gar nicht sehen kannst. Nun, dann male ich dir eben mit Worten ein Bild.

Gerade fliege ich schnell und tief über die Dächer unserer Stadt, eines düsteren Ortes namens Trost. Der Nebel kommt heute Abend später, bisher liegt nur ein feiner Dunstschleier in der Luft. Unter mir ziehen die unbeleuchteten Straßenschluchten vorbei, die wuchernden Pflanzen auf den Dächern, die wie Schildkrötenpanzer glänzen. Ich halte Ausschau nach meinem eigenen lieben Dach. Ah, da ist es ja: das schmale ganz am Ende der Reihe, mit den Gauben wie kleine Käferaugen, den steinernen Mäuerchen vorne und hinten und dem Schornstein aus hellen Ziegeln, der so hoch aufragt wie ein Leuchtturm. Ich mag mein Dach. Den orangefarbenen Astroanzug hingegen, der letzte Woche vom Himmel gefallen ist, mag ich ganz und gar nicht. Inzwischen ist er bis zum vorderen Mäuerchen hinuntergerollt und ruht nun in der breiten Regenrinne davor wie ein verschrumpelter Luftballon. Ach, Astros sind schrecklich …

Aber sieh nur! Dort unten ist etwas, das uns von solch trübseligen Gedanken ablenken kann: eine Verfolgungsjagd. Zwei Silberlinge hasten durch die dunklen Straßen. Sie gehören zur Crew des berüchtigten Silberschiffs, mit dem jedes Jahr eine Gruppe von Kindern aus der Stadt gebracht wird. Keines kehrt je zurück. Drei Vollstrecker sind ihnen auf den Fersen, in ihren glänzenden Carbo-Tex-Rüstungen wirken sie aalglatt und gefährlich. Die Silberlinge rennen, so schnell sie können, springen über Sträucher und ducken sich unter Ästen hindurch. Der Größere der beiden zieht den Kleineren an der Hand mit sich. Diese Angelegenheit betrifft mich zwar im Grunde nicht, doch vermutlich hast du das Gefühl, sie beträfe *dich*, schließlich handelt es sich um junge Flügellose, deine Artgenossen. Darum will ich deine Neugier befriedigen und dir gleichzeitig beweisen, dass ich wirklich gut bin. So haben wir beide etwas davon.

Um deinetwillen, mein blinder Passagier, werde ich also beschreiben, was sich vor meinen Augen abspielt. Der kleine Silberling hat angehalten. Er hüpft auf einem Bein und stößt ein schrilles Wimmern aus. Das erscheint mir bei einer Flucht wenig hilfreich. Nun hievt sich der große Silberling den kleinen auf den Rücken und spurtet weiter wie ein seltsamer, zweiköpfiger Mutant. Er ist erstaunlich schnell – aber schnell genug?

Ich fürchte nicht. Die Vollstrecker sind älter und fitter, und sie holen auf. Es handelt sich um den üblichen Dreiertrupp, ausgerüstet mit Taschenlampe, Netz und Rammbock. Du fragst dich vielleicht, warum sie die Flüchtenden nicht einfach niederschießen, aber Vollstrecker tragen keine Schusswaffen. Sie müssen ihre Beute lebend zurückbringen – und nicht allzu übel zugerichtet.

Oh, mir kommt eine Idee. Was würdest du davon halten, wenn ich den Ausreißern meine Hilfe anböte? Das wäre allerdings nicht ganz ungefährlich für mich – junge Flügellose bedeuten in der Regel Ärger für uns Menschen, die man Schaben nennt. Lass uns eine Abmachung treffen. Ich, Maximilian Flügelschlag, werde den beiden Zuflucht gewähren. Die finden sie hier sicher nirgendwo anders. Und ich gehe sogar noch einen Schritt weiter: Ich werde den Silberlingen helfen, diesem abscheulichen Silberschiff zu entkommen, mit dem sie Trost sonst bald für immer den Rücken kehren müssten.

Aber nur, wenn sie schlau genug sind, mich zu entdecken.

Ich lande so behutsam auf meinem Dachfirst, dass nicht einmal die Ratte ein Stück weiter sich rührt. Sorgfältig falte ich die Flügel ein, schiebe mir das Nachtsichtgerät auf die Stirn und erwidere den Blick des unverschämten Nagers, bis er wegschaut. Unter keinen Umständen sollte man eine Ratte im Wettstarren gewinnen lassen.

Ungefähr in der Mitte des Dachs befindet sich mein Fenster, das ich offen gelassen habe, und mich überfällt der Drang, einfach in die kühle Stille meines Zuhauses abzutauchen. Doch ich habe unsere Abmachung nicht vergessen. Darum will ich nachsehen, wie weit die jungen Flügellosen inzwischen gekommen sind.

Obwohl die Ratte das Wettstarren verloren hat, wirkt sie amüsiert, als ich die rutschigen Ziegel hinunterschlittere und in die Regenrinne vor dem rückwärtigen Mäuerchen kullere. Wie entwürdigend! Vorsichtig rappele ich mich auf und luge über die Brüstung nach unten. Die Flügellosen schlagen sich gar nicht schlecht. Eben biegen sie in die Düstergasse ein, über die man an der Seite meines Hauses vorbei zu den Gärten gelangt. Allmählich wird es interessant, nicht wahr? Ich setze die Nachtsichtbrille wieder auf und spähe in die Dunkelheit. Jetzt ähneln meine Augen denen der Nachtschaben, diesen verachtenswerten Kreaturen, die uns Schaben in Verruf bringen. Nun gut, alles hat seine Vor- und Nachteile.

Lass mich dir berichten, was weiter geschieht: Der große Silberling hat einen langen Zopf, also handelt es sich wohl um ein Mädchen. Der kleine auf ihrem Rücken hat kurze Haare, deshalb kann ich sein Geschlecht nicht bestimmen. Sie stellen sich tatsächlich recht schlau an. Soeben hat das Mädchen bemerkt, dass mein Gartentor unverschlossen ist. Wie aufregend! Sie schlüpft hindurch und ist sogar so gewieft, es sorgsam hinter sich zuzuziehen. Nun befinden sich die beiden in meinem Garten, laufen über den Pfad in Richtung Haus. Doch als die Große die Stufen zur tief liegenden Terrasse vor meinem Keller betritt, stolpert sie. Ich fürchte, sie wird ihre Last nicht viel länger tragen können.

Jenseits meines schmalen Gartens ragen die heruntergekommenen Rückseiten der Nachbarhäuser auf. Ich suche die schmutzigen

Fenster nach Zeichen von Beobachtern ab, dem verräterischen Leuchten einer Kerze, einer Bewegung hinter dem Vorhang. Trost ist voll von Menschen, die nur zu gerne die Belohnung für zwei flüchtige Silberlinge einstreichen würden. Doch ich entdecke niemanden. Die dunklen Zimmer sind leer. Und wer kostbares Licht hat, verschwendet es nicht, um hinaus in die Nacht zu starren.

Da! Drei finstere Gestalten huschen durch die Düstergasse wie der Nachtnebel – die Vollstrecker lassen sich nicht abschütteln. Zum Glück eilen sie an meinem Gartentor vorbei. Das leise Trappeln ihrer Schleichschuhe hallt von den Backsteinmauern wider. Leider ist diese Nachricht nicht so erfreulich, wie man meinen könnte, denn das Sträßchen ist eine Sackgasse. Die Vollstrecker werden umdrehen und zurückkehren, diesmal methodischer suchen und dann … herrje. *Klick-klick.*

Auf der Treppe vor meinem Keller rutscht derweil der kleine Silberling vom Rücken des großen und hüpft linkisch auf und ab. Er hat sich wohl am Fuß verletzt. Warum trägt er auch keine Schuhe? Das ist sehr unvernünftig. Die Füße von Flügellosen sind weich und meiner Meinung nach für ihren Zweck völlig ungeeignet. Wachsam schaut das Mädchen sich um und hilft dem Verletzten die Stufen hinunter bis zur Kellertür, wo er zusammensinkt. Sie bedeutet ihm, leise zu sein – und das sollte er tunlichst beherzigen, denn die Lauschgeräte der Vollstrecker schlagen beim kleinsten Geräusch an. Ich beuge mich weiter vor, um zu sehen, was die Flügellosen als Nächstes tun.

Kapitel 2

KAITLIN DREW

K

Eine Nachtschabe beobachtet uns. Ich erkenne sie an dem grünlichen Schimmer ihrer Augen. Sie lauert in der Dunkelheit auf dem Dach. Aus Geschichten über Nachtschaben weiß ich, dass sie ihre Beute zunächst gründlich taxieren, um zu entscheiden, ob sie dich im Ganzen packen oder dir bloß den Kopf abreißen und sich damit zufriedengeben. Genau das tut sie gerade: *Sie taxiert uns.*

Dieser Ort hier ist gefährlich.

Ich klappe das Messer meines Multitools aus. Mein kleiner Bruder mustert mich misstrauisch. Jonno ist ein dünnes Kerlchen mit großen, runden Augen wie ein verschrecktes Kaninchen, und er schaut mich an, als wollte ich das Messer gegen ihn richten. Ich riskiere einen raschen Blick nach oben. Der grüne Schimmer über der Brüstung ist noch da.

Bisher bin ich erst ein einziges Mal einer Nachtschabe begegnet. Sie hat sich aus dem Nebel geschält wie ein gigantisches weißes Gespenst. Man soll stillhalten, wenn sie im Sturzflug auf einen zukommen. Stehen bleiben. Und im letzten Augenblick die Klinge zwischen das zweite und dritte Segment rammen. Denn dort sitzt das Herz. Aber Schaben sind riesig. Was passiert wohl, wenn so ein

Ding auf mich fällt und ihr Blut in Strömen über mich läuft und … *Stopp, Kaitlin, es reicht,* sage ich mir. *Genug jetzt.*

Ich muss uns so schnell wie möglich in dieses Haus bringen, aber ich weiß nicht, wie. Wir befinden uns auf einer Terrasse. Sie ist feucht und rutschig, und nach drinnen führen nur zwei vergitterte Fenster und eine rostige Sicherheitstür. Darüber ragt eine schmutzstarrende Klinkerfassade auf, vier weitere Stockwerke. Durch deren marode Fenster käme ich ohne Probleme, aber da hochzuklettern ist unmöglich. Ich muss es hier unten versuchen, das ist unsere einzige Chance. Trotz der Gitterstäbe. Die Tür ist bestimmt abgeschlossen. Niemand lässt nachts seine Tür auf.

»Bleib hier«, flüstere ich Jonno ins Ohr. »Und keinen Mucks! Du weißt doch noch, was ich dir gesagt habe, oder? Die bringen uns *um.*«

Jonno nickt, zu ängstlich, um zu sprechen – das hoffe ich zumindest. Ich lasse ihn in den Schatten zurück und schleiche zur Tür. Abgeschlossen. Klar. Ich klappe die Klinge ein und den Dietrich aus. Es funktioniert! Kaum habe ich das Schloss ein bisschen bearbeitet, macht es *klick*. Nur lässt die Tür sich trotzdem nicht bewegen. Auf der Innenseite müssen Riegel sein, und dagegen kann ich nichts ausrichten. Also gehe ich zum nächstgelegenen Fenster. Die Gitterstäbe stehen dicht beieinander, und nicht mal ich bin dünn genug, um dazwischen durchzupassen. Also, zumindest mein Kopf nicht. Wenn ich es allerdings schaffen würde, einen Stab zu entfernen – nur einen! –, könnten wir uns hineinzwängen. Ich versuche es mit dem Schraubenzieher des Multitools. Nichts zu machen. Die Scheiben sind vielleicht alt und gesprungen, aber das Gitter davor ist neu und fest in der Wand verankert.

Jonno wimmert. Ich erstarre. Was, wenn die Vollstrecker ihn hören? Das Trappeln ihrer Stiefel dringt durch die Stille. Mir läuft es eiskalt den Rücken hinunter. Sie sind uns auf der Spur, und sie werden uns finden. Vollstrecker geben niemals auf.

Ganz leise ziehe ich mich wieder zu Jonno in die dunkelste Ecke zurück. Als ich mich neben ihn auf den feuchten Steinboden setze, bemerke ich das Blut, das aus seiner Socke rinnt. Es hat schon eine kleine Pfütze gebildet. Ich habe ein schlechtes Gewissen. Jonnos Segelschuhe waren ihm viel zu groß. Damit er schneller rennen kann, habe ich ihn gezwungen, sie auszuziehen. Ich nehme ihn in den Arm, aber er reagiert nicht. Er hat sich ganz klein zusammengekauert und umklammert seinen Teddybären. *Wenn du dich bloß von deinem kostbaren Tedward hättest trennen lassen, wärst du jetzt nicht hier*, würde ich am liebsten sagen.

Das kann ich allerdings nicht, denn nun quietscht kaum vernehmlich ein Tor, und leise Schritte ertönen auf dem Gartenweg, langsam und zielstrebig. Die Vollstrecker beeilen sich nicht. Dafür gibt es auch keinen Grund. Sie wissen, dass sie uns kriegen. Vorsichtig spähe ich hoch zum Mäuerchen auf dem Dach. Die Nachtschabe ist weg. Immerhin etwas.

Plötzlich gleitet ein greller Lichtstrahl über die Hauswand. Die Vollstrecker müssen direkt über uns sein. In ein paar Sekunden steigen sie die Stufen herab und entdecken uns, egal, wie eng wir uns gegen die Wand drücken. Und ich weiß genau, was dann geschieht. Im Geiste gehe ich durch, was ich zu tun habe. Ich muss schnell sprechen, bevor sie uns knebeln, ihnen klarmachen, dass Jonno verletzt ist und sie ihn nicht ins Netz stecken dürfen, dass er nichts dafür kann, dass er gar nicht mitkommen wollte. Aber zuallererst muss ich irgendwie diesen dummen Bären loswerden. Ganz behutsam versuche ich, Jonno den Teddy zu entwinden, aber er verstärkt seinen Griff. Ich sehe ihn flehend an und sage lautlos: »Bitte, Jonno, bitte!« Stur schüttelt er den Kopf und umklammert Tedward nur noch fester. Jetzt bin ich richtig verzweifelt. Wenn sie Tedward finden, war alles umsonst. Alles. Ich will noch einen letzten Versuch starten, als ich ein Rascheln hinter der Kellertür höre, das Geräusch von Riegeln, die zurückgeschoben werden. Dann öffnet sich die Tür einen Spalt. Ich kann es kaum glauben. Jemand hilft uns! Der Spalt wird größer, gerade groß genug für Jonno und mich. Ich ziehe ihn auf die Beine, aber er sackt wieder zusammen, also hebe ich ihn hoch und stolpere durch die Tür. Sie fällt hinter uns ins Schloss.

Im Inneren ist es dunkel und riecht komisch. Meine Beine fühlen sich an wie Wackelpudding, und auf einmal kann ich Jonno nicht mehr halten. Kurz bevor er mir entgleitet, packt mich etwas am Arm. *Greifzangen!*

Kapitel 3

HINTERTÜRCHEN

M

Guten Tag, Maximilian Flügelschlag wieder hier. Ich habe etwas Törichtes getan. Ich habe dem Ärger Tür und Tor geöffnet. Mama hat recht. Ich bin ein Narr.

Ich schließe den Riegel und blicke auf das Knäuel zu meinen Füßen. Das Mädchen ist bereit zum Sprung, wie ein gefährliches Tier kauert es auf meinem Türvorleger. Der kleine Silberling – ein Junge, glaube ich – hat sich eingerollt wie eine Schnecke, die ihr Haus verloren hat.

Draußen schleichen Schritte auf meine Kellertür zu. Ich sage mir, dass Vollstrecker nichts weiter sind als widerliche Parasiten – denn so benehmen sie sich –, doch in Wahrheit habe ich große Angst. In ein paar Sekunden werden sie diese Tür aufbrechen, die jungen Flügellosen knebeln und in ihr Netz stecken. Und danach reißen sie mir vermutlich aus reinem Vergnügen alle drei Arme aus.

Ein ohrenbetäubender Schlag trifft meine gute alte Tür, aber sie bewegt sich keinen Millimeter. Es folgt der elektronische Stimmverzerrer, den alle Vollstrecker – ich meine, Parasiten – verwenden. Die Stimme ist kalt und unheimlich und spricht genau dieselben Worte wie damals, als das Haus der verrückten Katzenfrau gegenüber durchsucht wurde: »Aufmachen, im Namen des Wachturms! Dies ist ein Befehl. Eine Missachtung wird als Geständnis betrachtet, dass alle im Haus befindlichen Personen Verräter sind. Verräter werden eliminiert. Aufmachen, im Namen des Wachturms!«

Ich denke, ich werde lieber *nicht* aufmachen. Stattdessen trete ich auf das Mädchen zu, um ihr aufzuhelfen. Ihre Hand schießt vor, merkwürdig dünn, scharf und glänzend. Einen Moment lang bin ich verwirrt, dann begreife ich, dass sie ein Messer hält. Wie empörend! Nach allem, was ich riskiert habe, bedroht sie mich. Ich springe zurück, und ein weiterer Schlag geht auf die Tür nieder. Die Waffe des Mädchens zittert unsicher.

Draußen ertönt die elektronische Warnung von Neuem. Es wird noch eine dritte folgen, danach lassen sie den Rammbock sprechen. Herrje, das ist nicht gut, gar nicht gut. *Klick-klick*. Ich sollte fliehen, solange ich noch kann. Doch als ich die Silberlinge auf meinem Türvorleger betrachte, sehe ich die Furcht in ihren Augen – ihren dunkelgrauen Augen, die meinen recht ähnlich sind. Plötzlich fällt mir meine Nachtsichtbrille wieder ein. Aha! Vielleicht erinnere ich sie zu sehr an eine Nachtschabe. Rasch nehme ich die Brille ab, und genau in diesem Moment dringt der Strahl einer Taschenlampe durchs Fenster und zerteilt die Dunkelheit.

K

Im Lichtstrahl sehe ich, wie die Schabe sich *die Augen ausreißt*. Ich brauche einen Moment, bis mir klar wird, dass sie eine Brille aufhatte. Und dass sie mit diesem indigofarbenen Panzer definitiv keine Nachtschabe sein kann. Das ist beruhigend.

In der Mitte des flachen Kopfes sitzen ihre richtigen Augen. Sie sind auffallend menschlich und grau, genau wie meine. Beinahe ängstlich schaut die Schabe mich an. Sie ist beeindruckend groß und wirkt stark, aber gleichzeitig merkwürdig zierlich. Die elegant geschwungenen Flügel rahmen einen langen, segmentierten Oberkörper ein. Er läuft spitz zu und geht in sehnige Beine über, die in karierten Schabenleggings stecken. Die breiten, etwas platten Füße sind nackt und von harter Insektenhaut bedeckt. Oben hat die Schabe ein vollständiges Paar Arme, in der Mitte entdecke ich nur einen. Der andere fehlt. Nervös zwirbelt sie einen ihrer Fühler zwischen den Fingern der rechten oberen Hand. Der Fühler hat einen Knick, und die Finger – vier plus Daumen, genau wie bei uns – sind ebenfalls von Insektenhaut überzogen. Mehr kann ich nicht erkennen, denn der Strahl der Taschenlampe dreht ab, und wir stehen wieder im Dunkeln.

Plötzlich ruft draußen jemand: »Blut!«

Jetzt ist es aus. In Gedanken zähle ich die zehn Sekunden mit, die es dauert, Blut zu identifizieren. Und wie auf Kommando ertönt bei zehn: »Es gehört dem Jungen. Sie sind hier. Wir haben sie!« Und gleich danach ein Furcht einflößendes Wummern an der Tür.

In der darauffolgenden Stille höre ich eine Stimme dicht neben meinem Ohr. Eine Schabenstimme, dünn und leicht blechern, wie ein altes Radio. »Ich möchte euch helfen.« Die Schabe macht ein nervöses *Klick*-Geräusch. »Ihr müsst euch verstecken. Ich weiß einen sicheren Ort, kommt mit.«

Ich ziehe Jonno auf die Beine, und er humpelt vorwärts, Tedward fest an sich gedrückt. Ab und zu wimmert er vor Angst, während die Schabe uns durch den dunklen Kellergang in die Tiefen des Hauses führt. Plötzlich hält sie an und sagt: »Gebt mir eure Halstücher. Beide. Schnell.«

Was bleibt mir anderes übrig? Ich knote die Tücher los.

»Rieche ich da Blut?«, fragt die Schabe.

»Jonno hat sich am Fuß verletzt«, antworte ich.

»Gut.«

»Gut?« Ich werde wütend. »Was soll daran gut …« Der Beginn der dritten Warnung schneidet mir das Wort ab. Sobald sie ausgesprochen ist, sind wir vor dem Gesetz so gut wie tot, das ist mir klar. Und der Schabe auch, das sehe ich ihr an.

Unruhig schaut sie durch den Flur. »Tränke ein Halstuch mit Blut, schnell, *schnell*!« Wieder ein Klicken – die Schabe zittert! Sie hat genauso viel Angst vor den Vollstreckern wie wir.

»Tritt auf dein Halstuch, Jonno«, wispere ich.

Jonno rührt sich nicht. Mit schreckgeweiteten Augen starrt er mich an, als wäre er in einem Albtraum gefangen. Ich knie mich hin und wische mit dem Stoff über seine Socke, dann reiche ich beide Tücher an die Schabe weiter. Jonnos hält sie mit ausgestrecktem Arm von sich, als würde es schlecht riechen.

Draußen erschallt der letzte Satz der Warnung: »Aufmachen, im Namen des Wachturms!« Stille. Aus dem Augenwinkel sehe ich die Schabe eine Luke in der Wand aufklappen und einen Hebel herunterdrücken. Mit einem Schnappen tut sich eine kleine Tür in der Wandvertäfelung auf. Dahinter liegt ein pechschwarzes Loch, aus dem ein modriger Geruch dringt. Etwas Hartes pikst mir in den Rücken, und die Schabe schiebt mich vorwärts.

»Versteckt euch. Bitte«, sagt sie mit ihrer blechernen Stimme.

Unter normalen Umständen würde ich diesen Raum niemals freiwillig betreten, aber wir haben nicht besonders viele Optionen. Auf der einen Seite die Vollstrecker, auf der anderen ein Ort, an dem wir uns vor ihnen verstecken können. Auch wenn er wie ein Gefängnis wirkt. Jonno sträubt sich, doch ich zerre ihn mit mir.

»Ruhig«, weist die Schabe mich an, als spräche sie mit einem ungezogenen Hund. Dann schließt sich die Tür, und wir sind allein in der Dunkelheit.

Kapitel 4

HIN UND HER UND WIEDER HIN

M

Guten Tag, Maximilian Flügelschlag noch einmal. Ich muss mich sputen. Nachdem ich meine Nachtsichtbrille wieder aufgesetzt habe, haste ich die Treppe hinauf und klettere aus dem Dachfenster. Geräuschlos gleite ich hinunter zum Garten des Hauses nebenan – die Deckflügel habe ich ausgebreitet und bewege nur die weichen Hautflügel – und deponiere das beschmutzte Halstuch auf der Mauer. Dabei sehe ich, wie ein Parasit gerade den Rammbock ansetzt. Meine gute alte Tür wird wohl nicht viel länger standhalten.

Ich hebe einen kleinen Stein auf und fliege wieder los. Die Parasiten sind so auf die Zerstörung meiner Tür fixiert, dass sie meine Anwesenheit erst bemerken, als der Stein den mit dem Netz am Kopf trifft. Er blickt auf und brüllt mit der unmenschlich verzerrten Stimme: »Schabe!«

Der gleißende Strahl der Taschenlampe schwenkt nach oben und erfasst mich. Nun starren alle drei zu mir herauf. Ich bedeute ihnen, dass auf Nachbars Gartenmauer etwas von Interesse zu finden sein könnte. Der Taschenlampenstrahl dreht ab, und das Silberschiffsymbol auf dem Halstuch blitzt auf wie die Laterne eines Leuchtturms.

»Ihr Pfeifen, wie kann man so was übersehen?«, schimpft Netz.

»Das war vorhin noch nicht da, ich schwör's«, beteuert Taschenlampe.

»Mehr ist wahrscheinlich nicht übrig«, meint Rammbock. »Das Drecksvieh hat sich ein leckeres Abendessen gegönnt und uns die Verpackung dagelassen.«

Sein Gerede ist empörend, aber ich darf mich nicht beklagen, schließlich hat er die gewünschte Schlussfolgerung gezogen. Langsam fliege ich weiter und lande auf dem Dach nebenan, um das Geschehen zu beobachten.

Die Parasiten identifizieren das Blut auf dem Halstuch, dann schwärmen sie über die Mauer. Mit Genugtuung höre ich, wie die Tür meines Schaben hassenden Nachbarn fällt. Ich warte, bis die Parasiten im Haus verschwunden sind, ehe ich das zweite Halstuch durch eins der oberen Fenster werfe und den Rückzug antrete. Als ich durch das Dachfenster in mein ruhiges, friedliches Heim gleite, bin ich beinahe versucht, die Kinder für heute Nacht dort zu lassen, wo sie sind, und direkt in mein Nest zu schlüpfen. Doch versprochen ist versprochen. Sie waren schlau genug, mich zu entdecken, darum müssen sie jetzt nicht allein im Dunkeln bleiben.

Schweren Herzens rappele ich mich von der Landematte auf und gehe nach unten.

J

Tedward und ich sind gefangen. Draußen ist eine riesige Schabe, und bald kommt sie rein und frisst uns. Mein Fuß tut so weh!

K

In der Kammer ist es stockfinster und stinkt nach Verwesung. Jonno wimmert leise. Ich sage ihm, dass alles gut wird, obwohl ich genau weiß, dass es nicht stimmt. In Wahrheit muss ich mich echt zusammenreißen, um nicht in Panik auszubrechen. Vorsichtig taste ich mich an der feuchten Mauer entlang bis zur Tür, durch die die Schabe uns gedrängt hat. Sie ist fest verschlossen. Dann das Gleiche in die andere Richtung. Hier entdecke ich Gitterstäbe. Oh, oh. Ich strecke den Arm hindurch und spüre nichts als Leere. Das kühle Metall führt unten bis zum Boden und oben bis zu einer gewölbten Steindecke. Es gibt kein Entkommen. Offensichtlich sind wir im Vorratskeller einer Nachtschabe gelandet.

Ich kenne Geschichten von gemeinen Schaben, die Futter für Nachtschaben sammeln. Und – wie manche behaupten – für sich selbst. Genau das ist hier passiert. Jonno und ich sind *Futter*.

Verzweifelt werfe ich mich gegen die Tür. Aber sie bewegt sich keinen Millimeter. Natürlich. Die dumpfen Stöße des Rammbocks sind verstummt, alles ist still. Wahrscheinlich sind die Vollstrecker inzwischen im Haus und suchen uns.

Schweren Herzens treffe ich eine Entscheidung. Unsere einzige Chance, hier lebend rauszukommen, ist, so viel Lärm wie möglich zu machen, damit sie uns hören. Also fange ich an zu brüllen und gegen die Tür zu hämmern.

M

Ich höre lautes Hämmern und Brüllen und fühle mich schuldig. Ich habe die Flügellosen allein gelassen, und die Parasiten haben sie entdeckt. Ich habe unsere Abmachung gebrochen, mein blinder Passagier. Mama hat recht: Ich bin ein schlechtes Wesen.

Ich stürme so schnell die Treppe hinunter, dass ich mir einen Riss im Hautflügel zuziehe, und stelle erstaunt fest, wie wütend ich bin. Wie können diese Parasiten es wagen, meine unschuldigen Silberlinge zu bedrohen? Ich haste um die Ecke, hinter der ich meine jungen Gäste im grässlichen Netz der Vollstrecker vermute. Doch der Flur ist leer, und trotzdem geht das Hämmern und Brüllen weiter.

Erst jetzt erkenne ich, dass die Geräusche aus dem Eingang zum Untergrund kommen, wo ich die Kinder zu ihrer Sicherheit versteckt habe. Irgendetwas muss sich aus dem Tunnel heraufgeschlichen und sie erschreckt haben. Eine Bluhuteule vielleicht? Oder eine Mooderspinne?

Eilig betätige ich den Hebel. Die Tür geht auf. Das Mädchen fällt heraus und schreit dabei so laut, dass mir die Hörorgane klingeln. Sie schubst mich heftig, und ich stolpere zurück und pralle gegen die Wand. Mein Panzer knirscht, ich fürchte, ich habe mir etwas angeknackst. In mancherlei Hinsicht sind wir Schaben sehr empfindlich. Unser Exoskelett ist leicht und hart, aber auch sehr starr. Ihr Flügellosen habt so viel Fleischpolster, dass ihr euch über solche Dinge keine Gedanken machen müsst.

Das Mädchen sprintet durch den Flur, den kleinen Jungen im Schlepptau, wirft sich gegen die Kellertür und zerrt am Riegel. Sie will hinaus. Ich verstehe nicht recht, warum, aber offensichtlich ist sie in großer Not, deshalb werde ich ihr zur Hand gehen. Als ich mich ihr nähere, stößt sie ein hässliches Geräusch aus, doch ich lasse mich nicht entmutigen, schließlich bin ich ein hilfsbereites Geschöpf. Ich öffne den Riegel, drehe den Schlüssel und trete zurück. Meine arme, misshandelte Tür schwingt auf. Mit einer Verbeugung weise ich den Weg nach draußen.

Klick-klick. Du stimmst mir hoffentlich zu, dass ich mein Bestes getan habe.

K

An der frischen Nachtluft ebbt meine Panik ein bisschen ab, und mir wird klar, dass gerade etwas Seltsames passiert ist: Die Schabe hat uns die Tür aufgemacht. Und sich sogar verbeugt, als wir an ihr vorbei nach draußen gestürmt sind. Langsam frage ich mich, ob ich sie wohl falsch eingeschätzt habe. Vielleicht war das alles ein Riesenfehler …

Was ebenfalls merkwürdig ist: Ich höre Krachen und Klirren aus dem Haus nebenan. Die Vollstrecker wüten dort drüben. Sobald sie einen Blick aus dem Fenster werfen, sehen sie uns.

Schnell gehe ich unsere Möglichkeiten durch. Ich könnte Tedward über die Mauer in einen anderen Garten schleudern und hoffen, dass ihn niemand findet. Allerdings lässt Jonno diesen Bären nicht los, ohne Zeter und Mordio zu schreien, das wird also nicht funktionieren. Wir könnten auch einfach losrennen – nur wohin? Überall sind Patrouillen unterwegs, ganz zu schweigen von den Nachtschaben, und noch gibt es keine Spur vom Nebel, der uns verstecken könnte. Seien wir mal ehrlich, wir haben keine Chance da draußen.

M

Ehrlich gestanden kommt es mir ganz gelegen, dass die jungen Ausreißer fortwollen – mitsamt dem unerhört schmutzigen Plüschobjekt, das der Junge umklammert. So kann ich mich nach all dem nervenaufreibenden Trubel auf eine friedliche Nacht freuen. Doch ich fürchte, es wird ihnen nicht gut ergehen. Verloren stehen sie auf meiner Terrasse und halten sich an den Händen. Das stimmt mich traurig. Langsam schließe ich die Tür und winke zum Abschied, um ihnen Glück zu wünschen.

K

Langsam schließt die Schabe die Kellertür, und es fühlt sich an, als würde sich ein Freund verabschieden. Wehmütig winkt sie uns noch einmal zu, und endlich kapiere ich: Sie ist auf unserer Seite.

Also stürze ich zur Tür und flehe sie an, uns wieder reinzulassen.

M

Ich bin ein treudoofer Trottel, wie Mama einmal gesagt hat. Nun möchte das Mädchen wieder herein. Und nur wegen meiner Abmachung mit dir, mein blinder Passagier, öffne ich die Tür, verneige mich abermals und lasse die Störenfriede erneut in mein Heim. Der kleine Junge mit dem widerlichen Pelzknäuel sackt sofort in sich zusammen. Zum Glück bleibt er ruhig, doch das Mädchen wirft sich auf ihn und stößt seltsame Würgegeräusche aus.

Ich schließe ab und lege den Riegel vor. *Klick-klick*. So viel zu meiner friedlichen Nacht.

Kapitel 5

BLUT AUF DEM BODEN

K

Die Schabe lässt uns wieder rein, mit einem Gesichtsausdruck, der mich irgendwie an Paps erinnert. So hat er früher immer geguckt, wenn ich etwas richtig Dummes angestellt hatte. Wir stolpern zurück ins Haus. Jonno sinkt zu Boden und liegt so still da, dass ich Angst bekomme. Ich falle neben ihm auf die Knie und breche peinlicherweise in Tränen aus.

Die Schabe macht ihr *Klick-klick*-Geräusch und verschließt die Tür. Mal wieder.

M

Klick-klick. Nun ist mein Boden voll Flügelloser. Und Blut. So viel Blut. Für eine Nachtschabe zweifellos ein Genuss, für mich jedoch das Gegenteil. Ich hege eine Abneigung gegen alle Arten von Flüssigkeiten, die ihr Weichlinge absondert. Ganz besonders gegen Blut. Und ich weiß genug über Medizin, um zu erkennen, dass eine solche Menge für mich unerfreulich sein mag – für die Person, die sie verliert, ist sie jedoch höchst gefährlich. Vermutlich hat der Junge ein Blutgefäß tief in seinem Fuß verletzt. Das ist der Haken daran, wenn man von außen so nachgiebig ist.

Klick-klick. Es muss etwas geschehen.

K

Ich versuche noch, dieses lächerliche Geflenne unter Kontrolle zu kriegen und Jonno zu helfen, als die Schabe plötzlich wieder spricht. Mit ihrer blechernen Stimme sagt sie: »Bitte steht auf.« Sie klingt so alarmiert, dass mich das schlechte Gewissen packt. Endlich gewinne ich den Kampf gegen die Tränen und komme auf die Beine. Sie fühlen sich ganz zittrig an, als könnten sie jeden Moment unter mir wegklappen. Ich schwanke, stütze mich an der Wand ab und schaue der Schabe in die Augen. Sie erwidert meinen Blick. Ich erkenne Sorge und Verwunderung, gemischt mit einer Prise Ärger.

»Die Lage ist ernst«, sagt sie. »Das ist sehr viel Blut.« Sie deutet mit einem Fühler auf den Boden und *klick-klickt* schon wieder.

Ich habe den Eindruck, Blut ist ihr zuwider. Und wir vielleicht ebenfalls. Aber sie will es sich aus Höflichkeit nicht anmerken lassen.

»Es tut mir leid«, erkläre ich. »Mein Bruder ist in eine Scherbe getreten.«

Klick-klick, macht die Schabe nervös. *Klick-klick.*

Der Strahl einer Taschenlampe dringt in den Flur. Wir sehen uns an, dann senken wir den Blick zum Lichtstreifen auf dem Boden.

Die Vollstrecker sind zurück.

M

Die Parasiten haben das Nachbarhaus offenbar zu ihrer Zufriedenheit zerstört. Natürlich haben sie nicht gefunden, was sie suchen, darum werden sie sich nun mit Gewalt Zutritt zu diesem hier verschaffen. Das Mädchen und ich wechseln einen Blick, und erstaunlicherweise scheinen wir uns in diesem kurzen Moment ohne Worte zu verstehen.

»Bitte bring deinen Bruder nach oben«, sage ich. »Schnell, folge mir.«

Der Kleine liegt reglos auf dem Boden. Sie versucht, ihn hochzuhieven, spricht mit ihm, doch er zeigt keine Reaktion. Ich wappne mich innerlich. »Wenn du gestattest.« Damit schlinge ich meine drei oberen Gliedmaßen um ihn und sein übel riechendes Stoffknäuel. Er ist zugleich schwer und weich. Und warum müssen ungepanzerte Menschen eigentlich immer so feuchtwarm sein?

K

Die Schabe hebt Jonno hoch. Ihr breiter, lippenloser Mund verzieht sich, wahrscheinlich vor Ekel wegen Tedward. Er ist alles andere als ein niedlicher Teddybär. Sein Fell ist verklebt von Jonnos ständigem Nasenbluten, und er stinkt bestialisch, weil Jonno ihn mal vollgekotzt hat. Bisher war das ideal, um Leute von Tedward fernzuhalten, aber jetzt schäme ich mich dafür. Ich folge der Schabe eine Holztreppe hinauf. Auf halbem Weg sehe ich wieder den Taschenlampenstrahl. Er gleitet über die Stelle, an der wir gerade noch standen. Das war knapp.

J

Ich träume, dass Tedward und ich von einer Schabe ins Bett gebracht werden. Sie hat einen abgeknickten Fühler, der mich am Ohr kitzelt.

K

Ich höre auf, die Stockwerke zu zählen. Als wir endlich ganz oben ankommen, öffnet die Schabe eine Tür mit dem Fuß. Wir betreten ein kleines Zimmer mit Dachschräge und Holzbalken. Es ist fast leer, bis auf einen Stapel sorgfältig zusammengefalteter Decken in der Ecke. Durch die auf dem Boden verteilten Teppiche und die geblümten Vorhänge wirkt es trotzdem gemütlich. Ich bekomme eine Gänsehaut: Genau die gleichen Vorhänge hatte ich in meinem Zimmer zu Hause. Also, ganz früher. In unserem richtigen Zuhause am Stadtrand neben den Feldern.

Die Schabe deutet mit den spitzen Fingern in die Ecke und fragt: »Könntest du ein paar Decken für deinen Bruder holen?«, während sie Jonno sanft auf einen weichen Teppich bettet. Anschließend deckt sie ihn und Tedward mit einem dicken, blau karierten Plaid zu und schiebt ein zweites unter seinen Kopf, so behutsam, dass mir fast schon wieder die Tränen kommen.

Plötzlich dröhnt ein ohrenbetäubender Krach herauf. Wir wissen beide, was das heißt.

Die Vollstrecker sind im Haus.

M

Die Vollstrecker sind in mein Heim eingedrungen – das Haus, in dem zu leben ich laut Mama nicht wert bin. Nun weiß ich, dass sie recht hat, denn ich habe Unheil darüber gebracht.

Das Mädchen spricht. »Bitte. Bitte helfen Sie uns!« Allmählich gewöhne ich mich an die konturlosen Züge mit den glänzenden grauen Augen und kann ihren Ausdruck besser deuten. Sie hat Angst. Ob sie wohl auch die Angst in meinen Augen erkennt? Meine Gedanken rasen, während ich verzweifelt nach einer Möglichkeit suche, uns diese abscheulichen Parasiten vom Hals zu schaffen.

Da kommt mir eine Idee. »Die Jacke deines Bruders«, sage ich. »Und deine. Beschmutze sie mit Blut. Schnell!«

Sie begreift sofort und zieht ihrem Bruder die Jacke aus. Der umklammert seinen Bären, als wollte sie ihm auch den entwenden. Es gefällt mir, dass er sich nicht von ihm trennen will, obgleich er vor Dreck starrt – man sollte sich niemals von seinem Bären trennen. Das Mädchen wringt die durchweichte Socke ihres Bruders über den Jacken aus und knüllt sie zusammen. Dann nehme ich sie an mich. Sie sind ekelerregend, für meine Zwecke jedoch gut geeignet.

»Ich werde jetzt gehen«, erkläre ich. »Und die Tür abschließen.« Das tue ich nicht, um meine Ausreißer vor den Vollstreckern zu schützen, denn gegen die sind Türen nutzlos. Aber mein Ziel wird sich nicht ohne das ein oder andere unerfreuliche Geräusch erreichen lassen, und das sollen die jungen Silberlinge nicht hören. Vielleicht ist es eitel, doch ich möchte ungern auf eine Stufe mit den Nachtschaben gestellt werden.

Ich drehe den Schlüssel im Schloss, setze die Nachtsichtbrille wieder auf und mache mich schweren Herzens auf den Weg. Während ich die Treppe hinuntersteige, wird der Lärm der Verwüstung lauter. Auf dem Absatz des ersten Stocks schließlich höre ich etwas, das mir das Herz bricht: klirrendes Porzellan.

Ich weiß genau, was das bedeutet – Mamas Ein und Alles, ihre geliebte Sammlung Meissener Porzellan, wird zerstört. Ich male mir aus, wie die Teekanne mit den tanzenden Fischen, die Blumenuhr und die goldenen Putten mit den schimmernden blauen Flügeln in Scherben liegen, und kann es kaum ertragen. Um meinetwillen könnte ich wohl nicht töten, auch nicht um der jungen Ausreißer willen, aber für Mama schon. *Für Mama schon!*

K

Die Schabe ist weg, und ich mache mir große Sorgen um sie. Gewissenhaft überprüfe ich, ob unsere Tür tatsächlich abgeschlossen ist, obwohl sie die Vollstrecker ungefähr so lange aufhalten wird wie ein Blatt Papier. Dann lasse ich mich zu Boden sinken. Gerade kann ich nichts weiter tun. Unsere Zukunft liegt in den Händen einer Schabe.

Moment, da gibt es doch etwas!

Auf Zehenspitzen schleiche ich rüber zu Jonno. Er hat sich unter seiner Decke eingerollt wie eine Assel und die Augen geschlossen. Sein Gesicht wirkt blass und ausgezehrt. Versuchsweise zupfe ich an Tedwards Pfote. Jonno reagiert nicht. Es ist mies, ihn so zu hintergehen, aber ich tue es ja auch für ihn. Vorsichtig entwinde ich Tedward seinem Griff. Jonno jammert leise im Schlaf. »Ganz ruhig, es ist alles gut«, flüstere ich. Seine plötzlich freie Hand wandert nach oben, und wie früher als Kleinkind steckt er sich den Daumen in den Mund.

Schnell hole ich mein Multitool raus und lockere die Nähte unter Tedwards rechtem Arm, bis das Loch groß genug ist, um die extralange Pinzette hineinzuschieben. Ich taste umher, finde, was ich suche, und ziehe. Zum Vorschein kommt eine flache Silberscheibe mit goldenen Linien auf der einen Seite. Laut Mam ist es eine *Direkte Stromkreisunterbrechung*, kurz DiSk. Ohne diese Platine kann das Silberschiff die Stadt nicht verlassen. Und so lange sind Jonno und ich und die gesamte Crew in Sicherheit.

Die DiSk wiegt schwer in meiner Hand, und mir wird ganz komisch zumute beim Gedanken, dass Mam sie zuletzt berührt hat. Sie hat sie nämlich gestohlen und sie Tedward statt seines Brummmechanismus eingesetzt. Die Nähte, die ich gerade gelockert habe, waren ihr Werk. Tedward zuzunähen war genau genommen so ziemlich das Letzte, was Mam je getan hat. Ich betrachte die DiSk, will irgendeine Spur von ihr entdecken, aber da ist nur ein leises, elektrisches Summen. Mam gibt es nicht mehr.

Kapitel 6

SCHERBEN

M

Ich stehe oben auf meiner Kellertreppe und blicke auf die Parasiten hinab. Ich sehe zwei. Auf den ersten Blick wirken sie recht einnehmend: Sie verbergen ihre flügellose Weichheit hinter Panzern aus glänzendem CarboTex, und Helme verdecken ihre Gesichter, verflachen ihre Züge und verwandeln ihre Köpfe in glatte Ovale. Ihr Betragen allerdings ist abstoßend. Einer wütet noch immer in Mamas Porzellanzimmer, ich höre das silberhelle Klirren. Es ist unerträglich.

Die beiden anderen schwärmen gerade zur Treppe. Der vordere trägt die Taschenlampe, der hintere das Netz. Sie sind so mit ihrer Niedertracht beschäftigt, dass sie mich hier oben auf dem dunklen Absatz überhaupt nicht bemerken, bis ich die Flügel über den Kopf erhebe – eine klassische Drohgebärde der Nachtschaben. Die Parasiten schauen auf und erstarren. Ich weiß, dass sie nur meinen Umriss und die spiegelnde Brille erkennen. Der vordere lässt die Taschenlampe fallen, sie klappert die Stufen hinunter und rollt über den steinernen Boden. Ich kann das Entsetzen hinter ihren Visieren nicht sehen, aber ich spüre es. Und das ist äußerst genugtuend.

Netz erholt sich zuerst. Wahrscheinlich ist es ein weibliches Exemplar, die sind furchtloser. Sie drängt sich vor, auf mich zu.

»Aus dem Weg«, sagt sie. Doch sie ist nicht so mutig, wie sie tut. Trotz des Stimmverzerrers hört man, dass ihre Kehle vor Angst wie zugeschnürt ist.

Der dritte Parasit taucht aus Mamas Porzellanzimmer auf und stutzt, als er die Situation erfasst. Dann schreit er los. Der Stimmverzerrer verwandelt den Schrei in etwas Unmenschliches. Das ist meine Gelegenheit. Ich schwenke die blutigen Jacken und schleudere sie ihnen entgegen. Netz fängt sie auf und stopft sie in die Tasche an ihrem Gürtel. Doch statt wie gehofft anschließend zu verschwinden, bleiben die Parasiten, wo sie sind, und starren mich an. Sie haben wohl erkannt, dass ich keine Nachtschabe bin. Das macht es schwieriger.

Ich muss also nachlegen. Ich gehe einen Schritt auf sie zu, und sie weichen einen zurück. Noch ein Schritt vor, noch einer zurück. Und ein dritter. Da werde ich misstrauisch: Ihre Bewegungen wirken einstudiert, das ist irgendeine Art Manöver.

K

Unten ertönt ein Schrei. Hoch und schrill, wie ein falscher Ton auf einer Flöte. Das muss die Schabe sein. Tomas hat mir mal erzählt, wie eine von Vollstreckern in die Enge gedrängt worden ist. Sie haben ihr die Arme ausgerissen, und sie hat gekreischt wie der Teekessel über unserem illegalen Feuer. Ich mag gar nicht daran denken, dass die Schabe vielleicht ihre Gliedmaßen verliert. Ich muss mich auf das Wesentliche konzentrieren, wie Mam immer gesagt hat, und die DiSk verstecken, denn jeden Moment werden die Vollstrecker das Haus auf der Suche nach uns kurz und klein schlagen.

Aber das Zimmer ist so winzig, wo soll sie hin? Panisch schiebe ich sie einfach in den Deckenstapel unter den Dachbalken. Ich hoffe, Mam wäre damit zufrieden. Dort ist sie bestimmt sicher. Sobald sie uns haben, werden sie nicht weitersuchen.

M

Netz pfeift hoch und schrill, und plötzlich schießen alle drei auf mich zu wie Ratten. Ich bin froh, dass sie zuerst angreifen, schließlich sollst du, mein blinder Passagier, nicht denken, ich würde grundlos töten. Ich lasse mich in Kampfhaltung fallen, ziehe mein Stilett aus der Scheide unter den Hautflügeln und stoße das Geräusch aus, das alle Flügellosen fürchten. Ich fauche.

Das Fauchen einer Schabe hat eine schmerzhafte Frequenz, doch offenbar tragen die Parasiten Ohrstöpsel, denn sie zeigen keinerlei Reaktion. Netz holt einen langen, dünnen Wurfspieß aus dem Gürtel und zielt auf die ungeschützte Stelle zwischen meiner Brust und dem Hinterleib. Es ist ein tödlicher Wurf, ich kann mich gerade noch wegdrehen. Der Spieß durchschlägt einen Hautflügel und bohrt sich zitternd in die Treppenstufe.

Du wirst hoffentlich bestätigen, dass ich nun in Notwehr handele.

Die Parasiten scharen sich für den Todesstoß zusammen. Sie rechnen fest mit ihrem Erfolg. Natürlich tun sie das. Ich wirke zerbrechlich, meine Arme sind spindeldürr, und ja, sie lassen sich sehr leicht ausreißen, wenn man den richtigen Winkel erwischt. Allerdings verfüge ich über eine überraschende Stärke und scheue mich nicht, sie einzusetzen. Blitzschnell stürme ich die Treppe hinunter und werfe mich mit voller Wucht gegen die beiden vorderen Parasiten. Sie prallen gegen das Geländer, und das Holz bricht mit einem scharfen Knacken. Halb springe, halb rutsche ich die untersten Stufen hinab, direkt auf den Porzellanschänder zu. Er weiß, was ihm blüht, und schreit noch einmal panisch auf. Es ist sein letzter Schrei.

Ich stürze mich auf ihn, schleudere ihn zu Boden und stoße das Stilett in die Lücke zwischen Brustpanzer und Rücken seiner Rüstung. Es ist vorbei. Ruhig und sauber. Und bisher ohne Blut. Mamas Boden ist frei von Ausflüssen, aber voll von glitzernden Porzellansplittern. Ich ziehe die Klinge wieder heraus und wische sie am CarboTex ab. Als ich mich aufrappele und umdrehe, sehe ich, dass die übrigen beiden Parasiten unser kleines Schauspiel fassungslos beobachten.

Keine-Taschenlampe-mehr sagt zu Netz: »Raus hier, schnell!«

Netz protestiert: »Aber wir haben sie noch nicht gefunden.«

»Weil die Schabe sie zuerst gefunden hat. Du hast doch die Jacken zum Beweis.«

»Das reicht nicht.«

Ich beschließe, dass die beiden die Details ihrer garstigen Mission anderswo ausdiskutieren können. Mit erhobenen Flügeln und gezücktem Dolch rücke ich vor. Da wirbeln sie herum und flüchten durch meine arme, malträtierte Tür, die zerbrochen in den Angeln hängt. Mein Blick wandert zurück zum toten Parasiten auf der Schwelle des Porzellanzimmers. Inzwischen leckt er doch. Ich seufze. Noch ein Mensch, dem ich hinterherputzen muss. Flügellose sind so … undicht.

Ich schleife den Parasiten hinaus in die Düstergasse und kehre zurück in mein verwüstetes Heim.

Ich brauche dringend ein Staubbad.

K

Jetzt ist es schon seit Ewigkeiten still. Aber ich bin bereit. Da, Schritte auf der Treppe. *Sie kommen!*

Ich klappe die Klinge meines Multitools aus. Sie glitzert im Mondlicht. Dann presse ich mich an die Wand und warte. Ich hasse diese Leute. Ich hasse sie dafür, was sie meiner Familie angetan haben. Mir ist klar, dass ich nicht gewinnen werde, aber vielleicht kann ich zumindest einen von ihnen erledigen.

M

Ich schleppe mich die letzten Stufen zum Dachboden hinauf, wo schon das nächste Problem auf mich wartet – die jungen Flügellosen, mit denen Kummer und Leid über meine Schwelle gepurzelt sind.

Doch keine Sorge, ich weiß, dass ich mir das selbst zuzuschreiben habe. Ich habe sie in mein Haus gelassen. Nicht sie haben sich gewaltsam Zutritt verschafft und Mamas wertvolle Sammlung zerstört. Es ist nicht ihre Schuld. Das muss ich mir in Erinnerung rufen. Ich bin ein gutes Wesen. Nicht schlecht. *Klick-klick*.

Auf dem Treppenabsatz halte ich kurz inne, um mich zu sammeln. Dann trete ich zur Tür, hinter der die beiden Ausreißer versteckt sind, schließe auf und öffne sie. Im Zimmer ist es seltsam still. Der Bruder liegt noch dort, wo ich ihn zurückgelassen habe, mit geschlossenen Augen und dem Bären im Arm, aber die Schwester ist nirgendwo zu sehen.

Ich mache einen Schritt, und plötzlich schießt blitzender Stahl auf mich zu – ein Messer, und dahinter das Mädchen. Schon wieder. Verrat der übelsten Sorte! Ich springe zurück, hinaus aus dem Zimmer, weg von der Klinge, und stolpere. Und während ich die Stufen hinunterkugele, sinne ich über die Niedertracht der Flügellosen und meine eigene Torheit nach.

K

Ach du …! Es war die Schabe. *Ich habe die Schabe abgestochen.* Oh nein, nein, bitte nicht!

Ich stürme die Treppe hinunter. Die Schabe liegt zusammengekrümmt auf dem nächsten Absatz wie ein gepanzerter Ball. Das machen sie anscheinend, wenn sie sterben. Ich habe sie getötet! Ich knie mich neben sie und streichele ihr die glatten, schillernden Flügel. Sie fühlen sich gut an.

»Es tut mir leid«, flüstere ich. »Es tut mir schrecklich leid. Ich habe dich nicht erkannt. Ich dachte, du wärst einer von *ihnen*. Dich würde ich doch nie verletzen, niemals!«

Ich denke an Mam, an Paps, an Tomas, die alle auf die ein oder andere Art verschwunden sind. An Jonno, der oben vor sich hin blutet, weil ich ihn gezwungen habe, die Schuhe auszuziehen. Und nun liegt die Schabe hier tot auf der Erde, und wir wissen alle, wer daran schuld ist. Mist, jetzt weine ich *schon wieder*. Meine Tränen fallen auf den indigofarbenen Panzer und sammeln sich in den fein geschwungenen Rillen.

M

Ich verharre in der Schutzhaltung und hoffe, dass das Mädchen weggeht. Noch mehr Flüssigkeit, warm und salzig, sickert durch meinen Panzer bis auf den verletzten Hautflügel. Es ist unerträglich. Ich rolle mich auf.

K

Die Schabe lebt! Ohne nachzudenken, schlinge ich ihr die Arme um den Hals. Sie zuckt zurück, als hätte ich sie geschlagen. Ich lasse sie los und entschuldige mich wieder und wieder. Erkläre ihr, dass ich sie für einen Vollstrecker gehalten habe, dass ich schreckliche Angst hatte. Dann frage ich, ob sie verletzt ist. Die Schabe schüttelt den Kopf. Ganz langsam rappelt sie sich auf und schleppt sich die Treppe hoch. Ich steige hinterher. Selbst von hinten wirkt sie resigniert, und ich muss an Paps denken, wie er Mam nachgewunken hat, als sie an jenem letzten Abend zur Arbeit gegangen ist. Hastig verscheuche ich das Bild. Es ist sinnlos, Erinnerungen nachzuhängen.

M

Während ich unter Schmerzen abermals die Stufen erklimme, grübele ich über die Entscheidung nach, die ich fällen muss. Setze ich die jungen Ausreißer vor die Tür und lenke mein Leben wieder in seine friedlichen, geordneten Bahnen? Das wäre schlecht für sie, aber gut für mich. Oder lasse ich sie bleiben und noch mehr Chaos anrichten? Das wäre gut für sie, aber ganz und gar schrecklich für mich.

Ach, ich wünschte, wir hätten niemals diese lächerliche Abmachung getroffen! Warum sollte es mich kümmern, was du von mir hältst?

Schluss damit.

Sie müssen gehen.

Kapitel 7

DIE DISK

K

Ich folge dem empörten Panzer mit den missbilligend gefalteten Flügeln die Stufen hinauf. Ich habe es vermasselt. Was ich getan habe, hätte Paps als K.-o.-Kriterium bezeichnet. Wir betreten den Dachboden, und mein Blick fällt auf Jonno, der sich mit schmerzverzerrtem Gesicht unter seiner Decke zusammenkauert. Auf keinen Fall überlebt er eine Nacht auf der Straße. Wieder höre ich das Klicken der Schabe – ich glaube, es drückt eine Mischung aus Nervosität und Ärger aus – und weiß, dass sie uns gleich rauswerfen wird. Ich muss mir schnell etwas einfallen lassen, um ihre Meinung zu ändern. Nur was?

Die geblümten Vorhänge bringen mich auf eine Idee. Ich erinnere mich dunkel an ein Buch, aus dem Paps mir früher vorgelesen hat: *Die freundliche Schabe*. In dieser Geschichte haben die Schaben seltsam hochgestochen geredet und einander mit über dem Bauch gefalteten Händen und einer kleinen Verbeugung begrüßt. Also tue ich genau das: Ich falte die Hände über meinem Silberschiff-Sweatshirt und neige respektvoll den Kopf. Als ich es wage, ihn wieder zu heben, blicke ich in zwei erstaunte graue Augen. Hastig sage ich auf hoffentlich angemessen förmliche Weise: »Worte vermögen nicht auszudrücken, wie sehr ich meine Taten bereue. Es schmerzt mich zutiefst,

Ihnen Kummer bereitet zu haben, und ich danke Ihnen aus ganzem Herzen, dass Sie meinen Bruder und mich gerettet haben. Wir stehen auf ewig in Ihrer Schuld. Ich heiße Kaitlin Drew, und es ist mir eine Ehre, Sie kennenzulernen.« Dann verneige ich mich erneut.

M

Ich besitze ein Buch. Es heißt: *Die freundliche Schabe*. Auf der ersten Seite steht: *Für Maximilian. In Liebe, dein Papa*. So hat noch nie jemand mit mir gesprochen. Ich bin recht verdattert. *Klick-klick*.

K

Keine Reaktion. Ich riskiere einen Blick nach oben. Die Schabe starrt mich völlig entgeistert an. Sie *klick-klickt*, sagt aber nichts, darum verneige ich mich noch einmal. »Mir ist bewusst, dass wir Unheil über Ihre Schwelle gebracht haben. Dennoch wäre ich Ihnen zu unendlichem Dank verpflichtet, wenn Sie uns heute Nacht hierbleiben ließen.«

Klick-klick.

Sieht nicht gut aus. Mir pocht das Blut in den Schläfen, während ich verzweifelt auf das Urteil der Schabe warte. Jonnos Decke hebt und senkt sich, vor Schmerzen atmet er schnell und stoßweise. Die Schabe räuspert sich. Ich versuche, den Ausdruck auf ihrem flachen Gesicht zu deuten, aber es gelingt mir nicht.

Plötzlich macht die Schabe es mir nach, verschränkt das obere Paar Arme vor dem Körper, faltet den mittleren Arm darunter, als läge er in einer Schlinge, und verbeugt sich langsam und tief. Als sie sich wieder aufgerichtet hat, sagt sie: »Ich bin Maximilian Flügelschlag, guten Tag. Ich heiße euch in meinem Haus willkommen.« Sie hält kurz inne. »Zumindest für heute Nacht.«

Tränen der Erleichterung steigen mir in die Augen. Ich senke den Kopf, um sie zu verbergen.

»Die Blutung muss gestoppt werden«, fährt die Schabe – ich meine, Maximilian – fort.

Mir ist nicht ganz klar, ob das eine Bedingung für unser Bleiben ist oder ob er sich um Jonno sorgt.

Der nächste Satz beantwortet meine Frage. »Für einen kleinen Menschen ist es gefährlich, solche Mengen Blut zu verlieren«, erklärt er, als wüsste ich nicht, dass bluten schlecht ist. »Ich werde alles Erforderliche holen.« Er verlässt das Zimmer, immer noch steif, aber – jedenfalls kommt es mir so vor – ein bisschen entspannter. Ich lasse mich neben Jonno plumpsen und fühle mich so leer wie Tedward ohne die DiSk.

Maximilian kehrt mit einem roten Kasten zurück, den er mir mit ernster Miene überreicht. Darin finde ich die typische Erste-Hilfe-Ausrüstung plus ein paar Extra-Utensilien, die ich noch nie gesehen habe. Nun muss ich wohl oder übel Jonnos Fuß begutachten. Er ist schlimmer, als ich dachte. Eine Glasscherbe steckt tief in der Ferse. Ich beiße die Zähne zusammen und ziehe sie mithilfe der Pinzette an meinem Multitool heraus. Jonno jault auf. Dicke Blutstropfen quellen aus der Wunde und fallen auf den Boden. Aus dem Augenwinkel bemerke ich, wie Maximilian erschauert – er wirkt, als müsste er sich gleich übergeben. Trotzdem gibt er mir einen Lappen, der nach scharfem Alkohol riecht, und, nachdem ich Jonnos Fuß damit gesäubert habe, eine Rolle dünnes, reißfestes Mull. Ich verbinde die Wunde, halte Jonnos Bein unter Maximilians Anleitung in die Höhe und presse fest auf die Ferse. Jonno winselt wie ein Welpe, aber er lässt es geschehen, und endlich hört die Blutung auf.

J

Das Glas in meinem Fuß ist weg. Jetzt ist ein Verband drum. Die Schabe hat das Verbandszeug gebracht. Ihr Kopf hat fast die Decke berührt, und einer ihrer Fühler hat sich in einem Riss verhakt.

K

Maximilian Flügelschlag verbeugt sich und erklärt, dass er nun geht. Offenbar muss er zu einer wichtigen Versammlung, kommt aber danach zurück. Ich erwidere die Verbeugung und wünsche ihm einen angenehmen Abend. Kurz darauf ist er fort.

Mit der DiSk in der Hand setze ich mich ans Dachfenster und betrachte unsere Stadt. In der Draußenwelt scheint es eine klare Nacht zu sein, denn ich kann hinter dem diesigen Schleier der Sphäre einen hellen Fleck ausmachen, wo der Mond sein muss. Manchmal frage ich mich, wie der Himmel wohl ohne die Sphäre aussähe. Ich wäre lieber nicht unter einem riesigen Kraftfeld gefangen. Auch wenn es uns vor der tödlichen Seuche da draußen schützt.

Es sorgt dafür, dass jede Nacht Nebel aufzieht. Heute kommt er allerdings ziemlich spät. Noch kann ich die Dächer vor mir deutlich erkennen. Sie glänzen wie Schabenflügel. Wir sind hier in der Nähe des Stadtzentrums. Die Häuser sind hoch, und an den Rändern der breiten Straße – dem Inneren Ring – wächst Spinat. Die meisten Gebäude sind verlassen, trotzdem werden sie noch genutzt, um Obst und Gemüse anzubauen. Aus den Fenstern gegenüber hängen Säcke mit Kartoffelpflanzen, in Blumenkästen sprießen Brokkoli und Grünkohl, und von den Regenrinnen baumeln sogar Erdbeeren. In der Schule haben wir alles über die Jahreszeiten gelernt, aber unter der Sphäre gibt es keine. Pflanzen wachsen, wann es ihnen passt.

Letztes Jahr, als wir noch eine Familie waren, haben wir am Rand von Trost neben einem Bauernhof gelebt. Hinter unserem kleinen Häuschen reichten Felder bis an den Sphärengraben, und wir hatten einen Garten, in dem wir – na ja, größtenteils Paps – alles Mögliche anbauten. Ich habe immerhin Karotten gezogen, die sogar Jonno mochte.

In der Abenddämmerung versuche ich herauszufinden, in welcher Richtung unser altes Häuschen liegt, aber das ist gar nicht so einfach. Am Horizont erheben sich anmutig die Stratomasten – die Pfeiler am Stadtrand, die das Kraftfeld der Sphäre erzeugen. Wir haben damals in der Nähe von Stratomast Nummer drei gewohnt, nur sehen sie alle gleich aus, deshalb kann ich nicht erkennen, welcher unserer war.

Den Wachturm würde ich eigentlich lieber nicht anschauen, aber er lässt sich schwer ignorieren, so hoch, dunkel und missgestaltet, wie er in den Himmel ragt. Er erinnert an einen riesigen faulen Zahn. Früher war er der Wasserturm der Stadt und erfüllte einen ehrenwerten Zweck, immerhin versorgte er die Bewohner mit Trinkwasser aus den artesischen Quellen tief unter dem Kalkstein, auf dem Trost erbaut wurde. Heutzutage müssen wir unser Wasser an den Straßenpumpen holen – sofern es welches gibt –, während die Oberste Wächterin oben auf dem Turm in Luxus lebt und uns belauert. Tag und Nacht. Der Wachturm hat seinen eigenen Stratomast, auf dem Dach. Er reicht so weit hinauf, dass die Spitze im Dunstschleier verborgen liegt. Dorthin, ins Schaltpult des Hauptstratomasts, gehört die DiSk. Um diese Scheibe in die Finger zu kriegen, hat Mam sich geopfert, und ich muss dafür sorgen, dass es nicht umsonst war. Beim Gedanken an Mam huscht mein Blick unwillkürlich zur erleuchteten Fensterreihe ganz oben im Wachturm. Ich kann nicht wegsehen, sosehr ich es auch möchte. Denn von dort lassen sie die Astros starten.

Plötzlich gleitet eine gespenstisch weiße Gestalt an der Scheibe vorbei, so nah, dass ich die grün schimmernden Facettenaugen erkenne. Eine Nachtschabe! Erschrocken ducke ich mich. Angeblich wurden Nachtschaben von den Wächtern erschaffen, damit wir uns nachts nicht vor die Tür trauen. Aber drinnen zu sein schützt einen auch nicht immer. Manchmal schlagen Nachtschaben Fenster ein und stehlen Kinder aus ihren Betten. Das ist einmal in unserem Viertel passiert, nachdem wir untergetaucht waren. Ich habe das Klirren der Scheibe noch im Ohr. Und die Schreie.

Hastig ziehe ich den geblümten Vorhang zu und schleiche zu Jonno. Ich lege ihm die Hand auf die Stirn, so wie Mam früher, wenn wir krank waren. Ich weiß nicht genau, wie die Haut sich anfühlen soll, aber sie ist kühl und trocken, das ist bestimmt ein gutes Zeichen. Dann sehe ich mir seinen Fuß an. Der Verband sitzt, und ich entdecke kein frisches Blut. In der Dachkammer ist es ruhig und friedlich. Wir haben echt Glück, dass wir hier gelandet sind. Ich wickele mich unter den Balken in ein paar Decken und lehne mich an die Wand. Mit dem Kopf stoße ich fast an die Dachschräge. Die DiSk wiegt schwer in meiner Hand. Sie pulsiert leicht, als wäre sie lebendig. Ich will sie nicht weglegen, denn durch sie bin ich Mam irgendwie näher. Während ich mich tiefer in die Decken kuschele, fühle ich mich zum ersten Mal seit einem ganzen Jahr wirklich sicher. Plötzlich muss ich wieder daran denken, was vor diesem einen Jahr passiert ist, am Tag nach meinem Geburtstag, als dieses Schlamassel anfing …

Spätabends hatte mein älterer Bruder Tomas einen heftigen Streit mit Mam und Paps und stürmte zur Tür hinaus. Er kam nicht wieder. In den frühen Morgenstunden weckten unsere Eltern Jonno und mich auf und führten uns durch den dichten Nebel und die stillen Gassen zu einem scheußlichen Haus bei den Müllkippen. Paps zog die Schlüssel zu zwei Zimmern im Keller hervor und sagte, das sei unser neues Zuhause. Warum, sagte er nicht.

Es war schrecklich in diesem Keller. Wir durften überhaupt nicht raus. Jonno erkältete sich und quengelte in einer Tour, und egal, wie oft ich Mam und Paps fragte, was los sei, sie schwiegen hartnäckig. Tomas sahen wir nie wieder.

Mam ging weiter zur Arbeit. Sie machte Nachtschichten im Krankenhaus des Wachturms, dem einzigen in der Stadt. Natürlich ist es nur für die Besatzung des Turms. Obwohl Mam nicht gerne dort arbeitete, war es ein guter Job. Das behauptete sie zumindest. Und wir brauchten das Geld. Aber jeden Abend, wenn sie das Haus verließ, hatte ich Angst, sie würde nicht zurückkommen. Ich glaube, Paps ging es genauso.

Die letzten paar Stunden an diesem trostlosen Ort werde ich nie vergessen. Mitten in der Nacht wurde ich von Paps' Klagelied auf der Flöte geweckt. Es klang furchtbar verloren. Ich muss wohl wieder eingeschlafen sein, denn als Nächstes erinnere ich mich, dass Mam zurück war und auf Zehenspitzen zu Jonnos Bett schlich, ihm ganz behutsam Tedward aus dem Arm wand – nur sie konnte das, ohne dass er sich rührte – und sich mit dem Bären hinausstahl. Als ich zum dritten Mal aufwachte, war Tedward wieder da.

Am darauffolgenden Morgen herrschte eine komische Stimmung. Paps war wahnsinnig schreckhaft, und Mam wirkte regelrecht überdreht. Später, während Paps mit Jonno in der Küche Lesen übte, nahm Mam mich beiseite. Sie erklärte mir, dass Tedward ein ganz besonderer Bär sei. Sollte ihr etwas zustoßen, müsste ich auf ihn aufpassen.

Ich wurde stinksauer. »Ihr behandelt mich wie ein Kleinkind. Genau wie Tomas. Erzähl mir endlich, was los ist, Mam. Gestern Nacht hat Paps sich solche Sorgen gemacht, dass er sein Klagelied gespielt hat.«

»Oh.« Mam biss sich auf die Unterlippe, wie immer, wenn sie richtig aufgewühlt ist – ich meine, war.

»Und jetzt kommst du in dieser total seltsamen Laune von der Arbeit, und ich weiß genau, dass irgendwas Schlimmes passiert ist, aber du redest bloß über Jonnos blöden Bären!«

Mam legte den Kopf schief und sah mich eine gefühlte Ewigkeit lang an. Schließlich sagte sie: »Katie, die Wahrheit ist gefährlich. Willst du sie wirklich hören?«

Ich nickte.

Also erzählte sie mir alles. Dass man die Sphäre mithilfe einer *Direkten Stromkreisunterbrechung*, kurz DiSk, öffnen kann. Dass es nur noch eine davon gibt und dass sie ganz oben im Wachturm, im Büro der Obersten Wächterin, aufbewahrt wird – beziehungsweise wurde. Vor sechs Stunden nämlich hatte Mam besagte DiSk gestohlen.

Ich war sprachlos.

»Sie haben auf der obersten Etage eine Party gefeiert und uns Krankenpflegerinnen als Kellnerinnen eingesetzt. Stell dir vor! Dein Vater wusste von meinem Plan. Und ich habe es geschafft, ich habe die DiSk bekommen. Jetzt steckt sie in Tedward, anstelle des Brummmechanismus.«

»Das wird Jonno nicht gefallen. Er und Tedward brummen sich zurzeit häufig an.«

Mam lächelte. »Jonno kann bestimmt für zwei brummen.«

Als sie erst einmal angefangen hatte zu reden, hörte sie gar nicht mehr auf. Auch wenn mir das bald lieber gewesen wäre. Ich traute meinen Ohren kaum.

Mam erzählte, dass man mithilfe der DiSk den Stratomast auf dem Wachturm steuern und so das Kraftfeld deaktivieren könne. Und jetzt, da sie die DiSk hatte, wollten sie und einige andere genau das tun. Die Sphäre öffnen. Für immer. Ihre Augen glänzten vor Vorfreude. »Bald, Katie, ist unsere Stadt frei.«

»Mam, das kann nicht dein Ernst sein. Die Sphäre ist unser Schutzschild. Wir werden alle an der Seuche sterben!«

Mam schüttelte den Kopf und legte einen Finger an die Lippen. »Das behaupten sie bloß, aber es stimmt nicht.«

Ich war wie vor den Kopf geschlagen. Ich hatte schon gehört, dass manche Leute verrückte Ansichten über die Sphäre hatten, aber mir war nicht klar gewesen, dass Mam auch so dachte. Wie konnte sie nur so dumm sein?

Ungerührt fuhr sie fort, erklärte mir ihren durchgeknallten Plan. Zum Schluss sagte sie: »Also kümmere dich gut um Tedward, Katie. Er trägt unsere Freiheit in sich.«

Das machte mich rasend. Wir waren auf der Flucht, saßen in diesem miefigen Kellerloch fest, und alles nur, weil Mam von irgendwelchen Hirngespinsten besessen war. »Soll das heißen, du hast wegen dieser gequirlten Kacke unser Leben zerstört? Das stinkt doch zum Himmel!« Damit rannte ich ins andere Zimmer und schlug die Tür hinter mir zu. Fest.

Kurz darauf klopfte es leise. »Katie? Katie, darf ich reinkommen?«

Aber ich schnauzte bloß: »Geh weg.« Ach, wie gerne würde ich das ungeschehen machen! Denn fünf Minuten später ging Mam tatsächlich weg. Für immer.

Jetzt bin ich hier, allein mit dieser DiSk, und mache genau das Gegenteil von dem, was Mam geplant hatte. Ich verstecke sie, damit nie wieder jemand die Sphäre öffnen kann. Damit das Silberschiff nie startet und unsere Crew in Sicherheit bleibt. Selbst wenn sie uns nicht freilassen, werden wir wenigstens nicht wie Kanarienvögel rausgeschickt, um die Luft zu testen – die, wie wir alle wissen, total verseucht ist.

Es tut mir leid, Mam, aber ich muss tun, was ich für richtig halte. Zumindest passe ich auf deine DiSk auf.

Kapitel 8

FREUNDE

M

Guten Tag, ich bin es wieder, Maximilian Flügelschlag. Ich fliege hinaus in die Nacht. Durch meine treue grüne Brille blicke ich auf die dunkle Stadt unter mir. Wie schön sie früher ausgesehen haben muss ... Es heißt, Trost sei lebendig und gepflegt gewesen, aber seit die Sphäre uns von der Draußenwelt abschottet, ist die Stadt erstarrt, sie vergilbt wie eine alte Fotografie. Manchmal kommt es mir vor, als würde sie langsam sterben.

Ich gleite über die feucht glänzenden Dächer, ein Meer aus ramponierten, notdürftig geflickten Schildkrötenpanzern, und atme den Geruch der Häuser darunter ein: erdige Pflanzen, klamme Ziegel und ein scharfer Hauch Metall. Angeblich soll es früher nach dem Regen immer stark nach Flügellosen gerochen haben, doch inzwischen hat das Silberschiff so viele fortgebracht, dass die Stadt halb leer ist. Nur über einigen wenigen Dächern hängt ein muffiger Dunst – den besser instand gehaltenen, wie ich zugeben muss. Wir Schaben sind nicht besonders gut in handwerklichen Belangen.

Ich fliege schnell und achte wachsam auf feindliche Bewegungen, schließlich ist das alte Getreidesilo nicht weit entfernt. Dort befindet sich eine Nachtschabenloge – so nennt der Wachturm Quartiere und Nistplätze der Nachtschaben. Es gibt zwei Nachtschabenlogen in Trost, das Silo und die Kirche. Parminter Summ, eine neue Freundin von mir, wohnt in der Nähe der Kirche, ich wohne in der Nähe des Silos. Das macht gegenseitige Besuche beizeiten recht … interessant.

Irgendetwas lässt mich vermuten, dass du, mein blinder Passagier, an einem Ort ohne Nachtschaben wohnst. Du solltest dich glücklich schätzen, denn diese abscheulichen Kreaturen jagen sowohl Schaben als auch Flügellose. Vielleicht wunderst du dich, weshalb ich ihnen dann heute Abend so gefährlich nahe komme. Unter normalen Umständen würde ich unterirdisch reisen, doch aufgrund der heutigen, äh … Ereignisse fehlt mir dafür die Zeit.

Ich bin unterwegs zu einem Treffen des Freundeskreises, eines illegalen Zusammenschlusses von Schaben und Flügellosen zur Förderung der Artenverständigung. Parminter hat mich vor ein paar Monaten dort eingeführt. Sie meinte, ich müsse neue Leute kennenlernen, womit sie natürlich recht hatte. Um ehrlich zu sein, sind die meisten von ihnen etwas anstrengend. Dennoch habe ich einen guten Freund gewonnen, Andronicus, in dessen Haus das heutige Treffen stattfindet. Auf ihn und Parminter freue ich mich sehr. Aber herrje, ich bin so schrecklich spät dran …

Ach, du bist immer noch da? Nun, dann will ich dir gerne beschreiben, wie es sich anfühlt zu fliegen. Diese Fähigkeit ist vermutlich das Einzige, um das ihr Flügellosen uns Schaben beneidet. Inzwischen hat es sich merklich abgekühlt, und als ich die Flügel noch weiter ausbreite, kriecht mir die Kälte in die Glieder. Ich wünschte, ich hätte eine Flugweste übergestreift, doch das habe ich bei all dem Trubel vergessen, deshalb ist mein Panzer ungeschützt. Ich trage nur Schabenleggings – und meine großartige Nachtsichtbrille. Die ist eigentlich für leichtsinnige Flügellose gemacht, die sich bei

Nacht hinauswagen wollen. Angeblich kann man damit eine Nachtschabe im Nebel aus bis zu zwanzig Metern Entfernung erkennen, und das ist durchaus beeindruckend, schließlich haben Nachtschaben und Nebel dieselbe Farbe. Was für ein Glück, dass ich sie im Rinnstein gefunden habe. Ihr früherer Besitzer vermisst sie bestimmt schmerzlich.

Die kalte Luft harrt erwartungsvoll und ruhig des Nachtnebels. Wohin ich meinen Blick auch richte, er trifft auf den fahlen Schleier der Sphäre – das Kraftfeld, unter dem unsere Stadt gefangen ist. Jenseits der Sphäre sollen ein Mond und Sterne scheinen. Ich habe sie schon auf Bildern gesehen, aber hier unten erkennen wir nur verschwommene Lichtschlieren. Was würde ich dafür geben, den Mond einmal klar zu sehen. Es muss wunderschön sein, wenn eine andere Welt auf dich herableuchtet. Und die Sterne, obgleich ich nicht ganz begreife, wie eine Sonne so weit entfernt sein kann, dass sie nur ein Punkt am Himmel ist. Tatsächlich sollen so viele Sterne existieren, dass die Menschen sie früher zu Formen verbunden und sich Geschichten darüber ausgedacht haben. Ich bin mir nicht sicher, ob ich wirklich an Sterne glaube, aber ich glaube an den Mond, denn in Nächten wie heute schimmert etwas geheimnisvoll Helles und Rundes über der Sphäre.

Eine Bewegung auf einem Schornstein reißt mich jäh aus meinen Träumen. Als ich genauer hinschaue, blitzen grüne Facettenaugen aus einem großen weißen Schemen – eine Nachtschabe! *Maximilian, du Narr*, sagt Mamas Stimme in meinem Kopf. *Was nimmst du auch immer die Abkürzung? Nie durchdenkst du die Dinge.* Ich drehe ab und gehe in den Sturzflug über, doch es ist zu spät. Die gewaltigen bleichen Flügel der Nachtschabe erheben sich in die Luft, sie macht sich bereit zum Angriff. Das ist gar nicht gut. Ich bin in schlechter Verfassung, ganz steif vom Fall auf der Treppe, und mein verletzter Hautflügel bremst mich.

Fliegend entkomme ich ihr nicht. Ich muss mich verstecken.

Ich lande unter dem Bogen eines zurückgesetzten Fensters im obersten Stock eines alten Hauses. Trotz der dunklen Schatten und des breiten Simses ist es nicht so ideal, wie es aussieht, denn ich rieche Flügellose im Inneren. Doch die Vorhänge sind zugezogen, und man hört Schlafgeräusche. Ich muss nur leise sein, dann werden sie nichts merken. Vorsichtig lehne ich mich zurück, ohne gegen die Scheibe zu stoßen, und kauere mich hinter meinen Deckflügeln zusammen, damit sie den Widerschein meiner Nachtsichtbrille verbergen.

Bang lausche ich auf Flügelsirren, doch bis auf das Schnarchen und das Tropfen der Regenrinne ist alles still. Nach einigen Minuten allerdings dringt ein kratziges Scharren vom Dach zu mir, nur ganz schwach, aber ich weiß genau, was es ist: eine Flügelspitze, die über Schiefer schleift. Und ich weiß auch, warum die Nachtschabe mir immer noch auf den Fersen ist: Sie riecht das Blut. Und jetzt sitzt sie nicht einmal einen Meter über meinem Kopf und *lauert auf mich*!

Starr vor Angst verharre ich auf dem Fenstersims. Das Wasser aus der Regenrinne sickert auf meine Hautflügel. Wenn sie noch nasser werden, kann ich gar nicht mehr fliegen. Verzweiflung steigt in mir auf. Ich will nicht im Nachtschabensilo enden. Wie wird es meinen jungen Silberlingen wohl ergehen, wenn ich nicht zurückkehre?

Merkwürdigerweise beruhigt mich der Gedanke an sie. Ich rufe mir in Erinnerung, wie besonnen und bewundernswert methodisch das Mädchen alle Fluchtwege überprüft hat, als es in die Enge getrieben wurde. Und der kleine Junge hat keinen Laut von sich gegeben, obwohl er verletzt war. Sie haben einen kühlen Kopf bewahrt, wie mein lieber Freund Andronicus sagen würde. Und das muss mir nun auch gelingen. Außerdem muss ich darauf vertrauen, dass mich irgendjemand rettet, so wie ich sie gerettet habe. Doch in meinen Hörorganen dröhnt Mamas Stimme: *Du bist ein Narr, Maximilian. Wer rettet schon eine widerliche Schabe von einem Fenstersims?*

Da spüre ich eine Veränderung in der Luft, einen kalten Hauch, eine dumpfe Stille. Ich habe tatsächlich einen Retter: den Nachtnebel! Er eilt herbei, umhüllt mich innerhalb von Minuten wie eine weiße Decke. Lautlos lasse ich mich vom Sims fallen und fliege um mein Leben.

Zu Andronicus finde ich mit geschlossenen Augen. Zum Glück, denn heute macht der Nebel seine Verspätung durch erstickende Dichte wett. Ungeschickt lande ich auf dem Schornstein und pralle gegen den Keramikaufsatz, der die Ziegel hinunterkullert. Es ist nicht mein erster Zusammenstoß mit Andronicus' Dachmobiliar, und ich fürchte, er wird den Aufsatz auf dem Gehweg unten zerschellen hören. Andronicus ist ein sehr empfindsamer Mensch, und ich will ihm nicht noch mehr Kummer bereiten. Ah, mein blinder Passagier, nun vermutest du bestimmt, dass Andronicus aussieht wie du, weil ich ihn einen Menschen genannt habe, nicht wahr? Doch mein liebster Freund ist ebenfalls eine Schabe. Unser Äußeres mag sich inzwischen verändert haben, aber wir wurden als Menschen geboren und betrachten uns auch als solche, genau wie du und deine weichen, lauten, emotionalen Artgenossen.

Kaum habe ich das Gleichgewicht wiedererlangt, klopfe ich den vereinbarten Code an das Dachfenster. Als es sich öffnet und Cassius Schnak den Kopf heraussteckt, bin ich überrascht – leider nicht im positiven Sinne.

»Maximilian«, sagt er mit einer missmutigen Miene, die mich an Mama erinnert, »du kommst spät. Sehr spät.«

»Und dafür entschuldige ich mich vielmals, Cassius. Allerdings habe ich gute Gründe für meine Verspätung. Bitte lass mich hinein.«

Doch Cassius denkt gar nicht daran. »Das wäre sinnlos. Die Zusammenkunft ist schon fast vorbei.« Unter ihm erkenne ich das warme gelbe Licht des Dachbodens mit seinen weichen Teppichen und die dunklen Umrisse der im Kreis sitzenden Mitglieder. Niemand widerspricht Cassius, was mich verwundert. Ich hätte erwartet, dass zumindest Parminter protestiert.

Während ich mich wie eine Fledermaus an die Dachziegel klammere, wandern meine Gedanken zurück zur Nachtschabe. Ob sie den Blutgeruch wohl verfolgen kann? Vermutlich. »Um Himmels willen, Cassius, lass mich hinein! Hier draußen bin ich in großer Gefahr.«

Doch Cassius, die fiese Schmeißfliege, grinst nur höhnisch. »Der gute Maximilian, immer so melodramatisch.« Dann hält er kurz inne. »Du stinkst.«

Ich bin schockiert. Das sind harsche Worte.

Er schnüffelt vernehmlich, und ich wappne mich. »Blut. Du stinkst nach frischem Blut.«

»Es ist nicht so, wie du denkst«, beteuere ich.

»Das sagen sie alle«, erwidert er. »Doch meiner Erfahrung nach ist es immer *genau*, wie man denkt. Verschwinde, Maximilian Flügelschlag. Du wirst unser Treffen nicht mit deinem Gestank besudeln.« Und zu meinem Entsetzen schließt er das Fenster wieder.

»Nein!«, fauche ich, und die Luft zischt durch meinen Panzer wie ein Dampfstrahl. *»Neeeiiin!«*

Ach, ich bin wirklich ein Narr. Jetzt weiß jede Nachtschabe weit und breit, wo ich bin. Das muss Cassius doch auch klar sein. Trotzdem senkt sich die Fensterkante immer weiter auf meine Finger zu. Ein paar Zentimeter über den Mittelhandknochen hält sie plötzlich an und bewegt sich wieder nach oben. Das Gesicht meines lieben Andronicus erscheint. Er wirkt angespannt. »Maximilian«, begrüßt er mich knapp. »Komm herein.«

Das lasse ich mir nicht zweimal sagen. Ich gleite durch die Luke und lande leichtfüßig auf dem Boden. Nachdem ich die Flügel eingeklappt habe, schaue ich mich um. Was ich sehe, gefällt mir nicht.

Auf dem Teppich ist ein Parasit.

Seine Haltung in der Mitte des Sitzkreises erinnert mich an die junge Kaitlin, die vor nicht allzu langer Zeit ganz ähnlich auf meinem Türvorleger kauerte. Mein Blick wandert über die glatte Rüstung, die blaugrün schillert wie ein Schabenpanzer. Doch das Erscheinungsbild wird getrübt durch den fehlenden Helm, der das feuchte, weiche Gesicht und das wirre braune Haar nicht länger verdeckt. Der Parasit schaut mich an, und in seinen Augen erkenne ich die gleiche Angst wie bei meiner Kaitlin. Er ist verletzt. An den Schultern quillt Blut aus dem CarboTex. Mit *diesem* Gestank hat Cassius anscheinend kein Problem. Ich starre auf die roten Flecken links und rechts unter dem Schlüsselbein. Offenbar hing der Parasit kürzlich in den Krallen einer Nachtschabe.

Ich nehme meinen freien Platz neben Andronicus ein und stelle enttäuscht fest, dass Parminter heute nicht anwesend ist. Hoffentlich geht es ihr gut. Ihre Anreise ist nicht ungefährlich.

Andronicus flüstert mir zu: »Der Parasit ist durch das offene

Dachfenster gefallen, während wir auf dich gewartet haben. Deshalb gibt Cassius dir die Schuld an der gegenwärtigen Situation.«

Ich danke meinem Freund mit einem raschen Blick für die Warnung, ehe ich mich wieder auf den Parasiten konzentriere. Erst jetzt bemerke ich den winzigen Porzellansplitter, der in seinem glänzenden Schuh steckt. Er schimmert im selben Türkisblau wie die Flügel von Mamas geliebten Putten. Ich kann nicht anders, ich springe auf und fauche ihn an. Der Parasit wimmert.

Cassius lacht. »Sei still, Maximilian, damit beeindruckst du niemanden. Wir haben unsere Entscheidung über den Gefangenen bereits gefällt und werden sie unverzüglich in die Tat umsetzen.«

»Einspruch!«, sagt Andronicus. Mein lieber Freund ist vielleicht von kleiner Statur, aber seine kräftige Stimme bringt Cassius zum Schweigen. »Die Entscheidung steht noch aus, schließlich hat ein Teilnehmer dieses Treffens nicht mit abgestimmt.«

Alle Augen, auch die des Parasiten, grau glitzernd und angsterfüllt, richten sich auf mich.

»Maximilian ist kein Teilnehmer«, protestiert Cassius. »Er ist erst nach der Begrüßung gekommen und damit überzählig.«

Andronicus dreht sich zu mir. Sein Blick funkelt schelmisch. »Maximilian Flügelschlag, ich *grüße* dich.«

Und ehe Cassius reagieren kann, erwidere ich schnell: »Andronicus Thrips, ich grüße dich.«

Cassius faucht vor Wut, kann es jedoch nicht mehr ändern. Wir haben ihn ausmanövriert.

Als ich erfahre, *worüber* meine Freunde abgestimmt haben, bin ich entsetzt. Sie wollen den Parasiten als Friedensangebot an das Nachtschabensilo ausliefern. Das Ergebnis war ausgeglichen, zwei dafür, zwei dagegen, wodurch die Entscheidung bei Cassius lag, dem heutigen Versammlungsleiter. Doch nun möchte Andronicus die Abstimmung wiederholen, weil er weiß, dass ich, genau wie er, jedes Leben für wertvoll erachte, und deshalb glaubt, dass ich den Parasiten verschone. Allerdings habe ich einen türkisblauen Porzellansplitter zu bedenken.

Ich mustere den zusammengekrümmten Parasiten, seine fleischigen, blutbefleckten Hände, die wie von selbst zu den Schultern wandern. Er zittert, und mir wird bewusst, dass ich für einen Mord stimmen soll. Und dass zwei aus dieser Gruppe dies bereits getan haben. Andronicus gehört ganz offensichtlich nicht dazu, also bleiben noch Marilla, Titus und Besander. Marilla und Titus sind beide flügellos, und trotzdem ist mindestens einer von ihnen gewillt, einen Artgenossen zu opfern. Wir leben in wahrlich sonderbaren Zeiten. Schon ruft der gereizte Cassius erneut zur Abstimmung auf, und meine Frage wird beantwortet. Marillas und Besanders Arme wandern für die Bluttat nach oben. Ich schaue sie missbilligend an, aber sie weichen meinem Blick aus. Anschließend stimme ich mit Andronicus und Titus dagegen. Diesmal gibt es eine klare Mehrheit, darum bleibt Cassius die Entscheidung verwehrt.

Vermutlich findest du mich scheinheilig, weil ich heute bereits einen Parasiten getötet habe. Doch das war Notwehr, um mich selbst und zwei Flügellose wie dich zu verteidigen. Diese Situation hier ist völlig anders. Ihr haftet ein gewisses boshaftes Vergnügen an – nur dass Cassius inzwischen gar nicht mehr vergnügt wirkt.

»Sitzung beendet«, zischt er. Dann dreht er sich zu Andronicus und wedelt mit der Hand in Richtung des Parasiten. »Der ist jetzt dein Problem, Andronicus Thrips. Sieh zu, wie du ihn loswirst. Und nicht vergessen: Du *wohnst* in diesem Haus, also sollte er es besser nicht identifizieren können.« Er grinst. »Viel Glück damit.«

Andronicus' Gesicht verdüstert sich, als ihm plötzlich das ganze Ausmaß der Situation dämmert.

Cassius knallt die Leiter ans Fenster und bedenkt uns mit einem letzten spöttischen Lächeln. »Versager«, schimpft er, ehe er leichtfüßig nach draußen schlüpft – er ist eine wendige Schabe. Er hat es nicht weit, sein Nest befindet sich auf einem Dachboden drei Häuser entfernt.

Marilla folgt ihm schweigend, mit gesenktem Blick. Ihre schweren braunen Stiefel bringen die Sprossen zum Beben. Besander schließt sich ihr an, er fliegt sie nach Hause, in die Nähe des nördlichen Stratomasts. Auch Titus, ein junger Flügelloser mit spärlichem Bartwuchs, verabschiedet sich. Seine Frau wartet auf ihn, und sie macht sich schnell Sorgen. Er lebt am anderen Ende des Untergrunds und hat noch einen langen Weg vor sich. Er verneigt sich rasch, wir erwidern den Gruß, dann eilt er die Treppe hinunter.

Nun sind Andronicus und ich allein mit dem Parasiten. »Verflixt«, murmelt mein lieber Freund. »Verflixt, verflixt, verflixt!«

Wir schauen auf den Parasiten hinunter, und er schaut frech zurück. Er weiß, dass er gewonnen hat.

Kapitel 9

DER PARASIT

T

Ich, der sogenannte Parasit, habe gewonnen. Falls man das so nennen kann. In Wahrheit bin ich so gut wie tot. Ist nur eine Frage der Zeit. Die erste Mission unter meinem Kommando ist spektakulär gescheitert: Mindestens ein Silberling ist nicht mehr am Leben, sehr wahrscheinlich beide. Auch von meiner Crew hat es einer definitiv nicht geschafft, und bei Nummer zwei mache ich mir keine großen Hoffnungen, denn zuletzt habe ich sie in den Krallen einer Nachtschabe gesehen, auf dem Weg zum Silo. Zwei dieser Bestien hatten uns erwischt, und ich konnte meine nur mit viel Glück dazu bringen, mich fallen zu lassen – direkt in diese Schlangengrube. Irgendwie muss ich hier raus. Aber nicht durchs Dachfenster. Für heute habe ich genug von Höhe. Ich muss runter auf die Straße. Und dann brauche ich noch mehr Glück.

Erst mal bleibe ich jedoch zusammengekrümmt auf dem Teppich liegen und versuche, wieder zu Kräften zu gelangen, während die beiden verbliebenen Schaben mich mit verschränkten Spindelärmchen mustern. Noch habe ich keine Ahnung, was ich als Nächstes tun soll. Aber das ist vielleicht gar nicht so schlimm. Momentan bin ich sowieso nicht in der Lage, irgendwas zu tun. Ich zittere unkontrolliert, schwitze, und außerdem ist mir übel. Ich will … Ach, das ist völlig verrückt, aber … *Ich will zu Mam.* Ich wünschte, sie würde hier auftauchen, mich in den Arm nehmen und mir sagen, dass alles nur ein böser Traum war. Aber das kann sie nicht, nie wieder. Wer wüsste das besser als ich? Ich bin allein – ein Mörder, kurz davor, selbst ermordet zu werden. Wie konnte es nur so weit kommen?

Ich muss mich zusammenreißen. Und zwar dringend.

M

Der Parasit beobachtet uns aus ängstlichen und dennoch berechnenden Augen. Er zittert, trotzdem fürchte ich, dass er jede Sekunde aufspringen und flüchten könnte. Und uns verraten, was unseren sicheren Tod bedeuten würde. Mit »uns« meine ich auch die jungen Flügellosen bei mir zu Hause.

Andronicus schiebt mich hinaus auf den Flur. »Was sollen wir tun?«, flüstert er. »Er kann nicht hierbleiben. Minna ist unten.« Minna ist Andronicus' Schwester und eine neugierige, unangenehme Flügellose. Vor ein paar Monaten ist sie als seine selbst ernannte »Pflegerin« bei ihm eingezogen. Ich glaube allerdings, sie schikaniert ihn, obwohl er nie ein böses Wort über sie verliert.

»Wenn wir ihn gehen lassen, verrät er uns«, erwidere ich resigniert. Mama hatte recht, ich bin eine Unglücksschabe. Ich habe Ärger über die Schwelle meines lieben Freundes gebracht. Als ich seine hängenden Fühler und die tiefe Falte in der ansonsten glatten, harten Stirn bemerke, weiß ich, was ich zu tun habe. »Ich nehme ihn mit zu mir.«

Andronicus starrt mich an, die vertrauensvollen braunen Augen vor Überraschung weit aufgerissen. »Einen Parasiten? Zu dir? Aber was ist mit … *Du-weißt-schon-wem*?«

Er meint Mama. »Sie ist seit über einem Jahr fort«, antworte ich. »Ich habe sie vor ungefähr sechs Monaten zum letzten Mal gesehen. Da hat sie gesagt, dass ich ihr in Zukunft nicht mehr unter die Augen treten soll.«

Die Falte in Andronicus' Stirn vertieft sich. »Aber sie kommt doch manchmal nachts vorbei. Um ihr Geschirr zu besuchen.«

»Ihr *Porzellan*«, verbessere ich ihn. »Das feinste in der ganzen Stadt.« Nun ja, das war es zumindest.

Andronicus schaut mich mitleidig an. Seine Meinung über Mama entspricht in etwa meiner über Minna. Wir sind übereingekommen, weder die eine noch die andere zu thematisieren.

»Andronicus«, gestehe ich kleinlaut, »ich fürchte, dass dieser Parasit jetzt hier ist, entspringt einer Reihe törichter Fehler meinerseits.«

»Wie meinst du das?«

»Ich komme morgen wieder und erzähle dir alles. Doch fürs Erste nehme ich ihn mit. Vertrau mir. Er wird uns nicht verraten.«

Andronicus wirft mir einen seltsamen Blick zu. Vermutlich glaubt er, dass ich den Parasiten nun doch beseitigen will. Aber er sagt nur: »Pass auf dich auf, Maximilian. Ich mache mir Sorgen um dich.«

Ich seufze. Ich mache mir auch Sorgen um mich.

T

Mit ihrem blechernen Geflüster entscheiden sie über mein Schicksal. Mir dämmert, wie das Urteil lautet: Der Große soll mich erledigen.

Aber zuerst muss er mich fangen.

Ich springe auf, stürze auf sie zu, überrumpele sie. Als ich sie beiseiteschubse, höre ich befriedigt ihre Panzer gegen die Wand klackern. Der Große stößt ein überraschtes *Uff* aus, und ich bin raus aus dem Zimmer, auf dem Weg zur Treppe. Fast habe ich sie erreicht, da stolpere ich über einen Läufer – ausgerechnet – und lande mit Karacho auf der Nase. Benommen spüre ich das Gewicht der zwei Schaben auf mir und weiß, dass ich keine Chance mehr habe.

Plötzlich ruft von unten eine misstrauische Frauenstimme: »Andronicus? Was ist denn da oben los?«

»Nichts, Minna«, antwortet die kleinere Schabe, »wir sind bloß … äh, über den Teppich gestolpert. Alles in Ordnung.«

Diese Minna ist meine Rettung. »Hil…«, setze ich an, doch eine widerliche Schabenhand auf meinem Mund unterbricht mich.

»Das klingt aber nicht so«, höre ich Minna wieder. »Ich komme hoch.«

»Nein! Ich meine, nein danke, Minna, es ist wirklich alles ganz wunderbar«, ruft dieser miese kleine Lügner Andronicus nervös. »Maxi, ähm, fliegt jetzt nach Hause. Er lässt dich lieb grüßen.«

Die große Schabe faucht leise. Flüsternd diskutieren die beiden weiter. Ich verstehe nicht alles, aber am Ende bleibt der Große auf mir sitzen, während der Kleine irgendetwas holen geht. Als er zurückkommt, rollen sie mich auf den Rücken und binden mir die Hände mit einem Drahtseil vor dem Bauch zusammen. Es ist dünn und schneidet schmerzhaft ein. Ich schließe die Augen, damit ich ihre hässlichen Schabenfratzen nicht mehr sehen muss. Sie knebeln mich mit geschäftigen, spitzen Fingern und zurren mir geschickt die Ellbogen am Körper fest. Dann zupfen sie probeweise an den Fesseln. »Steh auf.«

Ich halte die Augen geschlossen und rühre mich nicht. *Klickklick* und noch mehr Geflüster. Schließlich die tiefere Schabenstimme: »Natürlich lebt er noch.« Jemand zerrt fest am Draht, und ich spüre Schabenatem im Gesicht, als sie mir ins Ohr flüstert: »Aber nicht mehr lange, wenn du jetzt nicht aufstehst.« Kühles Metall bohrt sich in meinen Hals. »Ich zähle bis drei. Eins ... zwei ...«

So schnell es mit gefesselten Armen geht, rappele ich mich auf. Was ich für ein Messer gehalten habe, ist nur ein Schlüssel. *Ich Idiot.* Die Schaben sehen mich an. Ihre Augen sind seltsam menschlich, und der Ausdruck darin eindeutig: Ekel.

»Hör zu, Parasit«, sagt der Kleine überraschend volltönig. »Du wirst mit dieser Person hier mitgehen.« Er zeigt auf die große, ungelenke Schabe mit dem abgeknickten Fühler. Sie hält das Ende meiner Fesseln in der Hand. »Dir wird nichts geschehen, sofern du tust, was man dir befiehlt. Verstanden?«

Ich verstehe, dass sie mich nicht sofort töten wollen. Das reicht mir fürs Erste. Ich nicke. Hoffentlich laufen wir gleich dieser Minna in die Arme. Sie argwöhnt offenbar bereits, dass die Schaben etwas im Schilde führen, und kann mir vielleicht helfen. Ich schaue hoch zu meinem Bewacher. Er streift sich gerade das elastische Band einer Nachtsichtbrille über den Kopf. Plötzlich starren mir matte grüne Augen entgegen, wie die einer Nachtschabe. *Brrr.* Mich schaudert es.

Ich stapfe ihm hinterher, die Treppe hinunter bis ins Erdgeschoss. Dort hält der Kleine Wache an der Tür zur Küche, hinter der Minna mit Töpfen und Pfannen klappert. Im Fußboden vor uns befindet sich eine Luke mit einem Ring. Darin hakt er einen Stab ein und zieht sie auf. Der Große steigt hinab in dic Dunkclheit, und ein Ruck an der Leine bedeutet mir, ihm zu folgen. Minna hat nichts bemerkt. Die Chance ist verflogen. Mit dem Kleinen dicht auf den Fersen stolpere ich über eine steile Stiege nach unten in den Keller, aus dem mir die grün bebrillten Augen entgegenleuchten. Ich erkenne einen hohen Torbogen mit einem Gitter. Der Kleine öffnet es, und der Große geht voran in einen breiten Backsteintunnel. Mich zerrt er hinter sich her, als wäre ich ein Hund. Scheppernd kracht das Tor ins Schloss, wie in den Zellen des Vergessens unter dem Wachturm. Ich konnte dieses Geräusch noch nie leiden, und jetzt, auf der falschen Seite, gefällt es mir noch weniger.

So ziehen wir los, ich der Hund, die schlaksige Schabe mein Herrchen. Wo sie mich hinbringt, weiß ich nicht. Ich kann bloß bei Fuß trotten.

M

Klick-klick. Mein Leben ist zur Farce verkommen. Wie habe ich es nur geschafft, ein und denselben Parasiten wieder mit nach Hause zu nehmen, den ich erst vor ein paar Stunden verjagt habe? In meinem Kopf schimpft Mama: *Du bist ein solcher Narr, Maximilian, dass ich mich dafür schämen muss*. Ich schäme mich auch, Mama, denke ich, während ich den Parasiten in den Untergrund führe.

Kurz vor der ersten Abzweigung zerrt er am Seil. Ich seufze innerlich. Er soll nicht denken, dass er aufbegehren kann, deshalb drehe ich mich um und will die Drohhaltung einnehmen, muss jedoch feststellen, dass der Platz dafür nicht ausreicht. Die bogenförmige Decke staucht meine Flügel, und auch seitlich kann ich sie nicht vollständig ausbreiten. Ich fürchte, sie haben sich verklemmt, darum versuche ich, Zeit zu schinden, und fauche laut. Der Parasit sinkt mit schmerzverzerrtem Gesicht auf die Knie. Während er die Augen zukneift, winde ich mich würdelos, bis ich mich befreit habe, und klappe die Flügel wieder ein. Anschließend ziehe ich ruckartig am Seil und stapfe weiter. Ich spüre, wie der Parasit stolpernd auf die Beine kommt und hinter mir hertaumelt. Sein Schnaufen klingt verdächtig nach Schluchzen, und einen Moment lang meldet sich mein schlechtes Gewissen, doch dann denke ich an den türkisblauen Porzellansplitter, und die Gewissensbisse verfliegen.

Langsam durchqueren wir das Tunnelsystem, das sich wie ein uralter Baum unter dem ältesten Teil der Stadt verzweigt. Der Parasit folgt mir nun dankenswerterweise widerstandslos und schweigend. Vermutlich ist ihm dieser Ort völlig fremd, denn Flügellose seines Schlags – mit kurzem Haar und einer solchen Uniform – wagen sich in der Regel nicht hierher. Andere schon. Sie nennen sich selbst Ratten, weil sie wie die Nager unbemerkt durch den Untergrund huschen. In der Regel sind sie jung und wirken verloren, sie suchen etwas, das sie hier niemals finden werden.

Ich sinne gerade über die Trostlosigkeit dieser Stadt nach, als sich vor mir eine Ratte aus der Dunkelheit schält. Es ist ein Junge mit einer Flöte, und er hat eine Schar Kinder im Schlepptau, schmutzig und nass von der tropfenden Decke, mit großen, runden Augen, die noch runder werden, als sie mich und den Parasiten entdecken. Ratten bringen mich immer zum Lächeln. Sie nehmen sich der Kinder an, die ihre Eltern an den Wachturm verloren haben oder sonst auf das Silberschiff müssten, und verstecken sie unter der Stadt. Obwohl Parminter mir einmal etwas sehr Seltsames erzählt hat: dass die Ratten die Kinder in die Draußenwelt führen. Dass sie dort sicher sind, dass die Seuche längst vorüber ist und es keinen Grund gibt, uns weiter unter der Sphäre einzusperren. Dass Trost unter freiem Himmel liegen sollte. Und – noch verrückter – dass der Himmel *blau* ist. Parminter sagt viele kluge Dinge, aber das gehört nicht dazu. Der Himmel ist grau. Wie könnte er *blau* sein? Das ist eine unsinnige Farbe für einen Himmel.

Der Junge mit der Flöte wird langsamer, bei meinem Anblick huscht Sorge über sein Gesicht. Schnell schiebe ich die Nachtsichtbrille nach oben und mache das Friedenszeichen: die Spitze des Zeigefingers an die Spitze des Daumens gepresst, sodass ein O entsteht. Ja, mein blinder Passagier, meine Hände funktionieren genau wie deine. Nur dass sie nicht mit weicher Haut bedeckt sind, sondern mit winzigen, dünnen Panzerplatten, die sich so fließend bewegen wie Wasser auf glattem Stein.

Der Junge führt seine Herde auf mich zu, dicht an der Wand. So reicht der Platz aus, um aneinander vorbeizukommen. Ich nicke ihm zu, er nickt zurück, und eins der Kinder winkt schüchtern. Dann verschwinden sie lautlos in der Dunkelheit. Still wünsche ich ihnen alles Gute. Wie schön es doch wäre, wenn Parminter recht hätte und sie sich auf dem Weg in die Freiheit befänden, zu Sonnenschein und einem blauen Himmel. Aber ich glaube nicht daran. Der Himmel ist grau, und draußen wartet der Tod. So ist das nun einmal.

T

Ich betrachte den glatten, gepanzerten Rücken der Schabe, ihre Flügelspitzen, die beinahe die Tunnelwände streifen, während sie den zwei matten Lichtkegeln auf dem Boden folgt. Sobald wir stehen bleiben, werde ich mich auf sie stürzen und sie zu Boden werfen. Ich freue mich richtig auf dieses hohle Knacken, das Panzer machen, wenn sie auf Stein treffen. Und dann reiße ich ihr den Arm aus, der meine Leine hält, und nehme ihn einfach mit. Ich sehe mich schon die Straße entlangrennen, mit dem Seil in der Hand und einem Schabenarm, der hinter mir herhüpft. Beim Gedanken an das Geklapper muss ich laut auflachen. Die Schabe legt den Kopf schief.

Wahrscheinlich fragt sie sich, ob sie einen Verrückten im Schlepptau hat. Ich fange schon wieder an zu zittern. Wem will ich hier eigentlich was vormachen? Im Moment hätte ich nicht einmal genügend Kraft, um einen Stift aus der Tasche zu ziehen, geschweige denn, einen Schabenarm auszureißen. Also stolpere ich weiter wie ein braves Hündchen, einem Schicksal entgegen, über das ich lieber gar nicht erst nachdenke.

M

Normalerweise gehe ich aufrecht auf meinen starken Hintergliedmaßen. Doch wenn wir Schaben den Untergrund durchqueren, sind Tempo, Panzerschutz und Wendigkeit wichtig, deshalb laufen wir auf allen sechsen – oder auf so vielen Gliedmaßen, wie wir noch besitzen. Ich komme mit fünf ganz gut zurecht, aber manchmal frage ich mich, wie schnell ich wohl mit sechs wäre. Als Kind wollte ich einmal von Mama wissen, warum mir der zweite linke Arm fehlt, und sie antwortete lachend, ihr sei das Messer ausgerutscht. Seitdem trage ich selbst ein Messer bei mir, den langen, dünnen Dolch in der versteckten Scheide unter den Hautflügeln. Dank ihm fürchte ich Mama weniger. Meistens jedenfalls.

Doch ich sollte aufhören, an Mama zu denken. Parminter meint, sie sei zu oft in meinem Kopf, und das stimmt. Eigentlich wollte ich dir nämlich erzählen, dass ich gerade nicht auf allen fünfen laufe, weil wir Schaben diese Art der Fortbewegung nie verwenden, wenn Flügellose uns sehen. Vor ihnen betonen wir unsere Menschlichkeit. Wir kriechen nicht wie Tiere auf dem Boden herum, wie Mama es ausdrücken würde.

Allerdings wünsche ich mir im Moment nichts sehnlicher. Ich bin zu groß für diesen Tunnel, und mein Nacken schmerzt vom ständigen Beugen. Generell fühle ich mich recht schwach, während ich mich den nächsten langen Anstieg hinaufquäle. Wenn der Parasit das wüsste, würde er mir die Leine entreißen und den Arm wahrscheinlich gleich mit. Ich höre ihn hinter mir keuchen und plötzlich erstickt auflachen. Hoffentlich wird er nicht hysterisch.

Wenn ich allein bin und auf allen fünfen, sodass mir sämtliche Sinne zur Verfügung stehen, jagt mir der Untergrund nie Angst ein, doch heute werde ich immer schreckhafter. Ich höre irgendwo Wasser und stelle mir sofort vor, eine Flutwelle würde auf mich zurollen, der gespenstische Ruf einer Bluhuteule lässt mich jäh vor ihrem lautlosen Sturzflug und dem giftigen Biss erzittern, und in jeder Ritze der Tunnelwand vermute ich Mooderspinnen mit ihren schmalen Körpern und grässlich langen Beinen. Am allerschlimmsten ist jedoch Mamas spöttische Stimme in meinem Kopf: *Maximilian, du armselige Angstschabe erschreckst dich vor deinem eigenen Schatten und ziehst Ärger an wie ein Magnet Eisen*. Und wieder einmal fürchte ich, dass sie recht hat.

So setzen wir unsere seltsame Prozession fort, folgen den alten Schildern, die zu den früheren Ausgängen an der Oberfläche führen – die meisten davon sind inzwischen verschlossen –, bis wir endlich eine Tunnelkreuzung mit einem Wegweiser erreichen, an dem vier Hände in unterschiedliche Richtungen zeigen: Nord, Süd, Ost und West. Wir müssen nach Westen. Ich ziehe an der Leine des Parasiten, und er stolpert mir nach. Der breite Backsteintunnel bringt uns bis zu einer tief in die Wand eingelassenen Holztür, hinter der mich mein eigener braver Tunnel willkommen heißt. Während wir die letzte Steigung erklimmen, wandert das Licht meiner Nachtsichtbrille über die glatten Wände, die ich erst vorigen Monat getüncht habe. Noch eine Kurve, und ich sehe mein Tor, die glänzenden Eisenstangen, die vom Boden bis zur Decke reichen. Beinahe geben meine Beine nach. Ich bin zu Hause.

T

Hier also endet meine Reise: Im Vorratskeller einer Schabe. Sie macht *klick-klick* und öffnet mit kratzenden Krallen das Schloss. Von dem Geräusch kriege ich Zahnschmerzen. Es gibt nichts Schlimmeres als Schabenpanzer auf Metall. Quietschend schwingt das Gittertor auf, und ich werde mit einem Ruck in mein Gefängnis gezogen. Die Schabe verschließt das Tor wieder und befestigt das Ende meiner Leine an einem Ring in der Wand. Dann schlurft sie an mir vorbei und öffnet eine schmale Tür am anderen Ende, deren Rahmen sie komplett ausfüllt. Erst als sie zur Seite tritt und die Tür schon zufällt, erhasche ich einen Blick auf einen mit Porzellanscherben übersäten Flur.

Ist das zu fassen? Ich bin zurück im Haus der dreckigen Mistschabe, die mein Crewmitglied auf dem Gewissen hat. Mein Gefängniswärter *ist* die dreckige Mistschabe, die mein Crewmitglied auf dem Gewissen hat. Dafür wird sie bezahlen!

M

Ich laufe über die Blutspur, die der tote Parasit hinterlassen hat, als ich ihn aus dem Haus geschleift habe. Ich muss der Wahrheit ins Auge sehen: Ich habe getötet. Und die klebrige Flüssigkeit unter meinen Füßen ist die Strafe. Doch mich erwartet noch etwas viel Schlimmeres: die Zerstörung in Mamas Allerheiligstem.

Ich trete ein, entzünde die Lampe und zwinge mich, das Massaker auf den Regalen anzuschauen. Im Flackern der Flamme schillern die gelben, weißen, silbernen, goldenen und blauen Scherben wie kleine Käfer. Wüsste ich nicht, was sie einmal waren, fände ich sie wunderschön, doch so zerreißt ihr Anblick mir das Herz. Ich stelle mich der Verwüstung, die ich über Mamas liebste Schätze gebracht habe, solange ich es ertrage, dann wende ich mich ab. Dabei bemerke ich aus dem Augenwinkel etwas ganz hinten auf dem obersten Regalbrett. Zitternd strecke ich einen Arm aus und berge ein verschont gebliebenes Kleinod – eine schimmernd weiße Teekanne mit einem goldenen Adler als Ausguss, der die majestätischen Schwingen rücklings um das Porzellan spannt. Der fein gewölbte Deckel ist an einer zarten Goldkette befestigt. Die Kanne ist Mamas Lieblingsstück, und sie hat nicht einmal einen Sprung.

Bebend vor Freude trage ich die Überlebende nach oben, als wäre sie der Heilige Gral, und bette sie ehrfürchtig auf das kleine Samtkissen neben meinem Nest, wo sie wie eine Königin thront und meine armselige Kammer mit den erlauchten roten Adleraugen überblickt.

Ich lasse mich in mein weiches Nest sinken und verspüre … nicht Glück, denn wer könnte glücklich sein, wenn er getötet hat, aber eine stille Zufriedenheit. Meine Gedanken wandern zu den beiden jungen Ausreißern, die im Zimmer gegenüber schlafen, und zur Ratte mit ihrer Sippe im Untergrund. Ein Lächeln breitet sich auf meinem Gesicht aus. Ich habe die Antwort auf die Frage gefunden, was ich mit meinen Silberlingen mache: Ich suche eine Ratte, die sie in Sicherheit bringt, wo auch immer das sein mag. Die Ältere würde selbst eine gute Ratte abgeben. Und erst dann, keine Sekunde früher, kümmere ich mich um den Parasiten.

Ich kann nicht einschlafen, darum greife ich nach meinem schönsten Buch, *Die schlummernde Prinzessin im Dornenwald*, und schlage meine Lieblingsseite auf. Es ist die allererste, und darauf steht: *Für meinen wunderbaren Sohn Maximilian von seinem Papa.* Ich betrachte die verblichenen Schnörkel, bis wirre Träume mich übermannen.

Doch ehe ich einnicke, höre ich laut und deutlich Mamas Stimme: *Bring sie morgen früh alle um, dann bist du sie los!*

T

Irgendwo tröpfelt Wasser, ansonsten herrscht im Haus über mir drückende Stille. Während ich im Dunkeln sitze und lausche, glimmt ein Hoffnungsfunke in mir auf: *Noch bin ich nicht tot.* Die Schabe ist nicht zurückgekommen, und ich habe es endlich geschafft, den Knebel zu lösen und Flip aus meinem Stiefel zu fischen. Das kleine Multitool war ein Geschenk meines Vaters. Es beinhaltet die verschiedensten Werkzeuge, unter anderem eine Taschenlampe und eine Metallsäge. Irgendwie befördere ich es an meinen Mund. Mit den Zähnen ziehe ich die Taschenlampe heraus und – *zack!* – kann ich sehen. Als Nächstes die Säge. Damit mache ich mich daran, den Draht zu durchtrennen, der mich an die Wand fesselt.

Es dauert zwar Stunden, aber irgendwann bin ich frei. Jetzt muss ich bloß noch aus diesem grässlichen Vorratskeller raus. Und dann wird die Killerschabe bereuen, dass sie je geboren wurde.

Kapitel 10

FREI

K

Die Morgendämmerung sickert durch die geblümten Vorhänge und weckt mich. Herrlich! Ich habe seit sechs Monaten kein Tageslicht gesehen. Die Crewquartiere der Silberlinge befinden sich unter der Erde, und dort herrscht rund um die Uhr künstliche Helligkeit – es sei denn, man bekommt einen Tag in der Auszeit verordnet, das bedeutet nämlich vierundzwanzig Stunden in der finstersten Finsternis, die man sich vorstellen kann. Ich war einmal da, und als ich wieder rausdurfte, kam mir das Licht unheimlich grell vor. Diese Strahlen hier sind sanft und unaufdringlich und geben mir das Gefühl, lebendig zu sein.

In meinem Deckennest lausche ich Jonnos gleichmäßigem Atem. Er tut mir so leid. Er hat wirklich geglaubt, was man uns erzählt hat. Dass das Silberschiff uns an einen wunderschönen, seuchenfreien Ort bringt, an dem wir all die Kinder treffen, die vor uns diese Reise angetreten haben, und wo ein aufregendes Leben voll Lagerfeuer, Angeln und Spaß auf uns wartet. Klar hasst er mich, weil ich ihn da weggeholt habe.

Apropos Silberschiff: Es wird Zeit, mich von der DiSk zu verabschieden. Die ganze Nacht habe ich sie umklammert, aber jetzt löse ich den Griff und flüstere: »Mach's gut, pass auf dich auf.« Dann schiebe ich sie in einen Spalt in dem Holzbalken über mir. Sie gleitet perfekt hinein, man sieht nur noch den Rand schimmern. Ich reibe ein bisschen Staub darüber, und – *schwups!* – wird sie unsichtbar. So findet sie garantiert niemand. Also kann auch niemand die Sphäre öffnen. Und das Silberschiff bricht nirgendwohin auf.

Ich schäle mich aus dem Nest und strecke mich. Es ist still im Haus. Ob Maximilian wohl noch schläft? Ich trete ans Fenster und schaue hinaus. Es ist lange her, dass ich das tun konnte. Die Straße unten ist menschenleer und in tiefe Schatten getaucht. Nur zwei kleine braune Vögel sorgen für ein wenig Bewegung. Sie hüpfen auf dem Mäuerchen vor dem Fenster herum und zwitschern sich lautstark etwas zu. Fasziniert beobachte ich sie, bis sie fortfliegen. Auf der Suche nach einem Buch oder irgendetwas anderem, mit dem ich mich beschäftigen könnte, schlendere ich durchs Zimmer, aber bis auf Decken, Teppiche und Kissen gibt es hier nichts.

Ich bin so daran gewöhnt, eingesperrt zu sein, dass mir erst nach einer Weile klar wird: Ich muss nicht in dieser Dachkammer bleiben, ich kann das ganze Haus erkunden! Also ziehe ich mir die Segelschuhe an, laufe auf Zehenspitzen zur Tür und drehe versuchsweise am Knauf. Er löst sich. Ich muss lächeln. Lose Türknäufe kenne ich gut. Paps hatte auch zwei linke Hände, wenn es um Reparaturen ging. Ich setze den Knauf wieder ein, drehe ihn vorsichtig, und die Tür öffnet sich.

Der Flur ist breit und hell und wird von einem hohen Geländer begrenzt. Stufen führen hinab zu den dunklen Stockwerken darunter. Über die glatten Dielen tapse ich zu dem Rechteck aus Licht, das durch ein großes Dachfenster auf den Boden fällt. Ich stelle mich mitten hinein und lasse die sanfte Stille des Hauses auf mich wirken. Wieder muss ich lächeln. *Ich bin frei.*

Zwei weitere Türen gehen vom Flur ab. Vielleicht verbirgt sich hinter einer davon ja ein Badezimmer? Ich habe einen ganz trockenen Mund, und außerdem muss ich mal aufs Klo. Keine Ahnung, was Schaben in so einem Fall tun, aber hoffentlich gibt es trotzdem eine Toilette.

Nur, welche Tür soll ich nehmen? Ich will nicht in Maximilians Zimmer platzen. Er ist so zurückhaltend, und ich habe das Gefühl, er kann eine kleine Pause von Jonno und mir vertragen. Ob er wohl in einem Bett schläft? Oder in einer Art Nest? Jedenfalls will ich ihn nicht beim Schlafen beobachten. Das kommt mir einfach falsch vor. Also stehe ich weiter auf dem Treppenabsatz herum und hoffe auf irgendeine Art Hinweis. Plötzlich ertönt hinter der Tür gegenüber ein Schnarcher. Ich kann mir ein Grinsen nicht verkneifen. Wer hätte gedacht, dass Schaben schnarchen? Ich schleiche zur anderen Tür und drücke sie behutsam auf. Ein Bad! Abgesehen von einer riesigen, flachen Metallwanne, die zur Hälfte mit Sand gefüllt ist, wirkt alles völlig normal. Puh! Ich muss nämlich wirklich dringend.

Zurück in der Diele, lausche ich abermals der Stille. Wie komisch, in einem fremden Haus zu sein, während alle anderen schlafen. Irgendwie hat es was. Ich beuge mich übers Geländer und betrachte die Stufen, die sich ins Zwielicht hinabwinden. Es fühlt sich fast an, als würde ich auf einer Klippe stehen. Mir wird ein bisschen schwindelig.

Ich beschließe, auf Erkundungstour zu gehen. Leise steige ich die Treppe hinunter. Eine der Stufen knarrt. Ich halte inne, horche, doch alles bleibt ruhig, also laufe ich weiter. Im nächsten Stockwerk gibt es auch drei Türen, alle abgeschlossen. Das finde ich zwar gruselig, will mich aber nicht beunruhigen lassen. Noch ein Stockwerk tiefer steht eine Tür offen. Ich trete hindurch. Genau wie in unserer Dachkammer liegen im Zimmer dahinter mehrere Teppiche, dazu sind an der Wand stabil wirkende Hocker und Kissen aufgereiht. Sieht aus wie ein Ort für Versammlungen. Oder Partys. Allerdings wirkt Maximilian auf mich nicht wie der Typ für Partys.

Das Zimmer liegt im rückwärtigen Teil des Hauses. Zwei große Fenster blicken auf einen langen, schmalen Garten, der an zwei ähnlich schattige Nachbargärten grenzt. Dahinter ragen die Rückseiten weiterer Gebäude auf. Dicht beim Haus wächst hohes Gras, ein Stück weiter befinden sich mehrere gepflegte Gemüsebeete. Kurz vor dem Tor stehen zwei Apfelbäume ganz nah beieinander. Ich wende mich ab. Apfelbäume machen mich immer traurig.

Auf einmal höre ich ein Geräusch. *Schritte!* Da ist jemand im Haus, unten im Erdgeschoss. Jetzt steigt er die Treppe hoch. Die Stufen knarren. Langsam, aber sicher kommen die Schritte näher. Dann verstummen sie plötzlich, als würde dieser Jemand die Ohren spitzen. Auch ich spitze die Ohren, belauere die Person im Stockwerk unter mir, so wie sie mich belauert. Die Schritte setzen wieder ein, schwer und behäbig knarzen sie die Treppe herauf. Jeden Moment erreichen sie die offene Tür, und ihr Verursacher wird mich entdecken.

Ich muss mich verstecken. Nur wo?

Im Takt mit den fremden Füßen schleiche ich über die Teppiche und presse mich hinter der Tür an die Wand, sodass man mich auf den ersten Blick nicht sehen kann. Die Schritte sind nun auf dem Treppenabsatz. Sie nähern sich unaufhörlich, langsam und verstohlen, als wären sie auf der Suche nach etwas. Sobald die Person den Raum betritt, werde ich mich auf sie stürzen, sie über den Haufen rennen und so schnell wie möglich nach draußen flitzen. Da fällt mir Jonno wieder ein, Jonno, der oben friedlich schläft, und ich zögere. Ich kann ihn nicht allein zurücklassen. Was soll ich bloß tun?

Die Entscheidung wird mir abgenommen. Die Schritte wandern an der Tür vorbei, steigen weiter hoch. Ob ich ihnen folgen sollte, um Jonno zu retten? Nur wird Jonno mit mir bestimmt nirgendwo mehr hingehen. Inzwischen haben die Schritte den Dachboden erreicht. Ich warte mit angehaltenem Atem. Wird Jonno schreien? Eine Tür wird geöffnet. Sie quietscht. Puh, es ist die zu Maximilians Zimmer. Die habe ich letzte Nacht auch quietschen hören. Erleichtert husche ich die Treppe hinunter, schnell und leise. Ich will so viel Abstand wie möglich zwischen mich und diese unheimlichen Schritte bringen.

T

Vor ein paar Minuten habe ich Schritte gehört. Schwer und langsam. Direkt vor der Tür sind sie stehen geblieben, und ich schwöre, die Person hat gelauscht. Aber es gab nichts zu hören. Bis sie weg war, habe ich die Luft angehalten. Erst danach konnte ich wieder einen klaren Gedanken fassen. Was, wenn meine Nummer zwei auch überlebt hat? Was, wenn sie es war, wenn sie hergekommen ist, um nach mir zu suchen? Keine Ahnung, wie sie mich gefunden haben soll, aber wer weiß? So oder so, sie ist tiefer ins Haus vorgedrungen, wird aber wahrscheinlich denselben Weg zurück nehmen. Und diesmal muss ich sicherstellen, dass sie mich bemerkt.

Ich hab's, eine Nachricht! Ich schreibe eine Nachricht! Obwohl meine Finger und Schultern ganz steif sind und ich mich kaum bewegen kann, schaffe ich es, ein Stück Papier und einen Bleistift aus der Tasche an meinem Gürtel zu ziehen. Ich notiere meine Crewkennung und darunter: *Hilfe! Hier drin!* Meine Hände zittern so stark, dass meine Schrift aussieht wie die meines kleinen Bruders, aber es muss reichen. Ich schiebe die Notiz unter der Tür durch und lehne mich an die Wand. Vor Anstrengung bin ich schweißgebadet. Ich stelle mir vor, wie der Zettel in diesem scheußlichen dunklen Flur liegt, inmitten von Blut und Scherben. Hoffentlich entdeckt sie ihn. Falls sie es war. Und wenn nicht und die Schabe ihn findet – was soll's? Jeder weiß, dass Schaben nicht lesen können. Vermutlich stopft sie ihn sich zwischen die ekligen Beißwerkzeuge und frisst ihn zum Frühstück. Ich hoffe, sie erstickt daran.

K

Ich bin im Keller. Diese Schritte haben mir einen ziemlichen Schreck eingejagt, und je weiter ich von ihnen weg komme, desto besser. Trotz der Dunkelheit erkenne ich die Porzellanscherben, durch die sich eine breite Blutspur zieht. Die stammt natürlich von Maximilians Kampf mit den Vollstreckern. Mir war nur nicht klar, wie heftig er gewesen sein muss. Oder was Maximilian vielleicht getan hat …

Ich folge dem rostroten Pfad. Als ich den Vorratskeller erreiche, fällt mir ein Zettel ins Auge, der unter der Tür hervorlugt. Er ist blau und mit Bleistift beschrieben. Diese Art Papier hat jeder Silberling im Gürtel. Ich bücke mich. Mein Herz macht einen Satz. Das ist Jonnos Schrift.

KT. Hilfe! Hier drin! So schreibt Jonno meinen Namen: KT statt Katie. Ich starre die Nachricht an. Wie um alles in der Welt kommt Jonno in den Vorratskeller? Meine Gedanken überschlagen sich. Während ich im Bad war, muss Jonno irgendetwas zugestoßen sein. Etwas, das mit den unheimlichen Schritten zu tun hat. Die sind in Maximilians Zimmer gegangen. Plötzlich trifft mich die Erkenntnis wie ein Schlag in die Magengrube: Maximilian steckt da mit drin! Ich kann es nicht fassen. Dabei mochte ich ihn so gerne. Ich habe ihm wirklich vertraut. Und jetzt hat er uns verraten.

Ich muss Jonno so schnell wie möglich da rausholen. Am besten sofort.

Zitternd ahme ich Maximilians Bewegungen von gestern nach: Ich öffne die kleine Klappe in der Wandvertäfelung und betätige den Hebel. Die Tür schwingt auf, und behandschuhte Finger packen mich. Fest.

Das ist nicht Jonno.

T

Was zum …? Es ist Kaitlin! Erschrocken starrt sie mich an, den Mund weit aufgerissen. Aber ich kenne meine kleine Schwester gut genug, um zu wissen, dass ihr Schweigen nicht lange anhalten wird. Blitzschnell springe ich vor und presse ihr die Hand auf den Mund. Zu spät wird ihr klar, dass sie sich nun nicht mehr bemerkbar machen kann. Stattdessen beißt sie mich. Ich drücke fester zu. Sie hat schon Mühe zu atmen, trotzdem kann ich sie nicht loslassen. Wenn sie Alarm schlägt, kriegt die Schabe uns beide. Sie zappelt wie verrückt. »Ich bin's, Tomas«, zische ich ihr zu. »Nicht schreien, okay?«

Sie wird plötzlich ganz schlaff und nickt.

Oh Mann, mir dämmert, was sie hier zu suchen hat. Sie ist die Flüchtige von gestern Abend. Sie sagen dir nie, wen du verfolgst. Keine Namen, keine Daten. Natürlich haben wir die DNA-Profile, aber die sind anonym. Sie haben mich auf die Jagd nach meiner eigenen Familie geschickt. Schon wieder. Der nächste Gedanke trifft mich noch härter. Das Blut. Es war ein männliches Profil. Das muss Jonnos Blut gewesen sein. *Die Schabe hat Jonno erwischt*. Mir wird übel. Und ich werde wütend. Mein kleiner Bruder ist tot, und das nur, weil Kaitlin ihn mitgezerrt hat. Er wollte nicht. Ich habe das Videomaterial gesehen – darauf waren sie zwar schlecht zu erkennen, aber der Kleine hat sich auf jeden Fall die ganze Zeit gewehrt.

»Wir gehen jetzt«, knurre ich. »Wag es ja nicht, einen Mucks zu machen. Klar?«

Sie nickt erneut und sackt in sich zusammen.

K

Tomas. Jetzt verstehe ich. Er war Teil des Suchtrupps gestern. Natürlich. Genau wie beim letzten Mal. Aber wie ist er im Vorratskeller gelandet? Maximilian muss ihn gefangen und eingesperrt haben. Was bedeutet, dass ich ihm schon wieder unrecht getan habe. Immerhin hat er es diesmal nicht mitbekommen.

Draußen stößt Tomas mich die Treppe hoch in den Garten. »Und, Katie? Wo ist Jonno, hm?«, knurrt er mir ins Ohr.

Wenn hier jemand wütend sein darf, dann ja wohl ich. »Kümmer dich um deinen eigenen Kram.«

»Ich weiß auch so, was passiert ist. Du hast Jonno auf dem Gewissen!«

»Hab ich nicht, er ist …« Gerade noch rechtzeitig halte ich inne. Wenigstens Jonno kann ich retten. Auch wenn er das vermutlich nicht zu schätzen weiß.

»Er ist *was*?«, fragt Tomas ungeduldig, während er mich im Polizeigriff aufs Gartentor zuschiebt.

»*Ich* habe Jonno nicht auf dem Gewissen«, sage ich und lasse Tomas seine eigenen Schlüsse ziehen. Dabei denke ich an alles, was Maximilian für uns getan hat. Wer ist jetzt die Verräterin?

»Schon klar, dass es die Schabe war. Aber Jonno wäre niemals auch nur in die Nähe dieses Drecksviehs gekommen, wenn du ihn nicht mitgeschleift hättest. Also bist letzten Endes trotzdem *du* für seinen Tod verantwortlich.« Er packt mich noch fester. Ich ramme die Fersen in den Boden, doch er schubst mich weiter. »Beweg dich.«

»Wohin bringst du mich?«, flüstere ich. Als wüsste ich das nicht ganz genau.

»Dahin zurück, wo du hingehörst.«

Ich will ihm sagen, dass ich *hierhin*gehöre – in dieses seltsame alte Haus mit Jonno und einer Schabe namens Maximilian. Aber es hat keinen Zweck. Ich blicke hinauf zu den schmutzigen Fenstern, die wirken, als hätten sie schon eine Menge gesehen, und verabschiede mich.

Kapitel 11

MINNA SIMMS

M

Ich werde von der lästigen Minna Simms geweckt.

Als ich die Augen aufschlage, sehe ich als Erstes ihr pausbäckiges, glänzendes Gesicht mit der grässlich herablassenden Miene, die sie immer aufsetzt, wenn sie mit uns Schaben spricht. Als Zweites fällt mein Blick auf ihren fleischigen Knöchel, der aus dem groben braunen Stiefel quillt, nur Zentimeter neben der Adlerkanne.

Blitzschnell packe ich Mamas letzten Schatz und hole ihn in mein sicheres Nest.

Minna bedenkt mich mit einem gönnerhaften Lächeln. »Wie ich sehe, bin ich überflüssig. Du hast deine eigene Schnabeltasse gefunden.« Sie rümpft die Nase. »Ein bisschen protzig für meinen Geschmack, außerdem geht damit bestimmt einiges daneben: Sie ist nicht geformt für Schabenmäuler.«

»Das ist keine Schnabeltasse, sondern eine *Teekanne*«, verbessere ich sie. »Aus sehr wertvollem Meissener Porzellan, achtzehntes Jahrhundert, wenn du es genau wissen willst.«

Minnas Lächeln wird breiter. »Ach, eine *alte* Teekanne. Natürlich. Ihr Schaben mögt ja gerne Kitsch.«

Vor lauter Erleichterung, dass Minna Simms' derber Stiefel Mamas Teekanne nicht zertreten hat, reagiere ich nicht mit meinem üblichen Unmut. Stattdessen setze ich mich auf, pflücke ein paar Polyesterflusen zwischen meinen Mesothoraxplatten hervor und sage: »Es ist jedenfalls ganz reizend, dich zu sehen, Minna.«

Du hältst es vielleicht für verwunderlich, dass ich beim Aufwachen Minna Simms in meinem Nistraum vorfinde und nur leicht – nun, da ich ja ehrlich zu dir sein wollte, doch recht stark – verärgert bin. Unglücklicherweise ist es nicht meine erste Erfahrung dieser Art. Kürzlich hat Minna Andronicus' Zweitschlüssel zu meinem Haus an sich gebracht und ihre »Pflege« auf mich ausgeweitet. Meine Proteste blieben erfolglos. Die ganze Sache ist höchst unerfreulich. Das einzig Gute daran ist die allmorgendliche Kanne vorzüglichen Kaffees. Sie füllt ihn in einen Becher mit Deckel, aus dem ein breites Trinkrohr ragt, ehe sie ihn mir reicht. »Maxi, mein Lieber«, sagt sie dann, »Andylein hat mich gebeten …«

Oh, es ist kaum auszuhalten: *Maxi* und *Andy*! Ich lasse mich von ihrem Geplapper berieseln, während ich den perfekt temperierten Kaffee durch das Röhrchen sauge. Minna hat eine Reihe von »Schabenhilfen« entwickelt, die irritierend nützlich, aber ebenso entwürdigend sind.

Als sie fertig geredet hat, erkundige ich mich: »Wie geht es Andronicus?«

»Viel wichtiger ist, wie es *dir* geht, lieber Maxi«, gibt sie beinahe kokett zurück. »Nach deinem schweren Sturz gestern Abend … Alles noch ganz?«

Erst verstehe ich nicht, was sie meint, doch dann erinnere ich mich an die gestrigen Ereignisse, unseren Kampf mit dem Parasiten, und meine Laune sinkt weiter. »Kein Grund zu klagen, es ist alles heil geblieben, danke der Nachfrage«, erwidere ich steif.

»Andy ist auch wohlauf, obwohl es gestern so spät geworden ist.

Hier ist seine Nachricht.« Sie händigt mir ein zusammengefaltetes und mit grünem Wachs versiegeltes Stück Hanfpapier aus.

Ich lächele. Andronicus' Nachrichten sind immer etwas Besonderes. »Danke, Minna«, sage ich, öffne den Brief jedoch nicht. Sie brennt sicher darauf, einen Blick zu erhaschen, und das möchte ich auf keinen Fall. Wer weiß, was Andronicus geschrieben hat. Ich trinke meinen Kaffee aus und reiche ihr die Schnabeltasse zurück.

»Willst du ihn gar nicht aufmachen?« Sie starrt auf den Brief.

»Dieses Vergnügen spare ich mir für später auf.« Ich schenke ihr mein schauerlichstes Lächeln und senke die Stimme zu einem verschwörerischen Flüstern. »Mama hat mir alles über Belohnungsaufschub beigebracht.« Ich klinge wirklich ausgenommen gruselig.

Minna wird blass. Sie weicht einen Schritt von meinem Nest zurück und fragt sich ganz offensichtlich, ob sie hier tatsächlich so sicher ist, wie sie dachte. »Ähm, also, nur für den Fall, dass du deine Belohnung zu lange aufschiebst, Maxi, verrate ich dir lieber, dass es eine Einladung zum Mittagessen ist«, stammelt sie. »Heute. Das habe ich dir vorhin schon erzählt, aber ich weiß, dass du mir nicht zugehört hast.«

Ich lächele so versöhnlich wie möglich, denn ich muss achtgeben, dass sie mich nicht zu sehr verabscheut. Trotz Andronicus' Beteuerungen bin ich überzeugt, dass Minna eine gefährliche Frau ist. »Wie erquicklich. Bitte richte ihm aus, dass ich mich sehr darauf freue.« Und das ist nicht gelogen. Zeit mit Andronicus zu verbringen ist immer ein Vergnügen.

Minna wendet sich zum Gehen, und als ich schon denke, ich wäre sie los, hält sie inne und dreht sich wieder um. So misstrauisch, wie sie mich beäugt, ist meine Vorsicht wohl nicht unberechtigt. »Was ist eigentlich bei dir im Keller passiert?«, fragt sie unvermittelt.

»Im Keller?«, wiederhole ich dümmlich. Was hatte sie denn im Keller zu suchen? Die Eingangstür befindet sich im Erdgeschoss. Doch ich kenne die Antwort: Sie hat herumgeschnüffelt. Wie immer.

»Ach ja, im Keller. Jemand ist bei mir eingebrochen und hat Mamas Porzellan kurz und klein geschlagen. Alles bis auf diese Teekanne …« Meine Stimme zittert, ohne dass ich es heucheln müsste. »Ich würde lieber nicht darüber reden, Minna. Es nimmt mich noch zu sehr mit.«

»Kann ich mir vorstellen«, erwidert Minna trocken. »Wir sehen uns dann beim Mittagessen.«

»Ja?« Das schmälert das Vergnügen erheblich.

»Natürlich«, sagt sie scharf. »Was dachtest du, wer kocht?« Damit verschwindet sie.

Irgendetwas an ihr hat sich gewandelt, und zwar nicht zum Besseren. Sie hatte einen beunruhigend stählernen Unterton. Als ich über die möglichen Gründe nachgrüble, fällt mir das Blut im Keller wieder ein. Und dass es wichtigere Dinge gibt als Minna Simms, um die ich mich kümmern muss – drei Dinge, um genau zu sein: meine beiden jungen Ausreißer und diesen abscheulichen Parasiten. Ich seufze. Vor mir liegt ein weiterer Tag voll Ungemach.

Ich lasse mich zurück in mein weiches Nest sinken, das übrigens, falls es dich interessiert, aus sechs Decken besteht. Ich verwende nur welche mit Polyesterfüllung, denn Daunen sind tückisch. Sie können sich beispielsweise in der Fühlerspitze verhaken, und dann läuft man den ganzen Tag damit herum, ohne dass irgendjemand einem Bescheid sagt, und fühlt sich wie ein ausgemachter Tölpel, wenn man sich abends zufällig im Spiegel sieht. Wie ich höre, habt ihr Flügellosen ein ähnliches Problem mit Zähnen und Spinat.

Am liebsten würde ich noch ein wenig schlummern, doch sobald ich die Lider schließe, starren mich Minna Simms' Goldfischaugen an. Das ist der Stoff, aus dem Albträume sind. Also setze ich mich wieder auf, stelle Mamas Teekanne zurück auf ihr Kissen und ziehe die Schlafhäubchen von den Fühlern, während ich überlege, warum ich Minna Simms derart unangenehm finde.

Langsam drängt sich die Stille in meine Grübeleien. Flügellose sind sehr geräuschvolle Wesen, vor allem die jungen, und trotzdem ist es ruhig im Haus, fast als wäre niemand hier. Die Sorge scheucht mich schließlich auf. Ich rolle mich aus dem Nest – natürlich auf der teekannenlosen Seite – und strecke mich, um die Panzerplättchen zu lockern. Dann schüttele ich die Flügel aus und trete auf den Flur. Aus dem Zimmer gegenüber dringen ganz leise schniefende Schlafgeräusche. Ich schiebe die Tür einen Spalt auf und linse hinein. Der kleine Silberling mit dem verletzten Fuß liegt zusammengerollt unter den Decken und schläft tief und fest. Doch das Nest der Großen in der Ecke ist leer.

Furcht beschleicht mich. Ich stelle mir vor, wie der Parasit sich befreit hat, die Treppe heraufgehuscht ist und sie in sein Netz gesteckt hat. Mein schmerzender Körper erinnert mich daran, dass meine Kaitlin Drew eine Kämpferin ist, da hätte ich doch sicher etwas gehört. Außerdem handelt sie impulsiv. Vermutlich ist sie früh aufgewacht, hat sich gelangweilt und erforscht jetzt das Haus. Sie war bestimmt seit Monaten in diesen grauenhaften Quartieren unter der Erde eingesperrt und genießt nun ihre Freiheit. Ein Glück, dass sie offenbar klug genug war, Minna Simms aus dem Weg zu gehen. Ich mache mich auf die Suche nach ihr.

Ha. Ich spüre deinen Blick. Du weißt etwas, das ich nicht weiß, nicht wahr? *Heraus damit!* Das ungute Gefühl wächst, während ich die fünf Stockwerke meines teuren Hauses hinuntersteige. Und als ich den Keller erreiche und am Ende des scherbenübersäten Flurs die weit offene Tür zum Untergrund entdecke, möchte ich am liebsten auf die Knie fallen und weinen.

Der Parasit hat meine Kaitlin Drew entführt! Und ich kann an nichts anderes mehr denken als ihre Panik und Verzweiflung …

Kapitel 12

FAMILIENANGELEGENHEITEN

K

Ich gehe exakt den gleichen Weg zurück, den ich gekommen bin. Nur der Bruder an meiner Seite ist diesmal ein anderer. Tomas hat mir die Hände mit Kabelbinder gefesselt und sie dann mit einem dünnen Drahtseil an seinem Gürtel befestigt. Seitdem hat er kein Wort mehr zu mir gesagt. Einmal haben sich unsere Blicke aus Versehen kurz getroffen. Er konnte gar nicht schnell genug wieder wegschauen.

Wir müssen ein seltsames Bild abgeben: ein Vollstrecker in glänzender CarboTex-Rüstung – wenn auch an der Schulter zerfetzt und blutig –, der einen schmuddeligen Silberling an der Leine hinter sich herführt. Tomas hat den Helm zurückgeschoben und offenbart die zerbeulte Stirn, die zerzausten dunklen Locken und die stahlgrauen Augen, die vor Anspannung blitzen. Er wirkt zufrieden mit sich. Selbstbewusst schreitet er durch die Straßen, als wollte er alle Welt auffordern: *Kommt doch her, wenn ihr euch traut.*

Während wir schnell und schweigend dahinmarschieren, muss ich mir ständig vorstellen, wie Jonno in einem fremden Haus aufwacht, allein mit einer Schabe. Er kennt Maximilian nicht so gut wie ich und hat bestimmt schreckliche Angst. Vielleicht sollte ich

Tomas doch verraten, dass Jonno noch lebt. Wir könnten umkehren und ihn holen. Er würde sich freuen, zu seiner Crew zurückzukommen. Nur wäre das nicht besser. Zwar weiß Jonno es jetzt noch nicht zu schätzen, aber so hat er die Chance auf ein Leben in Freiheit statt in einem unterirdischen Gefängnis. Und Maximilian wird ihm helfen, da bin ich mir sicher.

Ich betrachte die hohen Gebäude, die zu beiden Seiten neben uns aufragen: helle und rote Klinkerfassaden, geschwärzt vom Rauch illegaler Kohlefeuer, dreckige Fensterscheiben. Wer will schon kostbares Wasser zum Fensterputzen verschwenden? Ein paar der Häuser sind gut in Schuss, wie Paps es ausdrücken würde. In jedem verfügbaren Behältnis gedeihen Obst und Gemüse – in Netzen, Eimern, Papierkörben und Taschen, die von Fensterbänken baumeln. Auf manchen Dächern entdecke ich sogar kleine Bäumchen. Die übrigen Häuser stehen leer, und trotzdem habe ich das unbestimmte Gefühl, beobachtet zu werden. Ich suche die Fenster nach freundlichen Gesichtern ab, sehe aber höchstens Schatten, die sich rasch zurückziehen, oder Vorhänge, die sich bewegen. Der helle, klare Morgen weicht kühlem Nebel, der von der Sphäre heruntersteigt, sich auf die Dächer legt und alles einhüllt. Es fühlt sich an, als würden wir durch eine kilometertiefe, dunkle Schlucht laufen. Mich fröstelt, aber ich werde auf keinen Fall zittern. Tomas soll nicht denken, ich hätte Angst.

Mittlerweile sind einige Leute unterwegs: Arbeiter stapfen zu kleinen, in Hinterhöfen versteckten Werkstätten, ein paar nicht registrierte Kinder rennen zu ihren geheimen Schulen, und Einkäufer eilen zum traurigen Markt in einer der Seitengassen. Ihre Reaktionen auf uns sind unterschiedlich. Viele tun, als würden sie uns nicht bemerken, schauen demonstrativ zu Boden oder kramen auf einmal geschäftig in ihren Taschen. Zwei Kleinkinder brechen in Tränen aus, ein junger Mann presst sich mit geschlossenen Augen an die Wand, und drei Mädchen erstarren mitten in der Bewegung und schlagen sich die Hände vor den Mund. Eins ist allerdings immer gleich: Niemand sieht uns direkt an.

Wir haben gerade die Hundskurve erreicht, die breite Straße, die zum Wachturm führt, als eine ältere, etwas zerzauste Dame aus einem Hauseingang tritt. Sie hält inne und beobachtet uns, während wir uns ihr nähern. Tomas stiert geradeaus, aber ich schaue sie an. Sie erwidert meinen Blick und nickt mir unauffällig zu. Als wir auf ihrer Höhe sind, holt sie eine Steinschleuder aus dem Ärmel, und bevor ich überhaupt registriere, was sie da tut, zieht sie die Schlinge zurück und schießt. Ein Kiesel trifft Tomas am Hinterkopf. Er fasst sich an die Stelle, wirbelt herum, aber die Frau ist verschwunden, eins geworden mit den Schatten des Hauses. Wow, was für ein Mut. Natürlich würde Tomas sie jetzt gerne verfolgen, aber er hat mich im Schlepptau. Und ich stemme die Fersen in den Boden. Ihm bleibt nichts anderes übrig, als die Fassade nach der Hausnummer abzusuchen, während ihm Blut in den Nacken träufelt.

»Er weiß, wo Sie wohnen«, rufe ich. »Nehmen Sie sich in Acht!«

»Halt die Klappe«, herrscht er mich an und verpasst mir eine Ohrfeige.

Ich bin vor Schreck wie gelähmt. Aber ich spüre, dass irgendwo da oben die Frau steht und mich ermuntert zu kämpfen, so wie sie. Vielleicht möchte ich sie bloß beeindrucken, vielleicht hat sie mir Hoffnung gegeben, jedenfalls hole ich aus und ziele dorthin, wo es sicher wehtut. Tomas heult auf und hält sich nun die Schulter. Frisches Blut sickert aus der Wunde.

Kurz habe ich Mitleid, dann wische ich den Gedanken beiseite. »Du warst schon immer ein Fiesling.«

»Und du warst schon immer eine kleine Mistkröte, die sich überall einmischt«, knurrt er durch zusammengebissene Zähne.

Ich fühle den Blick der alten Frau auf mir. Sie wundert sich bestimmt, was hier vor sich geht. Tomas reißt an meiner Leine. Ich reiße zurück.

»Du hättest einen anderen Weg nehmen sollen«, sage ich. »Ich habe Freunde hier, die auf mich aufpassen. Am besten bindest du mich los und nimmst die Beine in die Hand, sonst geht es dir an den Kragen.«

Einen Versuch war's wert, aber die Finte funktioniert nicht. »Das werden wir ja sehen.« Mit schnellen Schritten marschiert Tomas los, die Hand noch immer an die Schulter gepresst. Das Drahtseil zerrt an mir, ich habe keine Wahl, ich muss hinterher. Komisch ist nur, dass er auf einmal überhaupt nicht mehr aufhört zu reden. Als hätte mein Hieb etwas in ihm gelöst.

»Du denkst, du hättest den absoluten Durchblick, was, Kaitlin?« Er ist ein bisschen außer Atem. »Aber du weißt gar nichts. Du hast nicht die geringste Ahnung.« Aufgebracht ruckt er an der Leine. »Meinst du etwa, mir gefällt das alles?« Er lässt mich nicht zu Wort kommen. »Dreimal darfst du raten: nein. Aber du bist so selbstsüchtig, dass du an *mich* keinen Gedanken verschwendest. Ich habe *das* hier« – er tippt sich auf das dreieckige Vollstreckerabzeichen, auf dem aus irgendeinem Grund die Initialen T. M. eingestickt sind – »für unsere Familie getan.«

Ich lache auf. »Ja, klar. Und der Himmel ist blau. Ich glaube dir kein Wort.« Ein Angstanfall verwandelt mein Lachen in eine Art merkwürdigen Schluckauf. Denn aus dem Nebel über den Dächern vor uns schälen sich auf einmal die unförmigen Umrisse des Wachturms. Er wirkt so nah, als könnte ich ihn mit ausgestreckter Hand berühren.

Tomas sieht mich prüfend an. »Armer Jonno.« Er schüttelt den Kopf. »Armer Kleiner.« Ich brauche einen Moment, bis mir wieder einfällt, dass Jonno ja angeblich tot ist. Offenbar glaubt Tomas, dass mein Schluckauf der Trauer um unseren Bruder geschuldet ist.

»Ich will nicht daran denken.« Das ist nicht einmal gelogen. Ich will wirklich nicht daran denken, wie Jonno sich gerade fühlen muss, so ganz allein. Wahrscheinlich ist er völlig verängstigt. Außerdem ist es schön vage, ich weiß nämlich nicht mehr hundertprozentig, was ich vorhin genau gesagt habe.

»Ja, das kann ich verstehen.« Tomas schnieft vernehmlich. Wir laufen an der offenen Tür eines Cafés vorbei, und der Geruch von Kaffee, frischem Brot und gebratenem Speck weht heraus. Speck ist eine seltene Delikatesse, denn es gibt nicht besonders viele Schweine in Trost. Irgendwie hat Paps es trotzdem oft geschafft, sonntags fürs Frühstück welchen zu besorgen.

Tomas bleibt plötzlich stehen und dreht sich zu mir um. Er hat Tränen in den Augen. Um wen er wohl weint? Um Paps, Mam, Jonno oder mich? Oder um sich selbst? In unserer Familie könnte man um alle weinen.

»Katie, was hältst du von einem letzten gemeinsamen Frühstück?«

Ich starre ihn entgeistert an. »Frühstück? Mit dir? Geht's dir noch gut?« Aber ich wehre mich nicht, als er mich in das schummrige Café führt. Er steuert auf einen kleinen Tisch ganz hinten zu, mit zwei klapperigen Stühlen, einer rot karierten Tischdecke und einem Blumentopf mit einer einzelnen Margerite.

T

Ich setze mich an den Tisch, der am weitesten von der Tür entfernt ist, und achte darauf, dass ich die Wand im Rücken und gute Sicht auf die Straße habe. Wie es mir eingebläut wurde. Meine Schwester lässt sich mir gegenüber nieder. Verwirrung und Skepsis mischen sich auf ihrem Gesicht. Sie rutscht auf die Stuhlkante und legt die Hände mitten auf die Tischplatte, damit ja niemand ihre Fesseln übersieht. Sie stellt klar, dass sie sich meine Gesellschaft nicht ausgesucht hat.

Hinter dem hohen Tresen befindet sich ein Durchgang, und in der Dunkelheit dahinter kann ich den Cafébesitzer ausmachen, der uns beobachtet. *Tomas, du Idiot, was treibst du hier eigentlich?* frage ich mich. *Schaff sie zurück und bring's hinter dich.* Aber ich kann mich nicht dazu durchringen. Noch nicht. Ich mach's ja, natürlich mache ich es, nur nicht jetzt sofort.

Der Cafébesitzer – ein massiger, schwitzender Mann mit rotem Gesicht – traut sich hinter seinem Schutzwall hervor und versucht, die Situation einzuschätzen. Er presst die Hände zusammen, damit sie nicht zittern. Klappt nicht. Eine typische Reaktion auf meine Vollstreckeruniform. Genau genommen ist es die einzige Reaktion. Für mich gibt es kein Lächeln, kein nettes Geplänkel, niemand fragt je, wie es mir geht, oder redet mit mir über das Wetter – eine Lieblingsbeschäftigung der Leute in Trost. Ich bin kein Mensch mehr, sondern ein Handlanger des Schreckens.

Der Mann wirft meiner Schwester einen mitleidigen Blick zu und kratzt all seinen Mut zusammen, um mich anzusprechen. »Guten Morgen, mein Herr. Was kann ich für Sie tun?«

»Zwei Brötchen mit Speck und zwei Tassen Kaffee, bitte.«

Beim Wörtchen »bitte« schnellen seine Augenbrauen in die

Höhe. »Mit Vergnügen, mein Herr.« Offensichtlich erleichtert wischt er sich mit dem Handrücken über die Stirn und eilt wieder davon.

Stumm starren Kaitlin und ich uns an. Ich breche das Schweigen. »Wir sollten reden.« Mir ist selbst klar, wie lahm das klingt.

Ihre Augen blitzen.

»Ich will es dir bloß erklären. Damit du die Wahrheit weißt.«

»Du würdest die Wahrheit doch nicht mal erkennen, wenn sie dir in den Hintern beißt, Tomas.« Jap, das ist meine vorlaute Schwester, wie sie leibt und lebt.

Aber ich lasse nicht locker. »Ich wollte dir nur sagen, dass ich euch nicht verraten habe. Ich habe versucht, euch zu retten.«

»Ja, genau.« Sie wedelt mit den gefesselten Händen vor meiner Nase herum. »Und das hier ist nur ein schickes Armband, oder was? Das glaubst du doch selbst nicht. Du hast uns sitzen lassen und bist zu den Vollstreckern übergelaufen. Wenn das kein Verrat ist, dann weiß ich auch nicht.«

»Ich wollte euch helfen! Ich dachte, sobald ich Teil des Systems bin, kann ich rausfinden, ob sie hinter euch her sind. Und euch warnen. Ehrlich, Katie. Du musst mir glauben. Ich war mir sicher, das würde funktionieren.«

Wir senken beide den Blick. Als wir wieder aufsehen, ist ihre Miene so hasserfüllt, dass sich alles in mir zusammenzieht. »Tja, hat es aber nicht. Und deine bescheuerten Gründe sind mir echt egal. Fest steht, dass du in deiner schnieken Uniform zwei andere Wachturmverbrecher zu unserem Versteck geführt hast und … *du hast deine eigene Mutter verschleppt*!«

Ihre Worte erschüttern mich bis ins Mark. Woher weiß sie das? Ich hatte meinen Helm auf, und meine Stimme war verzerrt. Als ich mich wieder gefasst habe, erkläre ich es ihr: »Kaitlin, bitte hör mir zu. Nicht ich habe sie zu euch geführt. Es war genau umgekehrt. Sie wussten ganz genau, wo sie hinmüssen. Unsere Familie wurde auf Schritt und Tritt überwacht. Wir standen ganz oben auf der Verdächtigenliste. Ich habe es selbst gesehen!«

Kaitlins Augen durchbohren mich. »Irgendwelche dummen Listen interessieren mich nicht. Mich interessiert nur, dass du Mam verhaftet hast. Ich hab dich erkannt, Tomas. Du hast ihr die Handschellen angelegt. *Du*. Du hättest es nicht tun müssen, aber du hast es trotzdem getan.«

»Ich hatte keine Wahl«, murmele ich. »Sie haben mich gezwungen. Ich habe nur ihre Befehle befolgt.« Oh Mann, wie schlimm sich das anhört. Ich ertrage den Gedanken an Mam nicht. Wie sie mich angesehen hat. Sie wusste auch, dass ich es war.

»Und ich habe erfahren, was sie Mam angetan haben«, flüstert Kaitlin. »Sie haben sie in einen Astro gesteckt.«

Darauf kann ich nichts mehr erwidern. Wir schweigen. Ich rieche den brutzelnden Speck, aber mir ist der Appetit vergangen. »Es ist nicht *alles* meine Schuld«, setze ich schließlich wieder an.

»Halt die Klappe, Tomas«, faucht Kaitlin.

»Echt nicht. In unserer Familie gab es irgendein Riesengeheimnis, das Mam und Paps uns nie erzählt haben. Deswegen passiert uns dieser ganze … Kram.«

»Genau, Tomas, gib Mam und Paps die Schuld. Gib allen die Schuld, nur nicht dir selbst.«

»Darum geht's gar nicht. Ich mein ja nur, das ist der Grund, warum bei uns alles schiefläuft. Warum wir unser Zuhause verlassen mussten. Warum ich mich von Mattie trennen musste und die Wächter euch verfolgt haben. Auch noch, als ihr längst aus der Kellerwohnung geflohen wart und euch bei den Ratten in dieser elenden Hütte an der alten Mühle versteckt habt. Der Grund, warum sie sich die Mühe gemacht haben, Paps aufzulauern und euch einzuziehen. Unsere gesamte Familie stand auf der Abschussliste.«

»Hast du Paps auch geholt?«, fragt sie leise.

Ich schüttele den Kopf. »Nein. Das war mein freier Tag.« Sofort merke ich, wie albern das klingt. Obwohl es stimmt. Meine Schwester platzt fast. »Oh, man hat also freie Tage, um sich von den Strapazen des Eigene-Familie-Verhaftens zu erholen? Wie nett!«

»Katie …«

»Du hast kein Recht, mich Katie zu nennen.« Ihre Worte sind wie Gift.

»In Ordnung, *Kaitlin*. Weißt du was? Ich hab sogar mein Vollstreckerkommando nach dir benannt. Kilo Tango. KT, verstehst du? So wie Jonno deinen Namen schreibt. Ich meine, geschrieben hat.« Ich schlucke. Jonno. Der arme kleine Jonno.

Kaitlin scheint das alles nicht sonderlich zuzusetzen. Sie ist wohl tougher, als ich dachte. »Ganz toll, Tomas, vielen Dank«, sagt sie. »Jetzt geht es mir direkt *viiiel* besser.« Ätzender Sarkasmus war schon früher ihre liebste Waffe.

Ich seufze. »Schön. Aber egal, was du denkst, es war einfach ein schrecklicher Zufall, dass ich bei der Mission für … für Mam dabei war. Und dann letzte Nacht bei der für euch. Die wissen nicht, wer ich bin. Ich habe ihnen nicht meinen echten Namen verraten. So dumm bin ich nicht.«

»Wie hast du dich denn dann genannt?«

Ich deute auf mein Abzeichen: T. M. »Marne. Keine Ahnung, warum. Hat sich irgendwie richtig angefühlt.«

Kaitlin starrt mich völlig fassungslos an. »Tomas, du Vollpfosten, du beknacktes Gurkenhirn. Einen dümmeren Namen hättest du dir nicht aussuchen können.«

Ich runzele die Stirn. »Ich fand ihn eigentlich ganz gut. Wie gesagt, er hat sich richtig angefühlt. Passend.«

Sie lacht bitter. »Und weißt du auch, warum? Weil das Paps' früherer Name ist. Sein echter Name.«

Ich bin wie vom Donner gerührt. »Wie meinst du das, sein *echter* Name?«

»Matthew Marne. Das steht in seinen alten Schulbüchern. Denen, die du nicht mal mit spitzen Fingern angefasst hast. Ich hab ihn danach gefragt.«

»Na, ich wette, das war Zeitverschwendung. Mir hat er nie was erzählt.«

Doch anscheinend hat Katie mehr aus ihm rausgekriegt. »Er meinte, Marne sei aus einem anderen Leben. Einem vor mir. Vor uns. Vor Mam auch?, habe ich gefragt, und er hat auf einmal ganz komisch geguckt. Nein, nicht direkt, hat er gesagt, und dass wir jetzt Drew heißen würden und ich Marne schnell wieder vergessen sollte. Also wissen sie genau, wer du bist, Tomas. Du bist bloß eine Schachfigur in ihrem großen Spiel.«

Ich fühle mich, als hätte mir jemand einen Knüppel über den Kopf gezogen. Sie hat recht. Mam zu verhaften war eine Bewährungsprobe. Sie haben mich tatsächlich gezwungen, ihr die Handschellen anzulegen. Ich habe mich im Hintergrund gehalten, ziemlich überfordert von der ganzen Situation, und die Nummer eins hat mich nach vorne beordert und mir den Befehl gegeben. Ich fasse es nicht, dass ich so naiv war. Vollpfosten und beknacktes Gurkenhirn treffen es nicht mal ansatzweise.

Stöhnend vergrabe ich das Gesicht in den Händen und spüre zu meiner Überraschung Kaitlins Finger auf meinem Arm. »Aber warum haben sie es auf uns abgesehen?«, fragt sie.

»Ich habe keine Ahnung. Mam und Paps wussten es, aber sie wollten es mir nicht verraten.«

»Du hast sie gefragt? Also war dir klar, dass irgendwas im Busch war?«

Ich nicke. »Ja. Deshalb bin ich abgehauen. Am Tag nach deinem Geburtstag, weißt du noch?« Sie wirkt erstaunt, dass ich mich an ihren Geburtstag erinnere. »Ich war im Garten, hinter dem Geräteschuppen, um zu lesen, und habe Mams Stimme aus der Küche gehört. Ihr Ton hat mich hellhörig gemacht. Sie klang panisch. Also bin ich zum Haus geschlichen, habe mich ins Salatbeet unter dem Fenster gehockt und gelauscht. Ich habe nicht alles verstanden, aber sie hat gesagt, irgendjemand wisse Bescheid und das sei das Ende für uns alle. Paps hat ein merkwürdiges Geräusch von sich gegeben, so verzweifelt, dass mir die Haare zu Berge standen. Es ging um irgendeine Frau, in deren Hand auf einmal das Schicksal unserer ganzen Familie lag. Mam nannte sie ein Monster, und Paps wollte sich stellen, im Austausch gegen unsere Sicherheit. Aber Mam war dagegen. Er wisse doch nur allzu gut, dass diese Frau nicht ruhen werde, bevor sie uns alle vernichtet hätte. Danach waren sie still. Ich habe einen kurzen Blick riskiert. Sie standen da wie versteinert und klammerten sich aneinander.«

Kaitlin sieht mich an. Sie hat die Hand auf den Mund gepresst. Mir fallen wieder die Kabelbinder ins Auge, und ich habe ein furchtbar schlechtes Gewissen. Wie konnte es nur so weit kommen? Aber darüber will ich gar nicht nachdenken, deswegen fahre ich fort: »Ich war nicht überrascht. Mir war immer klar, dass Mam und Paps irgendwann vor unserer Geburt mal was Schlimmes erlebt haben müssen. Sie hatten so was Trauriges an sich, findest du nicht?«

Kaitlin nickt.

»Geheimnisse in der Familie sind nie gut, oder? Sie bringen alles durcheinander. Na, jedenfalls habe ich Mam und Paps noch am selben Abend zur Rede gestellt. Du warst oben und hast Jonno eine Gutenachtgeschichte vorgelesen. Ich habe gefragt, wer diese Frau sei, die uns vernichten wollte. Und warum. Und was sie so Schreckliches getan hatten. Aber sie rückten nicht mit der Wahrheit raus. Da wurde ich stinkwütend. Schließlich war auch mein Leben in Gefahr, ich hatte ja wohl ein Recht darauf, zu erfahren, was los war. Aber sie blieben dabei, es sei sicherer für mich, wenn ich nichts wisse. Da bin ich abgehauen. Ich bin ewig herumgeirrt. Irgendwann habe ich eine Entscheidung getroffen. Wahrscheinlich hat mir die Wut die Sinne vernebelt. Zuerst bin ich zu Mattie, habe gegen die Tür gehämmert und das ganze Haus aufgeweckt. Ihr gesagt, dass es aus ist. Mattie hat angefangen zu weinen, also habe ich ihr am Ende erzählt, es sei zu gefährlich, mich zu kennen. Sie meinte, das sei ihr egal, sie würde mich trotzdem lieben, Gefahr hin oder her. Aber ich bin einfach davongerannt. Immer weiter, um bloß nicht nachdenken zu müssen. Plötzlich stand ich im Rekrutierungsbüro des Wachturms und habe mich freiwillig gemeldet. Und sie haben mich genommen, obwohl ich noch nicht ganz achtzehn war.«

Kaitlin sieht mich mit großen Augen an. »Ach, Tomas …«

»Ja. Tja. Danach musste ich nie wieder über irgendwas nachdenken. Ich habe getan, was sie mir befohlen haben, wann sie es befohlen haben. Es war so leicht. Aber die ganze Zeit habe ich versucht rauszufinden, was sie mit unserer Familie vorhaben. Oder mit Mattie.«

»Also weißt du, dass Mattie auch auf dem Silberschiff ist? Sie haben sie am gleichen Tag geholt wie Jonno und mich. Drei Tage nachdem Paps verschwunden ist.«

»Ja das weiß ich. Wie geht es ihr?«

»Ganz okay. Sie vermisst dich. Sehr.«

»Ich vermisse sie auch«, gebe ich zu. »Kannst du ihr das ausrichten? Bitte?«

»Na gut.« Und dann spricht sie aus, worauf ich gewartet habe, worüber ich selbst schon lange nachgrüble. »Tomas, du musst das nicht machen. Wir können beide untertauchen. In den Untergrund gehen. Ein paar Ratten suchen, uns bei ihnen verstecken.«

Ich wünschte, das ginge. Aber ich weiß es besser. »Vergiss es. Wir können nirgendwohin. Die Wächter wissen über alles Bescheid, was in dieser Stadt passiert. Das Silberschiff ist noch die beste Option. Zumindest bekommst du die Chance auf ein neues Leben.«

»Du meinst, die Chance, an der Seuche zu krepieren?«

»Nein. Es gibt eine seuchenfreie Insel, weit draußen im Meer. Dahin bringt euch das Schiff. Ich habe die Karten gesehen.«

»Red doch keinen Müll.«

»Es stimmt.«

»Nein, tut es nicht. Das ist Bevölkerungskontrolle, nichts anderes. Damit wir nicht zu viele werden und am Ende alle verhungern. Und es hat den praktischen Nebeneffekt, dass Eltern keinen falschen Schritt wagen, weil sie Angst haben, dass man ihnen sonst die Kinder wegnimmt. Mal im Ernst, Tomas, die Sache stinkt zum Himmel!«

Ich zucke mit den Schultern. Egal, was ich sage, sie wird ihre Meinung nicht ändern. Hinter dem Tresen raschelt es, und der dicke Cafébesitzer eilt mit unseren Speckbrötchen und dem Kaffee herbei.

Wir essen schweigend. Aber für mich schmeckt alles wie Pappe.

Kapitel 13

DAS TOR ZUR ZUKUNFT

K

Tomas bezahlt das Frühstück – was den Cafébesitzer ziemlich verwundert –, dann geht es wieder raus auf die Straße. Allmählich wird es warm, ein typischer schwüler Morgen, an dem die Luft so drückend ist, dass sie dir an der Haut zu kleben scheint. Tomas schreitet zügig voran. Obwohl es wirkt, als würde er geradeaus schauen, huschen seine Augen ständig von links nach rechts, um mögliche Bedrohungen ausfindig zu machen. Mich meidet er dabei allerdings. Er hat die Schotten dicht gemacht und sich in einen Vollstrecker zurückverwandelt. Kaum zu glauben, dass wir eben noch als Geschwister zusammensaßen, fast wie früher. Jetzt, wo er wieder im Vollstreckermodus ist, würde ich eigentlich lieber nicht mit ihm reden, aber das sind wahrscheinlich die letzten Minuten, die wir je miteinander verbringen werden, und es gibt etwas, das ich ihn unbedingt fragen muss. »Tomas? Weißt du, was mit Paps passiert ist?«

Er gerät nicht einmal aus dem Tritt. »Geopfert«, antwortet er knapp.

Ich hole tief Luft. Was für eine grausame Antwort. »Was bedeutet das genau?«

»So heißt das eben.« Tomas ist wie ausgewechselt. Er gibt nicht mehr preis als nötig.

»So heißt *was?*«

Da bleibt er abrupt stehen. Das überrascht mich. Anscheinend hält er seine Vollstreckernummer nicht besonders lange durch. »So heißt das, wenn sie jemanden vor den Eingang zur Nachtschabenkirche legen.«

Mir wird schlecht. Ich hatte die ganze Zeit gehofft, Paps wäre irgendwie entkommen. Mam hat immer behauptet, er wäre unter einem glücklichen Stern geboren, und wenn es einen Ausweg gäbe, würde er ihn finden. Aber ich schätze, selbst sein Glück war irgendwann aufgebraucht.

»Ich bin sofort hin, als ich es erfahren habe«, sagt Tomas. »Ich habe mich an die Kirchenmauer gesetzt, direkt unter den Glockenturm.«

»Ich wünschte, ich hätte dabei sein können«, flüstere ich.

»Und dann habe ich einfach zugehört.«

»Zugehört?!« Ich bin entsetzt. Das muss grauenvoll gewesen sein.

Tomas lächelt wehmütig. »Ja. Paps und seiner alten Blechflöte. Die hatte er ständig bei sich, weißt du noch? An dem Abend hat er besonders schön gespielt. Alle seine Lieblingsstücke. Irgendwann hat er das Klagelied angestimmt, bei dem Mam immer die Tränen kamen. Mittendrin riss es plötzlich ab. Da bin ich zurück zu den Schlafbaracken gegangen. Und das war's.«

Mehr gibt es nicht zu sagen. Wir nehmen die letzte scharfe Biegung der Hundskurve, und dann blendet mich der gleißend weiße Marmor, mit dem der Boden um den Wachturm gepflastert ist. Hinter einer stählernen Mauer erhebt sich der Turm selbst, eine gigantische, dunkle Betonsäule, gestreift von schwarzem Moder. Ich schirme mir die Augen ab und schiele nach oben, wo sich der Speicher des alten Wasserturms wölbt. Darauf thront ein pompöser

Aufbau aus Holz mit einer Reihe kleiner Fenster, hinter denen der Oberste Wächter – oder die Oberste Wächterin – lauert und die ganze Stadt beobachtet wie eine Spinne in der Mitte ihres Netzes. Vom Dach aus ragt das filigrane Gitterwerk des Stratomasts in den nebelverhangenen Himmel. Ich erinnere mich, wie Tomas und ich manchmal in Sommernächten in die Felder gelaufen sind und den leuchtenden Lichtblitzen zugeschaut haben, die ab und an im Zickzack daraus hervorgebrochen sind und sich über die Sphäre gezogen haben. Schwer zu glauben, dass wir mal so glücklich waren.

Tomas stürmt voran. Er will es hinter sich bringen, das merkt man. Der Eingang zum Silberschiffkomplex liegt auf der anderen Seite des Platzes. Kaum sind wir um die Ecke gebogen, ragt auch schon die Mauer mit dem gruseligen Wandgemälde vor mir auf. Es zeigt freudestrahlende Kinder in sauberer Silberlinguniform, die Hand in Hand zum Eingang schlendern. Als wir daran vorbeilaufen, wirken wir wie eine Parodie auf sie: Tomas in seiner blutbefleckten, zerfetzten CarboTex-Rüstung und ich in meinem ebenso blutbefleckten, verknitterten Silberschiffgrau.

Da wären wir also. Wir halten vor dem gewaltigen Steinbogen, in den die goldenen Worte *Tor zur Zukunft* eingraviert sind. Das massive Tor selbst ziert eine kindliche Vorstellung der Draußenwelt: blauer Himmel, weiße Wattebäusche, die sie Wolken nennen, ein langer Streifen dunkleren Blaus, der wahrscheinlich das Meer darstellen soll – angeblich ein riesiger Salzwassersee –, und inmitten dieses Meeres eine kleine, grüne Insel, das Ziel des Silberschiffs.

Durch dieses Tor wurden Jonno und ich vor sechs Monaten gebracht. Und hier versammeln sich jeden Tag einige mutige Silberlingeltern. Eine Gruppe steht auch jetzt da, still und traurig. Ich erinnere mich noch, wie Mam und ich früher einmal – zu einer Zeit, als solche Dinge nur anderen passierten – hier vorbeigekommen sind. Sie versuchte, mir zu erklären, warum sich die Menschen vor das Tor stellten, obwohl sie wussten, dass sie ihre Kinder nie wiedersehen würden. »Um nicht zu vergessen«, sagte sie. »Das sollte niemand von uns.«

Während wir darauf warten, dass man uns öffnet, betrachte ich die Gesichter der Eltern. Kurz sehe ich Hoffnung in ihren Blicken aufflackern, die sich in tiefe Trauer verwandelt, als ihnen klar wird, dass ich nicht ihr Kind bin, das auf wundersame Weise von der Insel zurückgekehrt ist. Ich lese auch noch etwas anderes in ihren Mienen: Mitleid. Peinlich berührt wende ich mich zu den Abbildern der adretten, lachenden Silberlinge, die ums Tor herum angeordnet sind. Sie sind wirklich seltsam. Zuerst fällt es einem gar nicht auf, aber sie *bewegen* sich. Nur ein winziges bisschen – die Andeutung eines Lächelns, ein Zwinkern, Haare, die von einem Lüftchen zerzaust werden –, gerade genug, um sie lebendig wirken zu lassen. Und tatsächlich war jedes Einzelne von ihnen einmal ein echtes Kind. Mam hat mir erzählt, dass einige Eltern noch immer die Abbilder ihrer Kinder besuchen, auch wenn die inzwischen längst erwachsen sein und vielleicht eigene Kinder haben müssten – sofern sie noch am Leben sind. Nachdenklich mustere ich die Menschentraube.

Hinter der Sicherheitstür rührt sich nichts. Sie lassen uns warten. Tomas wippt nervös mit dem Fuß, und ein Muskel unter seinem linken Auge zuckt. Die Leute fangen an zu tuscheln, über ihn zu schimpfen. Es beruhigt mich ein bisschen, sie auf meiner Seite zu wissen. So kann ich besser denken. Und da fällt mir auch schon etwas ein. Kurz regt sich mein schlechtes Gewissen, aber schließlich hätte Tomas mich jederzeit gehen lassen können. Er hat sich das alles selbst eingebrockt.

Ich beginne mit meinem Schauspiel, betrachte die unheimlichen Bilder der verschollenen Kinder, als wären es alte Freunde, und setze eine freudig-erwartungsvolle Miene auf. Zumindest versuche ich es. Wahrscheinlich sieht es eher aus, als hätte ich zu viel Käse gegessen. Ich lächele mir für die Kameras über unseren Köpfen einen ab und hoffe, dass es klappt.

Endlich öffnet sich das Tor. Jemand aus der Menge ruft: »Lauf, Mädchen, lauf!« Würde ich ja gerne, aber ich bin an Tomas gefesselt. Wenn mein Plan allerdings aufgeht, bin ich ihn in ein paar Minuten los. Und dann nehme ich die Beine in die Hand. Ich will im Gedränge untertauchen und flüchten. Und ich bin sicher, dass die Leute mir helfen werden.

Inzwischen gibt das Tor den Blick auf die hell erleuchtete quadratische Empfangshalle frei. Die Wände sind aus getöntem, kugelsicherem Panzerglas. Ein Aquarium, und Tomas und ich sind die Fische. Wir treten ein, und ich ergreife meine Chance. »Tomas«, sage ich laut und deutlich, damit die Abhörgeräte auch jedes Wort aufzeichnen. »Es tut mir wirklich leid, aber ich muss ihnen die Wahrheit erzählen.«

Er starrt mich entgeistert an.

Ich spule meinen zurechtgelegten Text ab: »Ich weiß, ich habe versprochen, dich zu decken, aber ich kann nicht, Tomas. Es geht einfach nicht. Ich hoffe, du verstehst es eines Tages. Ich bin mit Leib und Seele Silberling, du machst dir keine Vorstellung, wie viel mir das bedeutet.«

Er ist noch immer völlig verdattert. Aber dahinter erkenne ich einen Anflug von Beunruhigung. *Na los, Kaitlin*, feuere ich mich an, *mach weiter*.

»Du hast es gut gemeint, als du Jonno und mich hier rausgeholt hast. Du hast gedacht, du würdest uns damit einen Riesengefallen tun. Aber du begreifst es einfach nicht, oder? Das hier ist meine Zukunft.« Ich halte inne, deute mit den gefesselten Armen schwungvoll auf die lauschenden Wände, als wäre dieses Goldfischglas die ganze Welt, die mir zu Füßen liegt. »Mein neues Leben erwartet mich, und nur, weil du nicht mitkommen kannst – und der arme Jonno dank dir jetzt auch nicht mehr –, hast du noch lange nicht das Recht, mir alles zu nehmen.«

Tomas' Miene wird immer fassungsloser. Ich kann ihm nicht in die Augen sehen. Zu schlimm sind meine Lügen. Trotzdem stelle ich fasziniert fest, dass ich die Oberhand habe und mein Plan tatsächlich funktionieren könnte. Vor Aufregung bin ich wie im Rausch, und das ist die einzige Entschuldigung für das, was ich als Nächstes von mir gebe. »Genauso wenig, wie deine Kameraden zu töten.«

Habe ich das gerade wirklich gesagt?

Tomas wird kreidebleich, als ihm dämmert, welche Konsequenzen meine kleine Rede für ihn haben könnte. Mein Wort steht gegen seins. Genau genommen ist es noch schlimmer, denn *ich* habe keine zwei Crewmitglieder verloren. Meine Glaubwürdigkeit ist nicht beeinträchtigt. Tomas sieht aus, als würde er gleich in Ohnmacht fallen.

Eine der Glasscheiben gleitet zur Seite, und eine Wache kommt herein. Kalt mustert sie Tomas. »Binden Sie den Silberling los.« Selbst ihre Stimme klingt eisig.

Benommen löst Tomas das Drahtseil von seinem Gürtel. »Du miese kleine Lügnerin«, presst er hervor, als es klappernd zu Boden fällt.

»Treten Sie beiseite«, bellt die Wache. Und als Tomas, der immer noch nicht so recht weiß, wie ihm geschieht, nicht schnell genug schaltet, fügt sie lautstark hinzu: »Sofort!«

Tomas macht einen Satz, und ich bemerke, dass er zittert. Er tut mir wirklich leid, aber ich sage mir immer wieder, dass es seine Idee war, mich hierherzubringen. Zwei weitere Wachen tauchen auf und packen Tomas am Arm. Er zuckt zusammen. Seine Schulter muss irre wehtun. Aber ich darf jetzt kein Mitleid mit ihm haben.

So aufrichtig wie möglich schaue ich die Wache an. »Ich würde gerne diese netten Leute da draußen beruhigen.« Ich deute auf die Menge vor dem Tor, die uns mit einer Mischung aus Faszination und Entsetzen beobachtet. »Ich will ihnen erzählen, wie viel es mir bedeutet, Teil der Silberschiffcrew sein zu dürfen. Würden Sie mir erlauben, mit ihnen zu sprechen?« Ich ekele mich vor mir selbst, aber ich kann jetzt nicht aufhören.

Die Wache runzelt die Stirn. »Das ist normalerweise nicht vorgesehen.«

Ich nicke, als hätte ich vollstes Verständnis. »Natürlich. Und eigentlich möchte ich ja auch ganz schnell zu meiner Crew zurück.« Ich setze mein strahlendstes Lächeln auf und bete, dass es die Augen erreicht. »Ich bin einfach sooo glücklich, wieder hier zu sein, und wollte es mit allen teilen.«

Tomas betrachtet mich mit widerwilliger Bewunderung. Ihm ist mittlerweile klar, was ich vorhabe, aber er hält mich nicht auf. Zu meinem Erstaunen hilft er mir sogar. »Sie finden kein besseres Aushängeschild für das Silberschiff«, sagt er zur Wache. »Sie redet von nichts anderem. Sie können froh sein, sie zu haben.«

Die Wache lauscht in ihr Headset. »Okay, wird gemacht«, murmelt sie ins Mikro. Mit einem knappen Nicken fordert sie Tomas auf: »Schneiden Sie den Kabelbinder durch.« Tomas befolgt die Order. Ich wage es nicht, ihn anzusehen, während er mich befreit, denn ich habe Angst, dass die Kameras den verräterischen Blick aufnehmen könnten. Meine Fesseln fallen zu Boden. Aber ich rühre mich nicht. Noch nicht. Die Wache ist viel zu nah.

»Silberling Nummer eins-neun-fünf-zwei.« Sie redet mich mit meiner Crewnummer an.

»Jawohl?«, zwitschere ich, so fröhlich ich kann.

»Du darfst sprechen. Raus mit dir. Und: gut gemacht.«

Ich bin völlig baff. Sie klingt so menschlich.

So trete ich hinaus vor das wartende Publikum. Inzwischen sind es etwa fünfzig Leute. Und ich tische ihnen mit Feuereifer eine Lüge nach der anderen auf.

T

Meine Schwester legt den Auftritt ihres Lebens hin. Sie erzählt den Leuten den üblichen Kram über den Kameradschaftsgeist auf dem Silberschiff und die aufregende Zukunft, die sie auf der Insel erwartet. Zwar hören sie das aus dem Wachturm auch ständig, aber die Worte besitzen eine ganz andere Macht, wenn sie aus dem Mund eines schmuddeligen Mädchens kommen, das vor Stolz strahlt, weil es ein Teil davon sein kann. Ich weiß nicht, wie Kaitlin das macht. Ihre Kaltblütigkeit überrascht mich.

Meine Kommandeurin betritt das Aquarium. Mit einem Gesichtsausdruck, der nichts Gutes verheißt, marschiert sie auf mich zu und blafft: »Marne, die Überreste eines Ihrer Crewmitglieder wurden heute früh am Fuß des Silos geborgen. Das zweite hat man mit einer tödlichen Messerwunde in der Düstergasse gefunden. Und wo waren Sie, Sie armseliger Feigling? Haben sich die ganze Zeit versteckt.«

Ich schnappe nach Luft. »Nein! So war es nicht. Ich wurde von einer Schabe gefangen gehalten.« Keine Ahnung, warum ich es überhaupt versuche. Egal, was ich sage, nichts wird mich jetzt noch retten.

Die Kommandeurin sieht durch mich hindurch. »Tomas Marne.« Ihre Stimme dröhnt. »Sie sind offiziell der einzige Überlebende des Vollstreckerkommandos Kilo Tango. Sie wissen, was das bedeutet?«

Natürlich weiß ich es. Das lernen wir in der Ausbildung als Erstes. Verlierst du beide Crewmitglieder, macht dich das automatisch zum Verräter. Warum auch immer. »Es bedeutet, ich bin ein Verräter«, flüstere ich.

Während meine Schwester sich weiter die Seele aus dem Leib schauspielert, werde ich vom Aquarium in ein Gewirr aus Gängen geführt. Wohin sie mich bringen, ist klar: in den Astroraum.

K

Erstaunlich, aber wahr: Die Leute hängen an meinen Lippen.

Ich erzähle ihnen, wie toll es ist, ein Silberling zu sein, wie glücklich wir alle sind, von Kameradschaft, dem guten Gefühl, auf etwas hinzuarbeiten, bla, bla, bla … und dann, bevor die Aufmerksamkeit nachlässt, komme ich zum Ende. Sage, ich müsse gehen, denn ich könne es gar nicht erwarten, meine Crew wiederzutreffen.

Das ist der Moment. Es wird Zeit abzuhauen. Zeit, zu Maximilians Haus zurückzukehren und ihm für alles zu danken, was er für uns getan hat. Zeit, Jonno zu versichern, dass alles gut wird, und mit ihm zusammen im Untergrund mein Glück zu versuchen. Aus dem Augenwinkel sehe ich, dass Tomas fort ist. Nur eine Wache ist übrig. Sie lehnt entspannt an der Wand und freut sich, das hier mitzuerleben. Unter den Zuschauern erhebt sich Gemurmel, ich ernte verstohlene Blicke. Wenn ich jetzt lossprinte, helfen sie mir bestimmt. Das ist meine Chance. *Los, Kaitlin, ergreif sie!*

Aber das tue ich nicht. Nach all dem Aufwand lasse ich die Gelegenheit verstreichen. Stattdessen drehe ich mich um und marschiere zurück ins Aquarium. »Bringen Sie mich bitte zu meiner Crew«, fordere ich die Wache auf. Hinter mir schließt sich die Sicherheitstür, das Tageslicht schwindet. Ich muss verrückt geworden sein.

Kapitel 14

SONNENKEKSE

M

Ich bin es wieder, Maximilian Flügelschlag, guten Tag. Gerade bin ich auf dem Weg zu meinem lieben Freund Andronicus. Ich laufe auf allen fünfen durch den Untergrund. Mein Kopf ist erfüllt von Gedanken an Blut und mein Herz von Angst um meine junge Flügellose. Noch immer verfolgt mich das Grauen, das sie empfunden haben muss, als der Parasit sie verschleppt hat. Wie er sich befreien konnte, weiß ich nicht. Weißt du es, mein blinder Passagier? Ich spüre, dass du da bist, mich durch die Dunkelheit begleitest. Du weißt es, nicht wahr?

Ich erreiche den ältesten Teil des Untergrunds, eine Kreuzung, deren glatte Pflastersteine von Schritten aus vielen Jahrhunderten zeugen. Links geht es durch einen Ziegelbogen in einen breiten, niedrigen Tunnel, der im grünlichen Lichtkegel meiner Brille vor mir ansteigt. Der Tunnel ist sehr gepflegt und in regelmäßigen Abständen mit gefälligen Bögen gesäumt. Sie tragen die Nummern der oberirdischen Häuser, zu denen sie führen. Andronicus' Haus mit der Nummer zwölf befindet sich recht weit am Ende. An seinem Tor angekommen, richte ich mich auf und schiebe den Riegel zurück. Ich eile über den Erdboden des Kellers, erklimme die klapperige Holztreppe und ziehe fest an einem Hebel, der die Falltür über mir auffliegen lässt. Ein schriller Schrei ertönt. Ich stecke den Kopf durch die Luke, und ein zweiter Schrei folgt. Es ist Minna Simms. Schnell entschuldige ich mich bei ihr, frage mich aber, warum eigentlich, schließlich dröhnen *mir* die empfindlichen Hörorgane.

Minna beruhigt sich und lächelt affektiert. »Ach, Maxi, du bist es bloß. Immer erschreckst du mich mit deiner albernen Brille.«

Ich antworte nicht.

Die Höflichkeit würde gebieten, mir durch die Luke zu helfen, doch sie macht auf dem Absatz kehrt und stampft auf ihren Baumstumpfbeinen davon. Ich warte, bis sich die Küchentür fest hinter ihr geschlossen hat, ehe ich mich nach oben winde. Die Tatsache, dass jemand eine zusätzliche Zierleiste rings um die Öffnung angebracht hat, erleichtert mir die Aufgabe nicht gerade. Da Andronicus einen Hammer nicht einmal erkennen würde, wenn er ihn am Kopf träfe – ein Bild, das ich schnell wieder verdränge –, muss es Minnas Werk sein, und zwar von heute Morgen, wie es aussieht. Sie ist ebenso gründlich wie gemein.

Langsam arbeite ich mich vor. Trotz des Schattens, den Minna Simms' Anwesenheit auf Andronicus' Haus wirft, komme ich herzlich gern hierher. Mein lieber Freund hat mir so viel über die Welt beigebracht, darum belästige ich ihn auch nicht mit meinen Zweifeln, was Minna angeht. Andronicus hält sie offenbar für vertrauenswürdig – immerhin ist sie seine Schwester –, das muss mir genügen. Ach, diese Luke ist eine Tortur! Doch ich werde nicht um Hilfe rufen, *auf keinen Fall*! Ha. Mein mittlerer Arm ist frei.

Ich spüre, wie du mich beobachtest, während ich mich drehe und wende und meine Deckflügel durch die teuflisch enge Öffnung zwänge. Aber nicht belustigt – was höchst verständlich wäre –, sondern missbilligend. Vermutlich liegt es an der Verbundenheit, die ihr jungen Flügellosen füreinander empfindet. Du sorgst dich sicher um den kleinen Silberling, der noch in meinem Haus weilt. Allein. Tatsächlich habe ich ihn nur ungern zurückgelassen. Allerdings hat er tief und fest geschlafen, und hätte ich ihn geweckt, hätte er herausgefunden, dass seine Schwester fort ist, und bestimmt Panik bekommen. Ich habe ihm Wasser und Obst bereitgestellt und die Tür abgeschlossen, damit er nicht umherwandert und sich erneut verletzt. Anders als seine arme Schwester ist er also im Augenblick relativ sicher. Ich muss eine Ratte für ihn suchen, und da weiß Andronicus hoffentlich Rat.

Doch zuerst muss ich ... aus dieser ... grässlichen ... Luke heraus. Mein hinterer Abschnitt hängt im kühlen Keller fest, während die vorderen beiden und meine drei Arme in den Flur ragen. Ich biete gewiss einen völlig lächerlichen Anblick. In der Küche ist es verdächtig ruhig, ich habe das ungute Gefühl, dass Minna Simms mich durchs Schlüsselloch beobachtet. Dieser Gedanke treibt mich an. Mit den Beinen drücke ich mich kräftig von der Kellertreppe ab, bis ich aus der Luke schieße und klackernd auf dem Boden lande. Höchst würdelos. Ich klopfe mir den Staub ab, klappe die Flügel wieder ein und mache mich auf den Weg nach oben. Aus der Küche dringt gedämpftes Prusten.

Als ich im ersten Stock ankomme und die Tür zu Andronicus' Zimmer öffne, empfängt mich dort ein Ungetüm. Wie der Parasit ist es äußerlich ansprechend. Es ist groß, glänzt gesund und hat sogar sechs schlanke, anmutig geschwungene Beine. »Was *ist* das?«, frage ich Andronicus. Dabei weiß ich sehr gut, um was es sich handelt, und auch, warum es hier ist.

Andronicus besitzt immerhin den Anstand, beschämt zu wirken.

»Das ist ein Esstisch. Ein Geschenk meiner Schwester«, sagt er mit seiner sanften, tiefen Stimme.

»Und du hast es angenommen?«

Andronicus zieht eins der Anhängsel mit den vier Beinen und dem hohen Rücken heraus, die unter dem Panzer des Muttertiers verstaut sind. Ich glaube, sie heißen Stühle. »Bitte versuch es, Maximilian. Es ist gar nicht so schlimm.«

Angewidert beäuge ich das Ding. »Es ist respektlos uns gegenüber, Andronicus. Wir sind für diese Sitte nicht geschaffen. Ich sehe keinen Grund darin, dieses … *Ding* zu benutzen. Es ist entwürdigend.«

»Es ist ein Tisch, Maximilian, kein Affront«, protestiert Andronicus.

»Es ist beides«, erkläre ich, »aber vor allem ein Affront.«

Sein verletzter Blick weckt mein schlechtes Gewissen, besonders nachdem er mich gestern Abend gerettet hat. »Verzeih mir, mein Freund«, sage ich deshalb. »Ich bin nur erschöpft.«

»Schon geschehen«, erwidert Andronicus, und seine Augen blitzen, als er leise die Tür schließt. »Ich halte sie bei Laune«, flüstert er mir zu. »Minna verlässt mich morgen, und ich möchte nicht im Streit auseinandergehen.«

Sofort hebt sich meine Laune. *»Morgen?«*

»Genau. Gleich morgen früh.«

Ich bin sehr erfreut über diese Neuigkeit – so erfreut, dass ich wider besseres Wissen einwillige, mich an die Essvorrichtung zu zwängen. Unter Freunden ziehen wir Schaben es vor, auf Teppichen und Kissen zu liegen. In gemischter Gesellschaft nehmen wir mit Hockern vorlieb, denn unsere Deckflügel müssen beim Sitzen frei hinter uns hängen können, und das erlaubt eine Stuhllehne nicht. Mit schmerzverzerrter Miene verbiege ich meinen Panzer, damit er auf diesen »Chippendale« passt, wie Andronicus ihn nennt, und arrangiere meine Flügel links und rechts neben dem knochigen Rücken, sodass ihre Spitzen den Boden berühren. Meine drei Vordergliedmaßen stütze ich auf den hohen Panzer des Tisches, um das Gleichgewicht zu halten, bis Andronicus mir mitteilt, dass sich das nicht gehöre und ich sie in meinen »Schoß« legen solle.

Ich mag das Wort nicht. Es klingt unappetitlich. Mein Geduldsfaden droht zu reißen. »Und was bitte ist ein Schoß? Wo genau finde ich ihn? Auf meinem Kopf? Zwischen den Hautflügeln? Bitte verrate es mir, Andronicus.«

Andronicus seufzt. »Es geht doch nur um einen Tag, Maximilian. Dein Schoß ist in der Mitte des Körperabschnitts, den du gerade beugst. Leg deine Arme einfach dort ab.«

Das kommt mir recht unhygienisch vor, da es in nächster Nähe unserer Ausscheidungsorgane ist, doch ich spare mir den Protest. Ich folge Andronicus' Instruktionen und bin nur für eine Sache dankbar: dass Mama mich jetzt nicht sehen kann.

Die Tür geht auf, und Minna stampft herein. Sie trägt ein Tablett mit zwei Schüsseln voll dampfendem Schleim, die sie uns übertrieben schwungvoll hinstellt. Den übergeschwappten Schleim wischt sie mit einem schmutzigen Geschirrtuch von den Schüsselrändern, ehe sie mit der unsinnigsten Anweisung überhaupt – »Lasst es euch schmecken!« – wieder aus dem Zimmer marschiert.

Zögerlich greife ich nach dem Esswerkzeug, das Minna für uns bereitgelegt hat – eine dicke Pipette mit einem braunen Gummiballon am Ende. Sie riecht ekelerregend. Ich versuche, nicht darüber nachzudenken, wofür sie wohl früher benutzt wurde.

Erst als ich Minna wieder unten in der Küche höre, wende ich mich an Andronicus. »Lieber Freund, ich möchte keinesfalls deine reizende Einladung zum Mittagessen schmälern, aber du musst mir doch zustimmen, dass dieses Gerät« – ich halte die Pipette zwischen Daumen und Zeigefinger hoch – »uns gegenüber höchst despektierlich ist.«

Andronicus seufzt erneut. »Ich weiß, und ich kann mich nur entschuldigen. Aber Minna ist ja bald fort, warum sollte ich sie jetzt noch verärgern?«

Mir persönlich würden da diverse gute Gründe einfallen. Doch Andronicus ist ein sehr rücksichtsvoller Mensch, das muss ich respektieren – und ohne ihn wäre ich gestern Abend draußen auf dem Dach geblieben und hätte wahrscheinlich als leer gefressenes Exoskelett am Fuß des Nachtschabensilos geendet. Ich tauche den Finger in den lauwarmen, klumpigen Schleim, der, obschon Minna weiß, dass wir uns vegetarisch ernähren, einen unangenehmen Fleischgeruch verströmt.

»Gib mir diese Pampe.« Unbeholfen schält Andronicus sich aus der Essvorrichtung und verschwindet mit den beiden Schüsseln. Ich höre, wie er ihren Inhalt in den Komposter im Badezimmer kippt. Anschließend kehrt er mit den leeren Schüsseln und zwei Papiertüten von unserem Lieblingsgeschäft zurück, Parminters Proviantkorb, dem kleinen Hofladen, in dem Parminter und ihre Mutter Brot und Gemüse verkaufen.

»Mir war klar, dass das Essen abscheulich wird«, sagt er. »Das ist es immer. Seit Minna hier wohnt, ernähre ich mich von Parminters Leckereien. Zum Glück erträgt sie es nicht, mir beim Essen zuzusehen.« Er gluckst. »Allerdings habe ich auch absichtlich keine besonders guten Manieren an den Tag gelegt, als sie das erste Mal zum Abendessen blieb.«

Ich muss lachen. Es stimmt mich sehr froh, dass er sich nicht völlig von seiner Schwester einschüchtern lässt. Ich befreie mich ebenfalls aus der Essvorrichtung und geselle mich zu ihm an das hohe Erkerfenster, wo prächtige Samtkissen auf einem bezaubernden Seidenteppich warten. Mein lieber Freund hat einen erlesenen Geschmack. Glücklich schlemmen wir uns durch fein gewürzte Gemüsestreifen, und ich kann ihm endlich von meiner schrecklichen Entdeckung heute Morgen erzählen – und all den törichten Fehlurteilen, die dazu geführt haben.

Andronicus schilt mich nicht, weil ich so leichtsinnig war, die jungen Silberlinge aufzunehmen, nein, er lobt sogar meinen Mut. Wenn man wegschaut und Barbarei geschehen lässt, macht einen das seiner Meinung nach selbst zum Barbaren. Und dem pflichte ich bei.

Etwas anderes allerdings nagt an mir. »Du sprichst von Barbarei, Andronicus, doch gestern Abend, vor meiner Ankunft, haben Cassius und zwei weitere Mitglieder des Freundeskreises dafür gestimmt, den jungen Parasiten zu ermorden. Wie weit ist es nur mit uns gekommen?«

Andronicus nickt bedächtig. »Die Dinge haben sich verändert, seit Cassius beigetreten ist«, sagt er traurig. »Alle wirken …«

»… niederträchtiger«, beende ich seinen Satz.

»Damit hast du nicht unrecht.«

»Die Sache ist die, Andronicus – ich mag die jungen Flügellosen. Ja, sie sind laut und unberechenbar, aber auch leidenschaftlich und erstaunlich tapfer. Es ist bewundernswert, wie sie ihre Flugunfähigkeit kompensieren. Sie sind feuchte, weiche Geschöpfe, doch sie haben ein gutes Herz und zaubern mir ein Lächeln aufs Gesicht. Deshalb mache ich mir große Sorgen um meine Kaitlin.«

Andronicus' Miene wird düster. »Wenn der Parasit sie hat, schleift er sie gewiss zurück zum Silberschiff. Und dann ist sie bald fort.« Er lehnt sich zu mir und behält dabei die Tür im Auge, als würde er befürchten, dass Minna Simms uns belauscht. »Glaubst du, was sie uns erzählen? Dass es tatsächlich eine Insel gibt, auf der die Silberschiffkolonie wächst und gedeiht?«

Ich schüttele den Kopf. »Parminter sagt immer, wenn sie dort so glücklich sind, warum bringt das Schiff dann keine Nachrichten von ihnen mit zurück nach Trost? Und das ist eine gute Frage. Sie meint, das alles sei eine abscheuliche Form der Bevölkerungskontrolle. Und des Terrors.«

Andronicus lächelt. »Und was meinst *du*, Maximilian?«

»Ich meine, wenn alles schön und gut wäre, warum wollen die jungen Silberlinge dann so verzweifelt entkommen?«

Andronicus nickt. »Genau das frage ich mich auch.«

»Ich wünschte, ich könnte meiner Kaitlin Drew helfen!«

»Ich wüsste nicht, wie«, sagt Andronicus bedrückt. »Immerhin ist der Bruder noch bei dir.«

»Ja. Darüber wollte ich mit dir sprechen. Ich muss eine Ratte finden, die ihn in ein sicheres Versteck bringt.«

»Pssst«, zischt Andronicus, als Minnas schwere Schritte auf der Treppe ertönen.

Wir verbergen die Tüten von Parminters Proviantkorb unter den Kissen und zwängen uns mühsam wieder an die Essvorrichtung. Meine Segmente verkeilen sich schmerzhaft, doch ich schaffe es gerade noch rechtzeitig, meine Position einzunehmen, bevor Minna mit einem tuchbedeckten Teller hereinrauscht. Stolz stellt sie ihn auf den Tisch und zieht das Tuch weg. Wir schnappen nach Luft vor Freude – und diesmal ist sie echt, denn auf dem Teller liegt ein

Berg goldgelber Sonnenkekse. Mir läuft das Wasser im Mund zusammen.

»Sag nicht, ich würde dich nicht verwöhnen, Andy«, trällert Minna, während sie die leeren Schüsseln und die widerwärtigen Pipetten einsammelt. »Guten Appetit, Jungs. Es gibt noch reichlich Nachschub in der Küche.«

»Ach Minna!« Andronicus wirkt mindestens so begeistert wie ich. »Das wäre doch nicht nötig gewesen.«

Kurz vor der Tür hält Minna noch einmal an und wirbelt herum. »Oh doch, absolut«, erwidert sie mit einem unheimlichen und seltsam siegesgewissen Lächeln. Ich habe ein mulmiges Gefühl, rede mir aber ein, dass sie lediglich stolz auf ihre Kekse ist, die nicht ganz einfach zu backen sind. Sonnenkekse erfreuen sich in der Schabengemeinschaft großer Beliebtheit. Sie sind knusprig und köstlich, ein Gedicht.

Mit dem Keksteller machen wir es uns wieder auf den Kissen bequem. »Zum Wohl!« Andronicus hebt einen vollkommen runden Keks und stößt mit mir an, dann lassen wir sie uns gleichzeitig in den Mund fallen. Ihr Äußeres hat nicht zu viel versprochen. Der Keks löst eine wahre Gewürzexplosion aus, zerschmilzt auf der Zunge und versetzt mich in Freudentaumel. Einen besseren habe ich noch nie gegessen.

Auch Andronicus' Augen leuchten. »Noch einen?« Ich glaube, das nennt man eine rhetorische Frage.

Wir stoßen mit den Keksen an – ein ausnehmend appetitliches Geräusch – und verschlingen sie. Der Geschmack steigt mir direkt zu Kopf. Wir können gar nicht mehr aufhören. Mein lieber Andronicus ist kein Kostverächter, für jeden meiner Kekse verschwinden zwei in seinem weit geöffneten Mund. Doch ich neide ihm keinen Krümel. Er ist mein Freund, mein wunderbarer Freund.

Das sind wahrlich die eigenartigsten Sonnenkekse, die mir je begegnet sind. Jeder Urknall auf der Zunge macht mich noch benommener. Ein schrilles Klingeln schwillt in meinen Hörorganen an, und allmählich verwischen die Konturen meines geschätzten Andronicus. Irgendetwas stimmt hier nicht …

Inzwischen ist nur noch ein Stückchen Sonne übrig. Andronicus greift danach und schwenkt es vor meiner Nase. »Für dich, Maximilian. Für meinen lieben, lieben Freund. Der ist für dich. *Dich.*« Er kichert versonnen vor sich hin.

Ich schüttele den Kopf. »Nein, halt … Da ist irgendetwas Schlechtes drin. Oh Andronicus, herrje …«

Andronicus lächelt. »Auf dich, lieber Maximilian, mein bester Freund … mein allerbester Freund!« Er wirft sich den letzten Keks in den Mund und sackt auf den Kissen zusammen.

»Andronicus, wach auf …«

Doch das Zimmer dreht sich, und mein liebster, mein teuerster Andronicus verschwimmt, mein Herzensfreund, mein Seelenkeks …

Kapitel 15

ZU DEN STERNEN

K

Ich befinde mich in einer kleinen, hell erleuchteten Zelle irgendwo unter dem Wachturm. Gefühlt bin ich seit Stunden hier, ich hatte also genug Zeit, über meine total bescheuerte Aktion nachzudenken. Wie konnte mir das nur passieren? Ich versuche, das Gefühl jenes Augenblicks wieder heraufzubeschwören, als ich kehrtmachte und zurück durch das *Tor zur Zukunft* spazierte. Es muss wohl daran gelegen haben, dass alle mir so andächtig zugehört haben. Das bin ich nicht gewohnt. Die Leute draußen und sogar die Wache hingen förmlich an meinen Lippen. Plötzlich habe ich nicht mehr nur so getan, als ob, sondern wirklich geglaubt, was ich von mir gegeben habe. Die ganze Aufmerksamkeit ist mir zu Kopf gestiegen.

Keine Ahnung, warum ich in dieser Zelle bin. Es sieht nicht gut aus. Ich dachte eigentlich, sie bringen mich einfach zurück in die Silberschiffquartiere, aber langsam frage ich mich, ob sie mich stattdessen vielleicht ins Vergessen verfrachtet haben. Wie konnte ich nur so dumm sein?

Oh! Die Tür geht auf. Eine Wache tritt ein – eine stämmige Frau in der schicken schwarz-goldenen Uniformjacke der Wächter. Auf einem Karton transportiert sie ein Tablett mit belegten Broten und einer Flasche Saft. Vorsichtig setzt sie beides vor mir ab. »Essen, Trinken und eine saubere Uniform«, sagt sie. Dann schiebt sie ein Wandpaneel zur Seite. »Hier findest du ein Bad mit Dusche. Wirf deine alte Uniform in den Wäschekorb. In einer halben Stunde bin ich wieder da.« Und weg ist sie.

Vor Erleichterung fühle ich mich ganz zittrig. In den Zellen des Vergessens versorgen sie dich nicht mit Nahrung, und saubere Kleidung bringen sie dir erst recht nicht. Jetzt, wo ich plötzlich keine Angst mehr haben muss, kehrt mein Appetit zurück. Die Brote sind mit der üblichen gelben Pampe bestrichen – Katzenkotze nennen die kleineren Kinder sie –, und der »Saft« ist die altbekannte neonleuchtende Zuckerbrühe. Als ich das Zeug hinunterschlinge, fühle ich mich gleich wieder wie ein Teil der Crew.

Nach dem Essen öffne ich den Karton mit der Uniform. Alles neu. Ich hole die Jacke heraus und entdecke drei eingestickte Goldsterne über meiner Crewnummer. *Drei!* Wahnsinn. Im gesamten letzten halben Jahr habe ich nicht *einen* Stern bekommen, weil ich mich nicht an ihre blöden Spielregeln gehalten habe. Jonno schon, und er wollte unbedingt einen zweiten. Ich muss lächeln. Das wird ihn richtig fuchsen. Dann fällt mir wieder ein, dass Jonno ja allein in Maximilians Haus ist und ich ihn wahrscheinlich nie wiedersehe. Mein Lächeln erlischt. Es hat keinen Sinn, weiter darüber nachzudenken. Ich wasche mich und ziehe die frischen Sachen an. Dabei versuche ich, nicht stolz auf die drei Sterne zu sein, aber es gelingt mir nicht. Vielleicht bin ich doch keine so knallharte Rebellin.

Im Handumdrehen ist die Wache zurück. Ich bin schon wieder so im Silberlingmodus, dass ich sofort strammstehe. »Kaitlin Marne, bitte folge mir.«

Marne. Ich bekomme ein flaues Gefühl in der Magengegend. Sie verwendet Paps alten Namen. Das verheißt nichts Gutes. Andererseits habe ich drei Sterne, und sie hat »bitte« gesagt. Außerdem packt sie mich nicht am Arm und stößt mich im Polizeigriff vorwärts. Sie vertraut darauf, dass ich brav neben ihr hertrotte, wie der folgsame kleine Drei-Sterne-Silberling, in den ich mich so bereitwillig verwandelt habe.

Wir marschieren einen breiten, holzgetäfelten Korridor entlang und halten vor einer beeindruckenden Flügeltür, die von marmornen Säulen eingerahmt wird. Die Wache öffnet sie so stolz, als würde sie einen Zaubertrick vorführen. Dahinter kommt der sagenumwobene Aufzug des Wachturms zum Vorschein: eine klapprige Konstruktion mit einer Scherengittertür. Sieht aus wie ein Käfig. Das Gitter scheppert lautstark, als die Wache es mühsam zur Seite schiebt. Sie bedeutet mir, hinter ihr hineinzugehen, dann wiederholt sie die Prozedur mit der Tür und tippt einen Code ein, den ich mir gut merke. Langsam bewegen wir uns aufwärts, begleitet von lautem Geklapper und beunruhigendem Geruckel. Theoretisch weiß ich, wie der Fahrstuhl funktioniert, denn das lernen wir in der Schule. Aber obwohl mir klar ist, dass wir nicht in die Tiefe stürzen können, weil uns ein Sicherheitsmechanismus aufhalten würde, werde ich immer nervöser, je höher wir kommen. Mir schwant, dass wir unterwegs zur Spitze des Wachturms sind, und jedes Kind weiß, dass es dafür nur zwei Gründe gibt: Entweder hast du eine Audienz bei der Obersten Wächterin – oder du kommst in den Astroraum. Als die blinkenden Zahlen auf dem Schaltpult größer und größer werden, verwandelt sich meine Nervosität allmählich in Panik. Dass die Oberste Wächterin mich sehen will, ist ausgeschlossen, also lande ich in einem Astro. Die Katzenkotzestullen waren meine Henkersmahlzeit.

Es macht *ping*, und der Aufzug bleibt schlingernd stehen. Mit Wackelpuddingbeinen betrete ich einen runden Raum. Durch eine Buntglaskuppel strömt Licht herein und lässt Regenbögen über den glänzenden dunklen Parkettboden tanzen. Der Geruch von Bohnerwachs liegt in der Luft, und es herrscht andächtige Stille. So stelle ich mir die Tempel und anderen heiligen Stätten vor, von denen ich gelesen habe. Drei massive Holztüren gehen von diesem Foyer ab: eine mit einer großen silbernen *9*, eine mit einem *A* und die dritte, eine weitere Flügeltür, wird von zwei Leibwächtern in schwarz-goldenen Uniformjacken flankiert. Doch die beachte ich kaum. Mein Blick ruht auf dem funkelnden *A*. *A* wie Astro. Vor nicht allzu langer Zeit wurde Mam durch diese Tür geführt. Jetzt bin ich an der Reihe. Mir wird schwindelig, und ich muss die Augen schließen. Hinter meinen Lidern leuchtet das *A* hartnäckig weiter. Es gibt kein Entrinnen.

Meine Wache fasst mich am Ellbogen und schiebt mich vorwärts. »Na komm«, sagt sie ungeduldig. »Dein Termin ist in dreißig Sekunden.« Dreißig Sekunden? Mehr bleibt mir nicht? Die Leibwächter treten vor. »Kaitlin Marne für die Oberste Wächterin«, erklärt meine Begleiterin.

Die Oberste Wächterin? Ich verstehe überhaupt nichts mehr.

Einer der Leibwächter klopft sacht an die auf Hochglanz polierte Tür. Das Schloss klickt, und er drückt ehrfurchtsvoll den Messinggriff nach unten. Die Tür schwingt auf. Meine Wache gibt mir einen leichten Schubs und folgt mir nach drinnen. Hinter uns schließt sich die Tür wieder. Ich bekomme vor Erleichterung ganz weiche Knie. Das ist kein Astroraum.

Das Zimmer ist schlicht und elegant: glänzender Schieferboden, spiegelblanke Holvertäfelung und blitzsaubere Fenster mit Aussicht auf die nebelverhangenen Dächer der Stadt und die verschwommenen Felder dahinter. An einem breiten Mahagonischreibtisch vor der Fensterfront sitzt eine kleine, hagere Frau auf einem schwarzen Lederstuhl mit hoher Rückenlehne und fixiert mich. Sie sieht so perfekt aus, dass sie fast unecht wirkt. Ihr zinngrauer Bob liegt an wie ein Helm, dazu trägt sie eine schwarze Samtjacke mit Stehkragen, an dem drei goldene Blitze prangen. Mit sorgfältig manikürten Fingern tippt sie auf den Deckel eines altmodischen Füllfederhalters, der auf der ledernen Schreibtischunterlage ruht. Am Saum des Ärmels, aus dem ihr schmales Handgelenk ragt, entdecke ich drei goldene Streifen, das Zeichen der Obersten Wächter.

Wahrscheinlich sollte ich aufhören, sie anzustarren, aber ich kann nicht.

Sie erwidert meinen Blick aus kalten, tief liegenden Augen. »Sieh mal einer an«, beginnt sie gedehnt. »Marne. Diesen Namen habe ich erfreulicherweise schon lange nicht mehr gehört. Heute allerdings – sehr zu meinem Leidwesen – gleich zweimal.« Noch immer tippt sie auf den Stift und mustert mich dabei, als erwarte sie eine Antwort. Ich habe nur keine Ahnung, welche. »Nun, Kaitlin Marne, du hast es wohl für clever gehalten, aus diesem Projekt auszusteigen, das unserer armen Stadt so viel Trost schenkt.«

Meine Angst vor dem Astroraum ebbt ab, genau wie der anfängliche Schock, der Obersten Wächterin gegenüberzustehen. Ich bin wieder in der Lage, klar zu denken, und erkenne, dass ich zwei Möglichkeiten habe. Ich kann mich entweder dumm stellen oder mitspielen. Ich entscheide mich für Letzteres. »Ich bitte um Verzeihung, Oberste Wächterin. Ich wurde fehlgeleitet.«

Ihr schmallippiger Mund zuckt kaum merklich. »Oh, ich würde es ein wenig anders ausdrücken«, sagt sie und beugt sich vor, beinahe vertraulich. »Du hast dich wie eine Verräterin verhalten. Genau genommen *bist* du eine Verräterin.«

Ich fühle mich, als hätte sie mir einen Schlag versetzt. Verräter werden in Astroanzüge gesteckt. Das lernen wir in der Schule. Verräter = Astro. Das eine führt unweigerlich zum anderen. Ursache und Wirkung.

»Das scheint dich zu überraschen«, bemerkt die Oberste Wächterin kühl. »Als wüsstest du nicht, dass du eine Verräterin bist.«

»Ich ... Ich wusste es wirklich nicht.«

»Na schön, Kaitlin Marne, dann lass es mich dir erläutern. Wir haben allen Grund zur Annahme, dass du mit einem Gegenstand aus den Quartieren der Silberschiffcrew geflohen bist, der für die Sicherheit und das Wohlergehen unserer Stadt von höchster Wichtigkeit ist. Wir wissen, dass deine Mutter diesen Gegenstand gestohlen hat. Weshalb sie auch« – sie schaut mir geradewegs in die Augen – »sterben musste.«

Ich zeige keine Regung. Diese Genugtuung gönne ich ihr nicht. Stattdessen konzentriere ich mich auf ihre perfekten Finger, die auf dem Stift herumtrommeln.

»Trotz peinlich genauer Durchsuchung eurer zahlreichen Behausungen wurde der Gegenstand nicht gefunden. Wieso, ist mir schleierhaft. Darum müssen wir davon ausgehen, dass du den Gegenstand in die Crewquartiere geschmuggelt hast.«

Ich schweige. Auf keinen Fall werde ich irgendetwas preisgeben.

»Da du ihn nicht bei dir hast – du wurdest beim Eintreten gescannt –, hast du ihn offensichtlich auf deiner Flucht irgendwo versteckt. Ich habe dich hier heraufbringen lassen, um dir die Möglichkeit zu geben, Wiedergutmachung zu leisten und mir zu erzählen, wo er ist. Und zwar sofort.«

Sie stiert mich mit ihrem seltsam ausdruckslosen Blick an, aber ich blinzele nicht. Wenn das hier ein Wettstarren ist, lasse ich sie nicht gewinnen. Oder doch. Denn auf einmal bemerkt sie: »Du siehst deinem Vater erstaunlich ähnlich. Deinem *toten* Vater.« Da schließe ich die Augen. Sie lacht bitter. »Wie schade für dich.«

Seit ich in diesem beklemmenden Raum bin, habe ich die ganze Palette an Emotionen durchlebt: Schock, Angst, Trauer – und jetzt überkommt mich Wut, so stark, dass ich der piekfeinen Obersten Wächterin am liebsten eine verpassen würde. Vielleicht spürt sie das, denn sie lehnt sich in ihrem weichen Ledersessel zurück, außer Reichweite meiner Fäuste.

Beinahe gelangweilt fährt sie fort: »Also, Kaitlin Marne, sag mir, wo wir diesen Gegenstand finden, und wir vergessen die Angelegenheit. Du kannst deine drei Goldsterne behalten und zu deiner Crew zurückkehren, wie du es dir ja anscheinend so sehr wünschst.«

»Es tut mir leid, Sie enttäuschen zu müssen, Oberste Wächterin, aber ich weiß wirklich nicht, welchen Gegenstand Sie meinen.«

Sie erhebt sich, bleibt aber hinter ihrem Schreibtisch in Sicherheit. »Dummes Gör. Ich gebe dir noch eine letzte Chance. Und damit das klar ist: Solltest du dich weiterhin weigern zu kooperieren, wird das unwiderrufliche Folgen haben. Und zwar nicht notwendigerweise für dich.«

Ich bin so sauer, dass ich gar nicht richtig zuhöre. Später werde ich mir wünschen, ich hätte es getan. Aber so ist das Leben. Du kannst die Vergangenheit nicht ändern, egal, wie sehr du es willst. »Ich habe nicht die leiseste Ahnung, wovon Sie reden«, sage ich.

Sie lächelt, als dürfte sie gleich etwas tun, auf das sie sich schon geraume Zeit freut. Sie weist meine Wache an, mich an einen Ring in der Wand zu ketten, den ich erst jetzt bemerke. Panik steigt in mir auf. Während die Wache beschäftigt ist, beugt sich die Oberste Wächterin vor und spricht in ein kleines Gitter in der Vertäfelung. »Fortfahren.«

Ich habe ein ungutes Gefühl, aber ich versuche, mich zu beruhigen. Noch ist mir ja nichts Schlimmes passiert. Ich muss einfach tapfer sein und herausfinden, womit fortgefahren werden soll. Die Oberste Wächterin befiehlt mir, mich einer dunklen Glasscheibe in einem reich mit Putten und Weinreben verzierten Goldrahmen zuzuwenden. Ich gehorche und erblicke mein Spiegelbild mit den vor Schreck geweiteten Augen. Die Wächterin spricht erneut ins Gitter: »Dreht den Gefangenen zu mir. Zeigt mir sein Gesicht.« Dann bellt sie: »Licht!«

Tomas! Auf der anderen Seite der Scheibe steht Tomas in einem orangefarbenen Astroanzug ohne Helm. Er schaut mich direkt an, aber ich glaube, er kann mich nicht sehen. Er wirkt, als wäre er einem Gespenst begegnet. Nein, eher, als wäre er selbst eins. Mir wird übel.

»Bitte, Oberste Wächterin ...« Ich hasse es, so kleinlaut zu klingen. »Bitte tun Sie das nicht. Bitte nicht!«

In diesem Moment geschieht etwas Außergewöhnliches – ein Sonnenblitz. So heißt das, wenn ein Strahl reinen, ungefilterten Sonnenlichts durch die Dunstglocke der Sphäre dringt. Es hat irgendwas mit Einfallwinkeln und der spezifischen Wellenlänge des Kraftfelds zu tun. Wenn es passiert, müssen die Leute immer lächeln. Die Älteren nennen es einen Segen, Technikversierte sprechen von Rissen im Kraftfeld. Aber meistens sagen wir Sonnenblitz.

Jedenfalls blitzt die Sonne durch das Wachturmfenster und flutet den Raum mit Licht. Über Tomas' Gesicht huscht Erstaunen. Er hat mich gesehen. Und dann höre ich meinen Namen. Tomas verabschiedet sich von mir, sagt, dass alles okay ist. Verärgert schaltet die Oberste Wächterin die Gegensprechanlage aus. »Ich habe dich vor den unwiderruflichen Folgen deiner Weigerung gewarnt, Kaitlin Marne. Das passiert mit Verrätern. Sieh zu und lerne.«

Also sehe ich zu, wie Tomas in einem Astro aus dem Wachturm gestoßen wird.

Und ich lerne, dass ich machtlos bin.

Kapitel 16

EIN SPITZEL

J

Tedward und ich sind schon wieder gefangen. Wir sind in einem Zimmer ganz oben im Schabenhaus eingesperrt. Ich rufe laut, aber es kommt niemand. Ich vermisse meinen Silberschiffstamm. Wir sind die Bären, weil wir die Jüngsten sind. Dann gibt es noch die Wölfe und die Löwen. Katie ist eine Löwin, nur will sie keine sein. Heute haben wir Angeltraining, für die Insel. Ich wünschte, ich wäre dabei. Bei meinen Freunden. Katie war ungezogen, sie hätte nicht wegrennen dürfen. Tedward ist richtig sauer auf sie. Sie wollte ihn einfach heimlich mitnehmen, aber er wäre auch lieber bei den Bären geblieben. Schließlich ist er selbst ein Bär. Er fühlt sich auf einmal so leicht an. Hoffentlich geht es ihm gut.

Tedward und ich gucken aus dem Fenster. Unten auf der Straße ist eine Frau. Sie schaut zu mir hoch. Sie sieht ein bisschen komisch aus, ganz viereckig. Tedward mag sie nicht, also gehen wir weg vom Fenster und setzen uns in Katies Deckenhaufen. Ich hoffe, sie ist bald wieder da.

Da sind Schritte auf der Treppe. Aber es sind nicht Katies. Sie sind viel schwerer und langsamer. Jetzt halten sie genau vor der Tür. Tedward hat Angst. Ein Schlüssel dreht sich im Schloss, und die Tür geht auf. Die viereckige Frau von der Straße kommt rein. Ich habe sie schon mal getroffen. Als Katie und ich ganz neu bei der Silberschiffcrew waren.

»Bist du hier, um mich zurückzubringen?«, frage ich die Frau.

»Ich bin hier im Auftrag des Wachturms, um einen Fahnenflüchtigen in Gewahrsam zu nehmen.«

Ich weiß nicht, was das bedeuten soll, und zeige auf mein Abzeichen. »Ich bin ein Silberling und möchte zurück. Du kennst mich. Du hast mir meine Uniform gegeben.«

Sie scheint sich zu ärgern. »Das mache ich nicht mehr. Ich habe jetzt eine weitaus wichtigere Aufgabe. Ich arbeite verdeckt.«

Wahrscheinlich sagt sie das, weil sie etwas anhat, das aussieht wie eine riesige Decke. Ich habe Angst, dass sie wieder verschwindet und mich hierlässt, also frage ich noch einmal. Ich benutze auch das Zauberwort, wie Mam es nennt. »Bitte, bitte, bringst du mich zurück zum Silberschiff?« Und weil aller guten Dinge drei sind: »Bitte?«

Sie guckt mich überrascht an. »Du *willst* zurück?«

»Ja! Meine Schwester hat mich einfach mitgenommen, aber ich wollte gar nicht. Können wir jetzt gehen? *Bitte?*« Ich stehe auf, und obwohl mein Fuß noch wehtut, humpeln Tedward und ich zu ihr rüber. Ich greife nach ihrer Hand, damit sie nicht weglaufen kann.

Sie rümpft die Nase. »Da hat aber jemand schon lange nicht mehr gebadet, was?«

Die Frau ist nicht sehr höflich, aber Mam hat gesagt, ich muss in solchen Fällen trotzdem nett antworten. »Das bin nicht ich, das ist Tedward«, erkläre ich. »Ich habe ihn mal aus Versehen vollgekotzt.« Da tut sie etwas Schreckliches. Sie nimmt mir Tedward weg und wirft ihn in Katies Ecke.

»Nein!«, rufe ich und will zu ihm, aber die Frau packt mich fest am Arm. Aua.

»Jetzt sind wir nicht mehr so quietschfidel, hm?«, murmelt sie. Dann zerrt sie mich aus dem Zimmer und den ganzen Weg die Treppe runter, raus auf die Straße, und Tedward muss alleine oben in der Dachkammer bleiben. Ich drehe mich zum Fenster, um zu sehen, ob er mir nachwinkt, aber er ist nicht da.

Die Frau zieht mich so schnell die Straße entlang, dass ich rennen muss, damit ich hinterherkomme. Ich habe keine Schuhe, und mein Fuß tut weh. Wir gehen überhaupt nicht zum Zukunftstor, sondern durch viele dunkle Gassen, und ich fürchte mich. Vielleicht bringt sie mich irgendwohin, wo es richtig grausig ist? Und Tedward ist bestimmt einsam im Schabenhaus. Ich will gar nicht, trotzdem fange ich an zu weinen.

»Die Tränen kannst du dir für deine Schwester aufsparen«, blafft die Frau. »Die ist an allem schuld. Schwestern machen immer nur Ärger. Ich hatte mal eine. Bis sie gefallen ist, haha. Vom Dach. Ja, ja.«

Sie schaut zu mir runter. Irgendwie wirkt sie ziemlich verrückt. Und echt gruselig. »Hast du auch einen Bruder?«, fragt sie.

Ich nicke.

»Ist er eine Schabe?«

Ich schüttele den Kopf, und sie reißt an meinem Arm. Das tut weh. »Tja, da kannst du dich glücklich schätzen. Ich habe einen Schabenbruder. Aber nicht mehr lange. Willst du wissen, warum?«

Wieder schüttele ich den Kopf. Ich will gar nichts über sie wissen. Sie ist überhaupt nicht nett. Trotzdem zieht sie etwas aus der Tasche, das aussieht wie ein großer roter Käfer, mit sechs Saugnäpfen statt Füßen.

»Hast du so was schon mal gesehen?«, fragt sie.

Zum dritten Mal schüttele ich den Kopf.

Die gruselige Frau lacht. »Das, mein Junge, ist eine Wanze. Sie belauscht Leute.«

»Uns auch?«

»Sei nicht albern, warum sollte sie? Aber meinen Bruder, den hat sie belauscht. Ich habe sie unter den Tisch gesetzt, als er mit seinem widerwärtigen Schabenfreund zu Mittag gegessen hat, und sie hat alles aufgezeichnet, was sie gesagt haben. Du glaubst gar nicht, was diese Mistviecher ausgeheckt haben – oh, sie haben auf alle möglichen Weisen Hochverrat begangen. Es war die reinste Freude, mir in der Küche alles anzuhören, nachdem sie sich mit meinen Spezialkeksen in den Schlaf gefressen haben. Sie haben sich die Seele aus dem Leib geschnarcht! Wie hätte ich sonst wissen sollen, wo ich dich finde, hä?«

Ich verstehe nicht, was sie da redet, aber ich weiß, dass es etwas Hässliches ist. Plötzlich halten wir vor einer schmutzigen, alten Tür an. Daran hängt ein Schild. Das kann ich schon lesen. Da steht: *Tanz bis zwei Uhr morgens. Kein Zutritt für Schaben.* Die viereckige Frau stößt die Tür auf, und wir gehen rein. Sie zerrt mich durch lange, stinkende Flure und dann durch eine riesige Metalltür in einen großen, runden Raum mit noch mehr Türen. In der Mitte ist eine Blechhütte, da sitzt ein Wachmann drin. Sie zieht mich dorthin, und ich schlittere hinter ihr her. Der Fußboden ist nämlich nass, weil ihn gerade jemand wischt. Das Schlittern würde richtig Spaß machen, wenn die blöde Frau nicht dabei wäre. Jetzt redet sie mit der Wache in der Hütte. Mir tut die Hand weh, weil sie so fest zudrückt. Aber ich beiße mir auf die Lippe, um nicht wieder zu weinen, und höre zu. »Ich bringe einen entflohenen Silberling zurück und fordere meine Belohnung ein.«

Aus dem kleinen Fenster linst der Wachmann zu mir runter. Er hat freundliche Augen. Viel freundlicher als die viereckige Frau. »Für unter Zehnjährige zahlen wir nicht«, sagt er. »Aber ich lasse ihn abholen.«

»Oh nein. Nicht, solange ich meine Belohnung nicht habe.«

Plötzlich kriege ich Angst, dass sie mich wieder wegbringt. Also spreche ich mit dem Wachmann. »Bitte, ich möchte hierbleiben. Ich wollte gar nicht gehen, sie hat mich gezwungen.« Ich meine Katie, aber es kommt falsch raus.

Der Wachmann lächelt mich an. »Natürlich darfst du bleiben, mein Sohn.« Er funkelt die viereckige Frau böse an. »Sie haben ihn wohl gegen seinen Willen entführt. Wir werden das überprüfen. Außerdem ist er verletzt. Was haben Sie mit ihm angestellt?«

»Nichts!« Ihre Stimme ist auf einmal ganz hoch. »Das ist alles nicht so, wie es aussieht. Überhaupt nicht! Ich habe ihn auf einem Dachboden gefunden.« Sie kramt in ihrer Tasche und holt den großen roten Käfer raus. Den mit den Saugnäpfen. »Hier, ich habe Beweismaterial für Schabenverrat. Verschwörung, Mord und die Gefangennahme eines Staatsdieners. Alles drauf.«

Der Wachmann packt die Wanze in einen Gefrierbeutel und greift nach einem Stift. »Name?«, fragt er.

»Minna Simms«, antwortet die viereckige Frau.

»Guter Name für einen Verräter«, kommentiert der Wachmann und schreibt ihn auf die Tüte.

»Nein!« Die Stimme der bösen Frau wird noch höher. »Streichen Sie das durch! Das war ein Missverständnis! Ich dachte, Sie wollten *meinen* Namen wissen.«

Der Wachmann seufzt. »Nein, den Namen des Verräters. Wer Sie sind, lässt sich ja leicht herausfinden.«

»Es sind zwei. Andronicus Thrips und Maximilian Flügelschlag«, brabbelt die Frau hastig. »Schreiben Sie das da hin. Auf die Tüte, jetzt gleich. Die Beweise sind in der Wanze. Momentan befinden sich die Verräter in der Katzenfalle Nummer zwölf. Ich habe sie betäubt. Sie sind bewusstlos.«

Der Wachmann nickt. »Ich verstehe. Ein Fall für eine Ausräucherung.«

»Ja, oh ja! Definitiv.«

Der Wachmann lässt mich in die Blechhütte. Ich soll warten, bis man mich abholt. Bald werde ich wieder bei den anderen Bären sein. Hoffentlich bin ich nicht zu spät fürs Angeln. Der Wachmann ist nett. Er gibt mir Bonbons. Ich darf auf seinem Hocker sitzen, weil mir der Fuß so wehtut, und aus seinem Fenster gucken. Die viereckige Frau sitzt auf der langen Bank, die an der Wand einmal um den ganzen Raum führt. Der Mann mit dem Wischmopp und dem Eimer putzt immer noch den Boden. Die Frau muss ihre Beine heben, damit er auch unter der Bank putzen kann. Sie sieht nicht glücklich aus. Plötzlich kommen zwei Wachen auf sie zu. Die viereckige Frau steht auf, und sie packen sie an den Armen. Sie will sich losreißen, aber sie lassen sie nicht weg. Jetzt führen sie sie durch eine Tür mit einem großen silbernen *V* drauf. Sie schreit.

»Warum schreit die Frau?«, frage ich den netten Wachmann.

Er kichert. »Spitzel bedeuten Ärger. Wir benutzen sie immer nur einmal. Ein zweites Mal kann man ihnen nicht trauen. Sie kommt in die Zellen des Vergessens.«

»Was heißt das?«

»Daran kann ich mich nicht erinnern.« Der Wachmann lacht, als hätte er einen Witz gemacht. »Ah, da ist ja die Krankenpflegerin. Sie schaut sich gleich deinen Fuß an. Zeit zu gehen, junger

Mann.« Er klopft mir auf die Schulter. »Alles Gute, mein Sohn. Alles Gute.«

Eine der Frauen, die sich um uns Bären kümmern, wenn wir krank sind, nimmt mich mit. Ich drehe mich noch mal um und winke dem Wachmann in der Hütte. Er sieht traurig aus, winkt aber zurück. Dann guckt er schnell weg.

Kapitel 17

VERNICHTUNGSGAS

M

Mir ist übel. Schrecklich übel. Irgendetwas ist in meinem Kopf und schlägt mit einem Hammer von innen dagegen, um hinauszukommen. Nein, halt ... es ist außerhalb meines Kopfes und will hinein. *Weg von meinem Kopf. Weg da!* Ich höre ein tiefes, widerhallendes Blöken. Ich bin in einer Höhle, mit einem Schaf ... nein, einer ganzen Herde Schafe. In einer stockdunklen Höhle ... das ist gut ... ich mag Schafe ... alles ist gut ... Schaf ... Schlaf ...

»Maximilian!«, kreischt es in meine Hörorgane. »Wach auf! Himmel noch mal, wach auf!« Jetzt hämmern *zwei* Hämmer links und rechts auf mein Gesicht ein, immer und immer wieder, bis ich die Augen öffne. »Halleluja«, sagt eine Stimme, die wohl dem Schlägerding vor mir gehört. Es ist kein Schaf, was ich, offen gestanden, ziemlich verwirrend finde.

»Maximilian!« Die Stimme ist schrill und panisch. Sie beunruhigt mich. Das Schaf war mir lieber. »Wach auf, du dummer Brummer«, brüllt sie mich an. »Wach auf! Ich bin's, Parminter!«

Parminter. Das klingt vertraut. Ein Parminter. So eins kenne ich. Ich blinzele und entdecke in der trüben Dunkelheit das flache Gesicht meiner lieben Freundin. In ihren goldenen Augen glänzen Tränen, und sie lässt besorgt die Fühler hängen. Merkwürdigerweise trägt sie eine Stirnlampe, deren Lichtstrahl auf den leblosen – oh nein, bitte nicht leblosen, bitte, bitte nicht – Körper von Andronicus fällt. »Andronicus.« Meine Stimme ist schwach und pfeifend. »Oh Andronicus, mein teurer …«

»Halt die Klappe und hilf mir, Maximilian«, faucht Parminter. Ich bin fassungslos. Sonst ist sie so freundlich und sanft.

Ich gehorche. Zusammen mit ihr hieve ich meinen schlaffen Freund in eine Sitzposition und anschließend unter größten Anstrengungen in den Stand. Andronicus schlägt verwirrt die Augen auf. »Gah. Pah? Wah mah dah hah?«

Ich glaube, er fragt Parminter, was sie hier macht. Ich ergänze noch ein paar dumme Fragen: »Und warum trägst du eine Stirnlampe? Was geht hier vor sich?«

Ihre Antwort ist kurz und dennoch klar. »Ihr werdet ausgeräuchert, ihr Trottel. Ihr habt seelenruhig rumgesessen, während sie das Haus versiegelt haben, und euch keinen Millimeter gerührt. Ich weiß wirklich nicht, was in euch gefahren ist.«

Ich schon. Sonnenkekse – wohl mit einer besonderen Zutat, gebacken von Minna Simms. Nun erkenne ich, dass das Dunkle vor den Fenstern nicht der Nachthimmel ist, sondern teergetränkter Stoff. Andronicus' Haus wurde tatsächlich versiegelt, und wir haben nichts bemerkt.

Parminter schiebt und zerrt uns aus dem Zimmer. »Jetzt macht schon, ihr zwei! Gleich pumpen sie das Vernichtungsgas rein. Wir müssen schleunigst hier raus!«

Wir stolpern die Treppe hinauf. Kaum haben wir den obersten Stock erreicht, höre ich ein lautes Poltern. Ich drehe mich um. Ein dicker, gerippter Schlauch, wie der Rüssel eines riesigen Elefanten, schlängelt sich über den Treppenabsatz unter uns. Dichter gelber Rauch quillt daraus hervor. Ein wahrlich albtraumhaftes Bild.

»Vernichtungsgas«, zischt Parminter. *»Schnell!«* Das muss sie mir nicht zweimal sagen. Wir schleppen Andronicus auf den Dachboden, wo das gestrige Treffen stattgefunden hat. Er stöhnt und taumelt hin und her. Ich fürchte, er hat einen Fühler verloren, doch für Mitleid ist keine Zeit. Ich werfe einen Blick über die Schulter. Der Schlauch windet sich die Stufen herauf und spuckt Gas aus der gähnenden Öffnung, die mit glänzendem rotem Tuch verkleidet ist, sodass sie aussieht wie ein geiferndes Maul. Zuckende Tentakel umgeben den Schlund, tasten sich vorwärts, führen den Schlauch durchs Haus, in jedes Zimmer, damit er dort seine tödliche Fracht versprüht. Ich höre ihn über den Boden schleifen.

Rasch werfe ich die Tür zu, und Parminter stopft Kissen vor den Spalt. Sie hat auch schon die Dachfensterscheibe eingeschlagen und ein Loch in den klebrigen schwarzen Stoff geschnitten. Glassplitter bedecken den parasitenblutbefleckten Teppich.

Parminter zerrt die Leiter zum Fenster, klettert hinauf und stemmt sich aufs Dach. Dann beugt sie sich wieder herein und streckt die dünnen Arme nach Andronicus aus. »Rauf mit ihm«, kommandiert sie.

Gemeinsam bugsieren wir ihn nach oben. Er schwankt und rutscht immer wieder ab, während vor der Tür bereits der Schlauch scharrt. Endlich ist er draußen, und ich wusele ihm hinterher wie eine Ratte in einer Regenrinne. Kaum habe ich es geschafft, kriecht ein gelber Rauchfaden unter der Tür hindurch.

Keuchend sitze ich auf dem First, doch Parminter gönnt mir keine Pause. »Vernichtungsgas steigt auf. Es könnte jede Sekunde zu uns wehen. Transportflug!«

Andronicus hängt schlaff wie ein alter Teppich neben mir. »Andronicus«, sage ich direkt neben seinen Hörorganen, »wir fliegen dich jetzt von hier weg. Verstanden?«

Mein Freund murmelt benommen: »Vah.« Er wehrt sich nicht, als Parminter und ich vorsichtig seine Deckflügel ausbreiten, die Hautflügel aber eingeklappt lassen. Anschließend platzieren wir uns mit Mühe auf dem rutschigen Dach links und rechts neben ihm.

Plötzlich ertönt eine Stimme unten auf der Straße: »Da oben entwischt was!« Panisch schaue ich Parminter an – sie haben uns gesehen! Dann bemerke ich den langen gelben Rauchfaden, der aus dem Dachfenster steigt. Sie haben nicht uns, sondern das Gas gemeint.

»Auf drei«, sagt Parminter. »Eins, zwei, drei!«

Wir starten, steigen unbeholfen auf wie ein dreiköpfiges Ungeheuer. Parminter und ich nutzen jeweils nur einen Flügel. Dies ist mein erster echter Transportflug. Parminter hat mir erzählt, dass Schaben diese Flugtechnik normalerweise schon als Kinder lernen, doch ich in meiner Einsamkeit hatte noch nicht einmal mit einer anderen Schabe gesprochen, ehe Mama mich letztes Jahr verlassen und Parminter mich gefunden hat. Seit Kurzem unterrichtet sie mich in der Kunst des Fliegens. Sie hat mir beigebracht, dass es beim Transportflug vor allem um Vertrauen und Kommunikation geht. Letzte Woche haben wir zum ersten Mal mit einem Sack Leinsamen geübt – sehr zum Entsetzen ihrer Mutter. Parminter war der Ansicht, es würde mir guttun. Ich hingegen fand es furchtbar, bis ich begriffen habe, dass man wie eine Person denken muss, nicht wie zwei. Allerdings bin ich noch immer ein Anfänger. Zum Glück fliegt Parminter ruhig und kraftvoll und schenkt mir, wie in so vielen Dingen, Selbstvertrauen.

Die Stimme, die wir gehört haben, kam von der Vorderseite des

Hauses, darum steuern wir auf die Rückseite zu, wo Andronicus' langer, schmaler Garten mit den uralten Apfelbäumen liegt. Dort haben er und ich schon so manchen schönen Sommerabend verbracht. Heute jedoch ist er sehr viel weniger einladend, denn er ist von Parasiten und noch dazu von Nacktschnecken befallen – dicken, glänzenden Kapseln voll Vernichtungsgas, mit denen ein Parasit den Räucherapparat füttert. Von der großen gelben Trommel aus schlängelt sich der teuflische Rüssel über das Gras und durch eine zerbrochene Scheibe, die mit einer Metallplatte versiegelt ist. Das Haus selbst wirkt blind und verängstigt, weil alle Fenster mit Teer und Hanfstoff bedeckt sind. Es tut mir leid.

Während wir schlingernd versuchen, an Höhe zu gewinnen, hören wir jemanden schreien: »Schabe! Schabe! Schabe!« Parminter wirft mir einen warnenden Blick zu und deutet nach unten. Eine Parasitin bringt gerade eine Waffe auf ihrer Schulter in Anschlag. Immer sind es die Frauen, die schießen – sie sind treffsicherer und tödlicher. Jeden Moment wird uns eine Feuerkugel vom Himmel holen, und wir können nichts dagegen tun mit unserer schweren Last.

Da flüstert Andronicus' teure Stimme: »Rettet euch selbst. Lasst mich fallen.«

Ich würde nicht eine Sekunde weiterleben wollen, wenn mein lieber Freund durch mein Verschulden in den Tod stürzt. Allerdings ist das nicht allein meine Entscheidung. Auch Parminters Leben hängt davon ab. Ich schaue sie an und bekomme meine Antwort. »Halt den Mund, Andronicus«, sagt sie. »Halt einfach den Mund!«

Ich fürchte, diese groben Worte könnten ihre letzten gewesen sein, denn auf dem Boden entsichert die Parasitin mit einem dumpfen Klicken die Waffe. Unsere Vernichtung steht kurz bevor. Ich rede mir noch ein, die Feuersbrunst werde uns so jäh verschlingen, dass ich nichts spüre außer der Freude darüber, die letzte Reise in Gesellschaft meiner zwei besten Freunde anzutreten, als unter uns im Garten ein Streit ausbricht.

Ein anderer Parasit – anhand seiner Statur würde ich auf einen Mann tippen – hat die Waffenschwingerin zu Boden geworfen und brüllt: »Stopp, nicht schießen, nicht schießen!« Ja, tatsächlich: eine tiefe, männliche Stimme.

Die Parasitin mit dem Raketenwerfer ist nicht erfreut. Sie bedenkt ihren Kollegen mit Beschimpfungen, die Parminter wie einen Ausbund an Höflichkeit wirken lassen. Und so kämpfen wir uns unbehelligt in die Höhe, verfolgt von den Worten der Zankhähne.

»Finger weg!«, kreischt die Raketenwerferin.

Der Mann erwidert verzweifelt: »Bitte, Tana. Lass es einfach gut sein. *Autsch, das tut weh!* Du verstehst das nicht. Eine der Schaben – die große – ist eine SchuPe!«

»Und warum haben wir sie dann ausgeräuchert?«

»Das war ein schrecklicher Fehler. Ich habe die Info gerade bekommen. Ich wollte schon reinlaufen und sie rausholen.«

»Lügner! Seit wann sind Schaben denn bitte SchuPes?«

»Okay, Tana, wie du willst. Dann stehst du eben morgen im Astroraum, mir doch egal. Ich bin fertig mit dir!«

Bestürzt beobachte ich, wie der Mann davonstapft und die Frau die Waffe wieder anlegt. Und diesmal wird niemand sie aufhalten.

»Lasst mich fallen«, krächzt Andronicus.

»Halt den Mund, Andronicus«, erwidern Parminter und ich im Chor.

Tief unter uns macht sich die Parasitin bereit und zielt. Eine

Sekunde später höre ich das Zischen der Rakete und wappne mich. Ich spüre Hitze am Hinterleib, und Parminter keucht schmerzerfüllt auf. Ich habe mich wohl geirrt. Der Feuerball verschlingt uns nicht so schnell, dass wir nichts spüren. Wir werden jeden einzelnen quälenden Moment miterleben. Allerdings wundere ich mich, warum wir immer noch fliegen. Ich werfe einen Blick über die Schulter. Unsere Flügel haben noch nicht Feuer gefangen. Ich betrachte ihr wunderschönes Indigo und sage ihnen Lebewohl. Ob sie wohl einfach still zerschmelzen oder laut knistern und knacken?

Parminters Schrei reißt mich aus meinen Gedanken. »Wir haben es geschafft! Maximilian, Andronicus, schaut doch, schaut nach unten!«

Ich tue, was sie sagt – schließlich hat mich die Erfahrung gelehrt, dass Parminter immer recht hat –, und sehe den Feuerball wieder zu Boden fallen. Wir haben ihn abgehängt. Vermutlich hat er direkt unter uns den Scheitelpunkt erreicht und tritt jetzt den Rückzug an. Ungläubig verfolgt die Parasitin, wie er auf sie zustürzt. »Tana! Tana, lauf!«, schreit die tiefe Stimme. Doch Tana läuft nicht, und einen Augenblick später hat die Feuersbrunst, die eigentlich für uns bestimmt war, sie eingehüllt.

Schweigend fliegen wir weiter. Dieser Parasitenvorfall hat mich unerwartet tief erschüttert. Erst zehn Minuten später, als wir uns meinem eigenen Dach nähern, spricht Parminter wieder. Ihre Worte sind unerfreulich. »Dein Haus ist auch versiegelt, Maximilian!«

Tatsächlich: Der Glanz auf meinem Dachfenster entspringt nicht sanftem Regen, sondern erstickendem Teer. Ich denke an Mamas Teekanne, die ganz allein in einem dunklen Haus voll Gas auf ihrem Kissen ruht. *Es ist nur eine Teekanne, Maximilian*, rufe ich mich streng zur Ordnung. *Sie wird es überleben. Sie wird nicht einmal einen Kratzer davontragen. Vernichtungsgas kann Teekannen nichts anhaben.* Plötzlich fällt mir ein, dass sich noch etwas anderes, genauso Wertvolles – nein, sogar viel wertvoller – im Haus befindet. *Der kleine Jonno!* Ich stelle mir vor, wie er wehrlos dort liegt, male mir aus, wie das Gas langsam unter der Tür durchdringt, sehe seine Todesangst, und die Verzweiflung übermannt mich.

Kapitel 18

PARMINTERS PROVIANTKORB

M

Andronicus hängt zwischen uns wie ein nasser Sack. Mein Flügel schmerzt, und mein Herz trauert um den kleinen Jungen und seinen Bären auf meinem Dachboden. Ich sage mir, dass ich nichts mehr für ihn tun kann, dass ich mich darauf konzentrieren muss, Andronicus in Sicherheit zu bringen, doch das fällt mir nicht leicht.

Ach, da bist du ja wieder, mein blinder Passagier. Also begleitest du mich auch auf diesem Flug? Wie alle Flügellosen scheint dich das Fliegen zu faszinieren. Nun gut, dann will ich mich mit dir unterhalten, um mich von den Gedanken an den armen Jonno abzulenken, den ich so sträflich im Stich gelassen habe.

Wir sind unterwegs zu Parminters Hof. Sie lebt mit ihrer Mutter auf der anderen Seite der Stadt, wo sich die Felder bis zum Rand der Sphäre erstrecken. Es ist ein wahrlich wunderbarer Ort. Auf den langen äußeren Feldern bauen sie Leinsamen und Hanf an und auf den kürzeren in der Nähe des Hauses alle möglichen Gemüsesorten. Dass Essen aus der Erde wächst, hat mich bass erstaunt. Ehe ich es auf Parminters Hof selbst gesehen habe, war ich der festen Überzeugung, es wüchse von ganz allein in zylinderförmigen Dosen. Du lachst sicher über meine Unwissenheit, aber man glaubt, was die eigene Mama einem sagt, das ist nur natürlich.

Vermutlich fragst du dich, warum ich Parminters Hof so gut kenne. Es liegt daran, dass ich so gerne dort bin. Am liebsten würde ich ihn noch viel öfter besuchen, doch ich will niemandem zur Last fallen. Parminters Mutter soll nicht denken: *Ach, schon wieder dieser lästige Maximilian. Ständig lungert er hier herum, er ist eine echte Klette*, wie meine Mama früher immer gesagt hat – obwohl ich weiß, dass Parminters Mutter so etwas ohnehin nie denken würde, denn sie hält ein Schabenkind nicht für eine Schande. Tatsächlich hat sie sogar ihren Hofladen nach Parminter benannt, die sie »Parmilein« oder »mein Schatz« ruft. Dank ihr habe ich herausgefunden, wie sehr eine Mama ihr Schabenkind lieben kann. Und das hat mich zutiefst verwundert.

Langsam gleiten wir durch das warme Nachmittagslicht. Wie schön es hier oben doch ist! Die Sphäre schimmert wie eine Perle, und durch das trübe Weiß erkennt man sogar den verschwommenen Sonnenball. Unter uns breitet sich die Stadt aus, mit ihren wuchernden Häusern, ihrem Meer aus Pflanzen, die auf Dächern und Balkonen, in Netzen und Eimern sprießen, wo auch immer sie die wertvollen Lichtstrahlen erhaschen. Das sanfte Farbspektrum reicht von Tiefviolett über Grün in allen Schattierungen bis hin zu kräftigen Rot- und Orangetönen. Wunderschön.

Doch dann sehe ich etwas Schreckliches: eine kleine, aufgeblähte Gestalt, die sich dunkel gegen die Helligkeit abhebt und durch die Luft trudelt. Es ist ein neuer Astro, der soeben Hunderte Meter über dem Boden aus dem Wachturm gestoßen wurde, und in dem dicken, orangefarbenen Anzug steckt ein armer, todgeweihter Mensch. Diese verabscheuungswürdige Praxis haben die Wächter eingeführt, um uns alle daran zu erinnern, welche Konsequenzen es hat, ein sogenannter Verräter zu sein.

Die warmen Farben unserer Stadt übertünchen den verdorbenen Kern.

Plötzlich ruft Parminter: »Schau mal da unten, Maximilian. Wir werden verfolgt!«

Wir befinden uns gerade über einem Gewirr aus dunklen Gassen, in denen ich nichts entdecken kann, doch auf Parminters Seite liegt der Innere Ring, eine breitere Straße, die das Stadtzentrum umgibt und auf der die größeren Häuser stehen, darunter auch meins. Dort laufen drei Vollstrecker in konstantem Tempo, halten mit uns Schritt. Parminter hat recht: Sie verfolgen uns.

»Was sollen wir tun?«, frage ich. Unter uns bleiben die Vollstrecker stehen, und einer deutet zu uns herauf.

»Tiefer fliegen«, antwortet Parminter. Das mag für deine Ohren vielleicht seltsam klingen, aber es ist ein kluger Vorschlag. Je dichter wir an den Dächern fliegen, desto schwieriger sind wir vom Boden aus zu erkennen. »Abdrehen!«, ruft Parminter und schwenkt scharf nach links. Nur mit Mühe gelingt es mir, es ihr gleichzutun und Andronicus ruhig zu halten. Mein Flügel schmerzt so schrecklich ... Wir sinken noch tiefer, bis wir die Vollstrecker nicht mehr sehen – und sie uns auch nicht –, und endlich taucht in der Ferne das leuchtend rote Dach von Parminters Hof auf.

Leider hat uns der Umweg in die Nähe der Nachtschabenkirche gebracht. Der hagere graue Turm, der aus dem halb zerfallenen Gebäude aufragt, weist nirgends das kleinste Fitzelchen Grün auf – ein untrügliches Zeichen, dass er von Nachtschaben bewohnt ist. In unserer Stadt wird sonst jeder hochliegende Punkt für den Nahrungsanbau verwendet, um das Licht bestmöglich zu nutzen. Der Einfallsreichtum der Menschen in diesem Bereich erstaunt mich immer wieder aufs Neue, aber natürlich baut niemand etwas in einem Nachtschabenquartier an. So kann man, zumindest bei Tag, die gefährlichen Orte von den ungefährlichen unterscheiden. Wächst dort etwas Grünes, ist man sicher.

Früher bin ich oft hier vorbeigeflogen, wenn ich auf dem Weg zu Parminters Hof war – im Hellen ist es in der Regel unbedenklich. Einmal spielte im Inneren eine Flöte das traurigste Lied, das ich je gehört habe. Es kam mir vor, als würde ich es kennen, aus einer längst vergangenen Zeit und einer anderen Welt. Es weckte ein merkwürdiges, aber irgendwie auch glückliches Gefühl in mir. Deshalb flog ich am nächsten Tag erneut hin. Am dritten Tag allerdings war das Lied verstummt, und ich fühlte mich so beraubt, dass ich von da an einen Bogen um die Kirche machte. Doch nun habe ich keine Wahl. Wir gleiten rasch vorbei, und alles bleibt still.

Ich lasse die Löcher im Turmgemäuer nicht aus dem Auge, durch die die Nachtschaben ein und aus fliegen. Das Nachmittagslicht sollte eigentlich genügen, um sie von einem Ausflug nach draußen abzuhalten, aber sie haben einen leichten Schlaf, und der Anblick von drei mehr oder weniger wehrlosen Beutetieren dürfte sehr verführerisch sein. Den großen Kircheneingang auf der Südseite meide ich. Dort werden diejenigen hingebracht, die das Stadtoberhaupt persönlich verärgert haben. Vermutlich war das auch das Schicksal des traurigen Flötenspielers.

Doch anders als er haben wir heute Glück. Wir passieren den Kirchturm unbehelligt und beginnen unseren Landeanflug auf Parminters Hof, dessen Dach Parminters Mutter extra rot gestrichen hat, damit ihre Tochter immer gut nach Hause findet. Wir versuchen, langsam und kontrolliert zu fliegen, aber das wird durch das Gewicht des lieben Andronicus erschwert, und unsere müden Flügel fühlen sich an, als stünden sie in Flammen. Deshalb sind wir sehr dankbar für den weichen Notlandungsheuhaufen.

Andronicus liegt mit ausgestreckten Flügeln da, und Parminter und ich sind noch dabei, unseren jeweiligen Flugflügel einzuklappen, als Parminters Mutter schon auf uns zueilt. »Parmilein!«, ruft sie aus. »Maximilian! Was ist passiert? Wartet, ich helfe euch.« Sie schimpft uns nicht aus oder nennt uns Flachköpfe. Stattdessen schleppt sie gemeinsam mit uns Andronicus in die Scheune, denn woanders passt er nicht hinein, seine Flügel sind so steif, dass sie sich nicht bewegen lassen. Anschließend schickt sie Parminter los, um heißes Honigwasser für uns alle zu holen, und massiert Andronicus' Flügelmuskulatur, um die Durchblutung anzuregen.

Ich will ihr zur Hand gehen, doch ich fühle mich plötzlich ganz schwach und nutzlos. Trotzdem sagt Parminters Mutter – die ich eigentlich Lizzie nennen soll – mir nicht, dass ich ein fauler Taugenichts bin, sondern: »Ruh dich aus, mein Lieber, bis Parminter mit dem Honigwasser kommt.«

Das Honigwasser ist warm, süß und belebend, und bald kann ich mich um Andronicus und seine Flügel kümmern. Währenddessen erzählt Parminter von der Ausräucherung, unserer Flucht und den drei Vollstreckern, die uns verfolgt haben. Angst huscht über das Gesicht ihrer Mutter. »Oh, Parmilein, das klingt nicht gut. Vielleicht solltet ihr euch zur Sicherheit im Schutzraum verstecken?«

Parminter nickt. »Es tut mir leid, Ma. Wir haben dich in Gefahr gebracht.«

»Mach dir um mich keine Sorgen, mein Schatz«, erwidert Parminters Mutter bestimmt. Parminter greift nach ihrer Hand, und ihre Mutter zuckt nicht zurück oder wirkt angewidert. Ganz im

Gegenteil, sie schließt ihre Tochter in die Arme und drückt ihr einen Kuss auf die Stirn. Dann sagt sie: »Du bist ein mutiges Mädchen, Parmilein. Ich bin stolz auf dich.«

Sie nennt Parminter ein Mädchen, als wäre sie flügellos! Ich lerne jedes Mal etwas Neues, wenn ich Parminter und ihre Mutter zusammen erlebe.

Als Andronicus schwach stöhnt, gehen wir auf alle fünfe und sechse, um zu hören, was er zu sagen hat. »Nicht Maximilian. Er muss sich nicht verstecken.«

»Natürlich muss er das«, meint Parminter.

»Nein«, wiederholt Andronicus. »Als sie ihn gesehen haben, wollten sie das Feuer einstellen.«

»Ich nehme nicht an, dass es an mir lag«, schalte ich mich ein. »Zankereien zwischen Flügellosen sind nicht ungewöhnlich.«

Andronicus klappert leise mit den Deckflügeln, was wohl bedeutet, dass er anderer Meinung ist, aber zu müde zum Sprechen.

Aus Respekt vor Parminters Mutter, der es nicht so leichtfällt, auf dem Boden zu kauern, stehen Parminter und ich wieder auf.

Parminter schaut mich an. »Ich glaube, Andronicus hat recht, Maximilian. Sie haben gesagt, der Große sei eine SchuPe. Und der Große bist du.«

Ich lache. SchuPe ist die Kurzform für Schutzperson – jemand, der einen mächtigen Verwandten im Wachturm hat. »Warum sollte ich eine SchuPe sein? Ich habe keine Verwandten außer Mama.« Parminter und ihre Mutter wechseln einen Blick, den man wohl »vielsagend« nennen könnte, doch ich verstehe nicht, warum. »Und überhaupt, das kann gar nicht sein. Sie haben mein Haus ausgeräuchert.«

Parminter schüttelt den Kopf. »Ich habe etwas gesehen, das dir offenbar entgangen ist. Die Kammerjäger haben schon wieder zusammengepackt, sie wollten verschwinden, bevor sie angefangen haben. Irgendwer hat sie zurückgepfiffen. So wie der Parasit es bei seiner Kollegin versucht hat.«

Ich schweige, denn plötzlich habe ich etwas zu bedenken – einen kleinen Jungen, um genau zu sein. Wenn mein Haus nicht ausgeräuchert wurde, dann ist er noch am Leben! Der Gedanke stimmt mich unglaublich glücklich, bis er von einem anderen, deutlich weniger angenehmen Gedanken verdrängt wird – nämlich dass Jonno inzwischen völlig panisch sein muss. Ich erinnere mich, wie viel Angst ich immer hatte, wenn Mama mich den ganzen Tag allein ließ, und da war das Haus nicht mit dunklem Teer versiegelt.

All das geht mir durch den Kopf, während ich Parminter und ihrer Mutter helfe, einen Stapel Heuballen von einer Wand der Scheune zu entfernen, und als Parminters Mutter ein Brett zur Seite schiebt, weiß ich, was ich tun muss.

»Ich fliege zurück zu meinem Haus«, sage ich.

»Hast du den Verstand verloren?« Parminter schaut mich an, als würde sie diese Möglichkeit ernsthaft in Betracht ziehen.

»Mag sein. Aber ich habe ein Kind dort zurückgelassen.«

»Ein Kind?« Parminter und ihre Mutter schnappen nach Luft. »Was für ein Kind?«

Ich erkläre es ihnen, so gut ich kann. Parminter wirkt verzweifelt. »Bitte, Maximilian. Du darfst nicht zurück. Es ist zu gefährlich. Außerdem bist du völlig erschöpft. Nach einem Transportflug kannst du keine so weite Strecke fliegen.«

»Parmilein«, unterbricht ihre Mutter sie. »Maximilian muss tun, was er für richtig hält. Und wenn er wirklich eine SchuPe ist, wird ihm bestimmt nichts passieren.«

Parminter gibt nicht auf. »Aber die Nachtschaben …«

»Ich bin nur bei Tag unterwegs«, erwidere ich.

Parminters Mutter dreht sich zu mir. »Du solltest dich ausruhen, Maximilian. Schlaf eine Weile. Ich wecke dich eine Stunde vor Sonnenuntergang. Dann hast du immer noch genug Zeit, um sicher nach Hause zu kommen.«

Ich bin tatsächlich sehr müde, und mein rechter Flügel schmerzt, als würde er gleich abfallen. »Nun gut«, lenke ich ein.

Parminters Mutter wird ernst. »Und jetzt ab in den Schutzraum mit euch, meine Lieben.«

Wir helfen Andronicus durch den geheimen Durchgang. Dahinter befindet sich ein kleiner Raum mit stoffbespannter Decke, in dem es erstaunlich warm ist. »Wir sind hinter dem Ofen der Backstube«, erklärt Parminter. »Durch eine falsche Wand kommt man in den Laden, aber davor liegen Säcke mit Leinsamen. Wenn man es nicht weiß, sieht man es überhaupt nicht.«

Sie und ihre Mutter holen Teppiche und Kissen herbei, damit wir es uns gemütlich machen können, dann schließt Parminters Mutter die Geheimtür. Ich höre, wie sie die Heuballen wieder aufstapelt, und habe ein schlechtes Gewissen. Jetzt habe ich das Unheil auch noch über Parminters Schwelle gebracht. Ich bin eine wahre Landplage, wie Mama immer gesagt hat. Doch Parminter würde es nicht gefallen, dass ich an Mama denke, deshalb bemühe ich mich, ihre Stimme aus meinem Kopf zu verbannen. Andronicus schläft bereits. Ich lege mich neben ihn.

Parminter sitzt uns gegenüber, die Knie angezogen, die grazilen, violett schimmernden Flügel hinter sich ausgebreitet wie einen Mantel. Sie sieht wunderschön aus. Aber auch besorgt. »Du kommst doch zurück, oder, Maximilian?«, fragt sie.

»Natürlich«, antworte ich. »Nur muss ich zuerst dem Jungen helfen. Ich komme zurück, sobald ich einen sicheren Ort für ihn gefunden habe.«

»Aber das könnte Tage dauern, vielleicht *Wochen*!«

Ich weiß nicht, was ich sagen soll. Nun habe ich alle traurig gemacht. Ich schließe die Augen, doch ich spüre, dass Parminter mich weiter beobachtet.

Und da ist sie nicht die Einzige, nicht wahr, mein blinder Passagier? Auch du verfolgst, wie diese betrübliche Geschichte Wendungen nimmt, mit denen ich niemals gerechnet hätte. Gestern noch hielt ich mich für einen gütigen Engel, der nicht nur einem, sondern gleich zweien deiner Art zu Hilfe fliegt. Inzwischen ist mir klar, dass ich nichts dergleichen bin. Ich habe meine beiden Ausreißer ins Verderben gestürzt. Meinetwegen sitzt der eine allein und verängstigt auf dem Dachboden eines teerversiegelten Hauses fest, während die andere von ebenjenem Parasiten verschleppt wurde, den ich selbst in mein Heim gebracht habe, ohne mich um die möglichen Folgen zu scheren.

Ich will jedoch versuchen, es wiedergutzumachen. Wenn du mich zurück nach Hause begleitest, wirst du miterleben, dass ich alles tue, um dem kleinen Bruder meiner Kaitlin Drew zu helfen. Obschon ich, ehrlich gestanden, weitaus lieber hierbleiben würde. Aber ich darf nicht nur an mich denken. Ach, wie recht Mama doch hatte: Ich bin ein egoistisches Geschöpf, reine Platzverschwendung, und bereite allen, denen ich begegne, nur Kummer. Doch nun muss ich erst einmal schlafen … schlafen.

Kapitel 19

LEBENDIG BEGRABEN

P

Hallo, hier spricht Parminter.

Also schön, du flügelloses Wesen, das uns beobachtet, ich weiß nicht, wer oder wo du bist, aber mir gefällt das alles nicht. Ganz und gar nicht. Ich dachte, du wärst nur eine weitere missbilligende Stimme in Maximilians Kopf, aber jetzt, da er schläft, starrst du auf einmal mich an. Das spüre ich. Gruselig. Und Maximilian hilft deine Anwesenheit kein bisschen. Er hat genug damit zu kämpfen, dass er ständig vergeblich nach der Anerkennung seiner Mutter strebt. Da muss er nicht auch noch dir gefallen wollen.

Woher nimmst du das Recht, einen so gutherzigen, ehrlichen Menschen zu verurteilen, den du überhaupt noch nie getroffen hast? Mein Maximilian hat in seinem Leben schon schrecklich viel durchmachen müssen, dabei ist er ein wahrer Engel. Er versucht immer, das Richtige zu tun, und das bringt ihm selbst viel zu oft Nachteile.

Aber wo du schon mal hier bist und keine Anstalten machst zu verschwinden, kann ich dich genauso gut auf den neuesten Stand bringen. Maximilian und Andronicus sind in Sicherheit – zumindest für den Moment. Andronicus liegt flach auf dem Rücken und schnarcht mit offenem Mund Richtung Baldachin, und mein armer

Maximilian hat sich zum Schlafen in seine Flügel gewickelt. Aber bald kommt Ma zurück, um ihn wie versprochen zu wecken, und dann muss ich zusehen, wie er davonfliegt, allein und hilflos, zu seinem dunklen, unheimlichen Haus, in dem ihm so viel Schlimmes widerfahren ist. Und dafür, dass er sich nicht von dieser Idee abbringen lässt, mache ich dich verantwortlich. Ja, genau, *dich*! Aus irgendeinem Grund scheint er zu denken, er müsste dir irgendetwas beweisen. Keine Ahnung, warum. Ich wünschte, du würdest einfach abhauen und dich mit etwas anderem beschäftigen. Lies doch ein Buch oder so. Aber nein, du bleibst hier, schaust zu, wartest darauf, dass Maximilian aufwacht, damit du ihn weiter quälen kannst. Warum? *Was willst du von ihm?*

Keine Antwort. Allmählich begreife ich, warum du Maximilian zu solchen Extremen treibst. Du lungerst hier herum, obwohl ich dir sage, dass du nicht erwünscht bist. Ich nehme mal an, du hast keine Flügel. Mir ist aufgefallen, dass junge Flügellose sehr viel selbstbewusster sind als junge Schaben. Das rührt vermutlich daher, dass sie im Leben das große Los gezogen haben. Denn seien wir mal ehrlich, niemand würde freiwillig das Leben einer Schabe wählen. Ja, wir machen das Beste draus, aber in uns wohnt eine tiefe Trauer um alles, was wir hätten sein können. Also schön, wenn du unbedingt so hartnäckig sein musst, werde ich dir Maximilian Flügelschlags Geschichte erzählen. Selbst wenn du ihm anschließend weiterhin wie ein Schatten folgst, verstehst du wenigstens, wie er zu dem wurde, der er ist. Und ich habe auch etwas davon, denn ich spreche liebend gern über Maximilian. Sitzt du bequem? Gut. Dann fange ich jetzt an …

Vor ungefähr neunzehn Jahren wurde Maximilian als Sohn eines jungen Paares im Stadtzentrum geboren. Ihr Haus befand sich schon lange im Familienbesitz der Frau. Maximilian war ihr erstes Kind. Er hatte sein eigenes Zimmer ganz oben im Haus und eine Amme, die später eine gute Freundin meiner Mutter wurde.

Er war ein herzallerliebstes Baby. In einem seltenen und kostbaren Moment der Vertraulichkeit hat er mir einmal eine alte, zerknitterte Fotografie gezeigt, aus der Zeit, als er noch ein flügelloser Säugling war. Er hatte sie in einer Ritze zwischen den Dielen gefunden. Auf dem Bild hatte er flaumige, dunkle Löckchen, große graue Strahleaugen und ein breites Lächeln mit bezaubernden Grübchen. Er wäre zweifellos ein gut aussehender flügelloser Mann geworden.

Maximilians Mutter legte unheimlichen Wert darauf, dass ihre Familie frei vom »Schabenmakel« war, ebenso wie die ihres Mannes. Den sie sich aus genau diesem Grund ausgesucht hatte. Doch ihre eigene Mutter hatte ihr verschwiegen, dass sie einmal zwei Schwestern gehabt hatte, Zwillinge, derer man sich klammheimlich entledigt hatte, als sie sich verpuppten. Das geschah damals häufig, und ich fürchte, es kommt selbst heute noch manchmal vor. Wie viele arme kleine Seelen haben sich wohl bereitwillig in die eigenen Särge gesponnen? Es ist Brauch, einen Apfelbaum auf die Gräber zu pflanzen. Deshalb findest du auch in Maximilians Garten zwei Apfelbäumchen, dicht beieinander, die sich gegenseitig Halt geben.

Als Maximilian sich verpuppte, waren seine Eltern bei einem wichtigen Abendessen. Die Amme sah alles mit an und war vor Angst wie gelähmt. Bis die Eltern zurückkehrten, hatte er sich schon in ein kleines, robustes Bonbon aus schimmernder grauer Seide verwandelt. Maximilians Mutter war außer sich. Sie nahm ein Messer und rammte es tief in den Kokon, in dem Versuch, ihn aufzuschneiden. Deshalb hat Maximilian auch nur noch drei Arme, falls du dich das gefragt haben solltest.

Irgendwann wurde seiner Mutter wohl klar, dass die Entwicklung nicht aufzuhalten war. Kaltblütig wies sie die Amme an, zu tun, »was getan werden muss«. Auf die Nachfrage, was das bedeute, erklärte sie der jungen Frau, sie solle es begraben. Doch die weigerte sich.

Maximilians Vater war ein guter Mann, aber er stellte sich seiner Frau nicht in den Weg, sondern ließ alles geschehen. Durch das Kinderzimmerfenster beobachtete die Amme unter Tränen, wie die Mutter das kleine Grab schaufelte, während der Vater den Kokon im Arm wiegte. Wie das Baby, das sie wie ihr eigenes liebte, lebendig im kalten Boden verscharrt wurde, um dort auf den Tod zu warten.

Du weißt das vielleicht nicht, aber ein eingesponnener Säugling stirbt unter der Erde nicht sofort. Er befindet sich wie in einer Art Winterschlaf, in dem ihm weder der Sauerstoffmangel noch die Kälte etwas ausmachen. Doch bis die harte Puppenhülle unter dem Kokon wächst, ist er verletzlich. Er kann von Würmern und Ratten angefressen, von Hunden ausgebuddelt oder von Füchsen verschleppt werden. Und das ist noch nicht einmal das Schlimmste.

War dir klar, dass Nachtschaben aus gestohlenen Kokons geschaffen werden? Nein? Nun, mir auch nicht, bis Ma es mir erzählt hat. Während meiner Verpuppung hatte sie die ganze Zeit über panische Angst, dass eine Nachtschabe herabstürzt und mich zur Aufzuchtstation in der alten Kirche trägt. Die Wächter haben einen Weg gefunden, die Kleinen noch im Kokon genetisch so zu manipulieren, dass sie mit Krallen und Facettenaugen schlüpfen. Und dann halten sie die armen Kreaturen in völliger Dunkelheit, damit sie ohne Licht sehen und jagen lernen. Eine Folge davon ist, dass sie all ihre schönen Farbpigmente verlieren und weiß werden wie Grottenolme. Bis zum Teenageralter sind sie mordlustige Kannibalen, für immer verdorben durch den Wachturm.

In der Nacht, als Maximilian sich einspann, ließ der Nebel auf sich warten, und als seine Eltern langsam zurück ins Haus gingen, entdeckte die Amme die bleiche Gestalt einer Nachtschabe, die wie ein Aasgeier über dem Grab kreiste. Kaum hörte sie die Schlafzimmertür ins Schloss fallen, hastete sie leise die Treppe hinunter. Das war sehr mutig, denn auch eine erwachsene Flügellose ist allein leichte Beute für eine Nachtschabe.

Sie rannte in den Garten und fuchtelte wild mit den Armen. Tatsächlich verschwand die Nachtschabe, vermutlich um Verstärkung zu holen. Verzweifelt warf die Amme sich auf das frische Grab und scharrte hektisch drauflos. Sie war fest entschlossen, Maximilian zu befreien und in Sicherheit zu bringen. Auf einmal hörte sie hinter sich Schritte. Sie sprang auf, bereit, für ihn zu kämpfen, und sah sich seinem Vater gegenüber. Ein einziger Blick sagte ihr alles, was sie wissen musste, und zusammen machten sie sich daran, den Kokon aus der Erde zu bergen. Zu ihrem Glück senkte sich nun der Nachtnebel herab und schützte sie vor den räuberischen Facettenaugen.

Gemeinsam flohen sie auf die andere Seite der Stadt und mieteten sich ein winziges Zimmer in einem heruntergekommenen Haus am Ende unserer Straße. Die Amme – sie hieß übrigens Joanna – half bei uns im Hofladen aus, und sie und meine Mutter wurden Freundinnen. Zu diesem Zeitpunkt war Maximilian bereits raus aus dem Puppenstadium und laut meiner Ma das süßeste und fröhlichste Kleinkind, das man sich vorstellen kann. Es muss die reinste Freude gewesen sein, zuzuschauen, wie er mit den kurzen Beinchen in die

Luft hüpfte und seine winzigen Flügel testete. Genau genommen war Maximilian der Grund, warum Ma nicht im Geringsten verzweifelt war, als ich mich verpuppte – sie wusste, dass ein Schabenkind ein Segen ist.

Du fragst dich wahrscheinlich, wie es kommt, dass Maximilian nach alledem doch wieder mit seiner Mutter in dem düsteren alten Haus leben musste? Tja, du kannst dir bestimmt denken, dass sie nicht sonderlich begeistert war, als sie feststellte, dass sowohl ihr Mann als auch das Kindermädchen verschwunden waren. Und natürlich entdeckte sie bald auch das leere Grab. Sie heuerte einen Spitzel an, der nach den Flüchtigen suchte. Das dauerte eine Weile, und als man sie schließlich fand, erwarteten Maximilians Vater und das Kindermädchen ein eigenes Kind. Aus Rache beantragte Maximilians Mutter das Sorgerecht für ihren Sohn, was sie ohne Schwierigkeiten bekam, immerhin war sie schon damals eine mächtige Frau.

So schickte sie eines schrecklichen Tages einen Wächter, um den kleinen Maximilian abzuholen. Meine Mutter sagt, Joannas Schreie seien bis hierher zu hören gewesen. Sie dachte, es hätte einen schrecklichen Unfall gegeben, deshalb eilte sie hinüber, nur um mit ansehen zu müssen, wie das arme Kind in einem barbarischen Schabensack davongetragen wurde.

Maximilian wurde zum Gefangenen seiner Mutter. Sie verwehrte seinem Vater jeden Besuch. Ein paarmal, wenn sie bei offiziellen Anlässen war, stahl er sich heimlich zu seinem Sohn ins Haus, aber von diesen kläglichen Stippvisiten kehrte er jedes Mal ganz verzweifelt zurück.

Das Leben ging weiter. Da Maximilians Vater weitere Rachepläne seiner früheren Frau fürchtete – sie stieg im Wachturm immer weiter auf –, änderte er seinen Nachnamen in Drew. Joanna und er zogen in das kleine Haus neben unserem Hof und bekamen drei gemeinsame Kinder, von denen sich nicht eins verpuppte, denn beide Eltern stammten aus armen Familien, die sich die Modifikation nie hatten leisten können.

Ah, die Modifikation. Du bist verwirrt, das spüre ich. Maximilian hat dir also noch nicht erzählt, warum sich manche von uns verpuppen, die meisten aber nicht? Das wundert mich nicht – er redet nicht gerne darüber, schließlich hält er sich auch heute noch für einen Versager, weil er zur Schabe geworden ist und seine grauenvolle »Mama« so bitter enttäuscht hat. Pass auf, ich erkläre es dir. Maximilian hat doch bestimmt schon einmal die Seuche erwähnt, die nahezu alles menschliche Leben auf der Erde ausgelöscht hat? Auch nicht? Manchmal glaube ich, er versteckt sich noch immer in seinem Kokon vor der Welt.

Also, Folgendes ist passiert: Vor ungefähr zweihundert Jahren war Trost eine ganz normale Stadt unter offenem Himmel, und kein Kraftfeld trennte sie von der Draußenwelt. Dann brach irgendwo die Seuche aus. Sie verbreitete sich wie ein Lauffeuer und war verheerend. Angeblich wachte man morgens kerngesund auf, fühlte sich um die Mittagszeit leicht fiebrig, und abends war man tot, durchgekocht von der Hitze des eigenen Körpers. Da Trost ein bisschen isoliert am Ende einer Halbinsel liegt – und wir extremes Glück hatten –, blieben wir lange verschont. Doch allen war klar, dass die Seuche uns irgendwann erreichen würde. Es war nur eine Frage der Zeit. Also starteten unsere Wissenschaftler ein gewagtes Experiment. Weil Schaben praktisch alles überleben, beschlossen sie, den Menschen ein bisschen Schaben-DNA einzupflanzen, in der Hoffnung, sie damit resistenter zu machen.

Die Prozedur war teuer, aber die Leute sahen keinen anderen Ausweg, und so ließen die meisten reicheren Familien sich auf das Experiment ein. Bloß funktionierte es nicht. Nach der Behandlung verließ eine frisch modifizierte Gruppe die Stadt. Alle zogen sich die Seuche zu. Auf der Suche nach ihnen infizierte sich eine zweite Gruppe. Danach schaffte man die Modifikation wieder ab. Die Leute dachten nicht weiter darüber nach, bis der erste Säugling sich verpuppte und einen Monat später eine wunderschöne neue Art Mensch herausschlüpfte.

So. In ein paar Minuten muss ich Maximilian wecken, aber zuvor möchte ich dir noch eine letzte Geschichte erzählen, denn von ihm wirst du sie nicht hören. Es ist die Geschichte unseres Kennenlernens. Vor etwas mehr als einem Jahr hat seine grässliche Mutter ihn verlassen. Ma hat dazu eine beängstigende Theorie, und langsam glaube ich, dass sie stimmen könnte.

Jedenfalls lief mir Maximilian ein paar Wochen später in unserer Straße über den Weg, als er auf der Suche nach etwas zu essen umherstreunte. Er war schrecklich dünn und so nervös, dass er kaum sprechen konnte. Ich brachte ihn in unseren Laden und gab ihm einen Stapel Leinsamenküchlein und ein paar pikante Gemüsestreifen. Er wollte sie nicht annehmen, aber ich schwindelte ihm vor, es wäre eine nicht abgeholte Bestellung und er täte mir in Wahrheit einen Gefallen.

Sieben Tage später kam Maximilian wieder durch unsere Ladentür, und ich quiekte laut vor Freude. Da machte er auf dem Absatz kehrt. Ich rannte ihm hinterher und entschuldigte mich, dass ich ihn erschreckt hatte, behauptete, ich hätte eine Maus gesehen. Er dachte doch tatsächlich, er hätte mich verängstigt, weil er »keinen schönen Anblick« biete. Als ich ihm versicherte – und das meinte ich ernst –, dass er sehr wohl einen schönen Anblick biete, lachte er, als hätte ich einen Witz gemacht. Ich lief neben ihm her, suchte ein Gesprächsthema, aber ohne Erfolg. Eigentlich erwartete ich, er würde mich wegschicken, aber das tat er nicht, also blieb ich an seiner Seite. Bis zu seinem Haus war es ein langer Weg, einmal quer durch die Stadt, und ich fragte mich die ganze Zeit, warum er nicht flog. Erst später fand ich heraus, dass er es nie gelernt hatte. Und ich die erste andere Schabe war, mit der er je gesprochen hatte.

Am Ende des Wegs stellte ich erstaunt fest, dass er in einem vornehmen Haus auf dem Inneren Ring wohnte. Natürlich verfiel es allmählich, aber das tun sie inzwischen alle. Eine gefühlte Ewigkeit lang standen wir vor seiner Tür. Obwohl ich insgeheim darauf hoffte, bat er mich nicht hinein, und so musste ich schließlich gehen.

Danach kam er ungefähr einmal die Woche in den Laden, und ich hatte immer irgendwelche »falschen Bestellungen« für ihn und gab ihm noch ein paar Leinsamenküchlein oder Gemüsestreifen obendrauf. Nach einer Weile ließ sein Protest nach, und er lächelte sogar schüchtern. Irgendwann brachte ich endlich den Mut auf, ihn zum Essen einzuladen, und zu meiner Überraschung sagte er zu. Ab da verlebten wir viele glückliche Abende bei Leinsamenküchlein und Suppe vor dem Ofen, und eines Tages fragte ich ihn, ob ich ihm das Fliegen beibringen dürfe. Und wieder sagte er Ja! Selbstverständlich war er ein Naturtalent, und ich glaube, zu dieser Zeit fing er ganz langsam an, sich mit seinem Schabenerbe zu versöhnen.

Schließlich sah ich auch sein Haus von innen, als ich ihm einmal eine tatsächlich nicht abgeholte Bestellung vorbeibrachte. Selbst dann brauchte es allerdings noch einen vorgeschützten Hustenanfall und die Frage nach einem Glas Wasser, um es über die Schwelle zu schaffen. Sobald ich drinnen war, verstand ich seine Zurückhaltung. Das Haus war völlig verwahrlost. Es wirkte, als hätte seine Mutter ein Faible für Chaos. Maximilian hatte sich nur kleine Bahnen durch »Mamas Schätze« gezogen, die sich überall türmten, und lebte in einem auffallend ordentlichen Zimmer ganz oben im Haus. Die einzige andere Insel in diesem Meer der Unordnung war ein Raum im Keller, in dem seine Mutter ihre Sammlung Meissener Porzellan aufbewahrte. Der hatte sie all die Liebe und Zuneigung geschenkt, die eigentlich Maximilian gebührt hätte.

Während der letzten Monate habe ich Maximilian geholfen, des Chaos Herr zu werden. Leicht war es nicht, denn obwohl er von Natur aus ein ordnungsliebender Mensch ist, bringt er es nicht über sich, irgendetwas wegzugeben, dass seiner »lieben Mama« gehört. Letztlich einigten wir uns auf einen Kompromiss. Wir räumten all ihre Sachen in die Etage unter dem Dachboden. Dann verschloss ich die Zimmer und versteckte den Schlüssel.

Jetzt hat Maximilian endlich das hübsche und saubere Zuhause, das er verdient. Wobei er selbst nicht glaubt, überhaupt irgendetwas zu verdienen, wie dir vielleicht bereits aufgefallen ist. Und ganz sicher begreift er nicht, dass seine »liebe Mama« ein herzloses Monster ist, das alles daransetzt, ihm das Leben zur Hölle zu machen. Aber ich werde nicht zulassen, dass es ihr gelingt. *Auf keinen Fall!*

Jetzt muss ich los, es ist Zeit, ihn zu wecken. Ich hoffe, ich konnte dir den Maximilian zeigen, den du nicht siehst. Bitte sei nett zu ihm. Niemand verurteilt ihn stärker als er sich selbst. Das war so weit alles von meiner Seite.

M

Als ich aufwache, weiß ich nicht, wo ich bin. Ich blinzele mir den Schlaf aus den Augen und entdecke Parminter. Sie sieht mich mit einem seltsamen Gesichtsausdruck an. Vermutlich habe ich beim Schlafen unerfreuliche Laute von mir gegeben. Wie beschämend! Mama hat stets gesagt, dass ich ein abstoßender Schläfer sei. Ich entschuldige mich bei Parminter, doch sie seufzt nur. »Es gibt nichts, wofür du dich entschuldigen müsstest, Maximilian«, meint sie, immer noch mit demselben Ausdruck. »Das gab es noch nie. Vergiss das nicht.«

Ich nicke, obwohl ich nicht ganz verstehe, wovon sie redet. Sie erhebt sich und streicht sich über die wunderschön glänzenden Deckflügel, die sehr adrett geformt sind, mit einer perfekten Wölbung. Ihr hübsches Violett betont Parminters tiefgoldene Augen. Sie legt den Kopf schief und fragt, woran ich gerade denke. Als ich leugne, überhaupt an etwas zu denken, lacht sie und sagt dann schnell, wohl um es hinter sich zu bringen: »In einer Stunde geht die Sonne unter. Wenn du jetzt losfliegst, hast du genug Zeit, um nach Hause zu kommen, bevor es dunkel wird.«

So verlasse ich Parminter widerwillig und breche im warmen Licht des frühen Abends auf zu meinem armen versiegelten Haus und dem verängstigten Jungen darin. Meine plötzliche Ankunft wird vermutlich auch nicht gerade dazu beitragen, seine Angst zu zerstreuen, doch guten Gewissens kann ich ihn keine Minute länger allein lassen.

Die Stunde vor Sonnenuntergang ist eine magische Zeit. Die Sphäre streut die Lichtstrahlen, sodass ich in schimmerndes Rosa getaucht über die Stadt gleite. Die Nachtschabenkirche umfliege ich weiträumig. Am stillen Tagesende schallen Geräusche weit, und von der Straße dringt ein »Schabe!« zu mir herauf, doch es stört mich nicht mehr so sehr wie früher einmal. Womöglich färbt Parminters Selbstsicherheit auf mich ab?

Ich fliege langsam, denn mein rechter Flügel schmerzt noch immer vom Transportflug, und lausche den fröhlichen Rufen spielender Kinder in der Ferne, dem lauten Lachanfall einer Frau und dem langsamen Trommelrhythmus von einem Dach tief unter mir, wo sich eine Gruppe junger Ratten versammelt hat, um den unsichtbaren Sonnenuntergang willkommen zu heißen. Ich denke an all die Leben unter unserer Sphäre, die ich noch nicht kenne, an all die guten Menschen, die es in Trost gibt, trotz der Schwierigkeiten, und das ermutigt mich – bis ich aus dem Augenwinkel etwas hoch über mir bemerke.

Der orangefarbene Astro schwebt vollkommen reglos am Himmel und leuchtet im warmen Licht. Ich spiele mit dem Gedanken, zu ihm hinaufzufliegen, um der armen Seele darin zu zeigen, dass sie nicht allein ist, doch es ist wohl gütiger, sie in Frieden zu lassen. Also gleite ich weiter, aber nun haben alle Geräusche der Stadt einen traurigen Unterton. Wie zerbrechlich das Glück der Menschen dort unten doch ist. Der Astro hier oben erinnert sie stets daran, dass sie schon beim nächsten Klopfen an der Tür selbst in einem landen könnten.

Ob Schaben oder Flügellose, in Trost sind wir alle gefangen.

Kapitel 20

ASTRO

T

Ich schwebe über der abendlichen Stadt. Sie ist in sanfte Rosatöne getaucht, ein letzter Gruß der Sonne, bevor endgültig die Dämmerung anbricht. Das Brennen in meinen Lungen ist ein bisschen abgeklungen, und endlich finde ich eine Art seltsamen Frieden.

Tief unter mir fliegt eine Schabe, ziemlich langsam, eigentlich gleitet sie nur. Sie ist groß, mindestens einen Meter achtzig. Rosarote Lichtreflexe huschen über ihre schimmernden Deckflügel und lassen sie beinahe schön wirken. Mich überkommt plötzlich ein übermächtiges Gefühl der Einsamkeit, ich will schon fast in den Sinkflug gehen, um ihr da unten Gesellschaft zu leisten, aber die Angst, den Astro nicht kontrollieren zu können und abzustürzen lässt mich zögern. Im Moment klappt das Schweben verhältnismäßig gut. Belassen wir es dabei.

Meine Gedanken driften ab, zurück zu der holprigen Aufzugfahrt an die Spitze des Wachturms. Das Ding hat so bedenklich geklappert, als könnte es jeden Moment in die Tiefe krachen, deswegen war ich ziemlich erleichtert, dass wir heil oben ankamen. Obwohl sich das jetzt natürlich total lächerlich anhört. Es hat mich überrascht, wie elegant da oben alles war, das bunte, tanzende Licht der Kuppel auf dem Parkett und dieser herrliche Duft von Bienenwachs. Das hat mir vor Augen geführt, wie heruntergekommen und schmutzig unsere arme Stadt doch ist. Zu diesem Zeitpunkt war ich schon in einem ganz merkwürdigen Zustand, alle meine Sinne waren geschärft. Ich musste ständig an Mam denken, daran, was ihr zugestoßen ist. Ich fühlte mich wie in einem Traum, in dem ich ihren Spuren folgte. Das klingt wahrscheinlich verrückt, aber es beruhigte mich irgendwie, fast, als wäre sie bei mir. Ich erinnere mich an das große silberne *A* auf der Tür zum Astroraum, daran, dass ich den Blick nicht davon abwenden konnte. Und wie ich schließlich hindurchtrat, in der Gewissheit, dass ich gerade die Schwelle von den Lebenden zu den sehr bald Toten überschritt.

Der Astroraum war verblüffend klein. Den meisten Platz schien der Techniker einzunehmen, der dort auf mich wartete. Er wirkte ziemlich nichtssagend, dunkle Brille, rasierter Schädel, glatte, etwas wunde Haut, als hätte man sie mit Schmirgelpapier bearbeitet, und weiche rosa Hände, wie ein Maulwurf. Diese kleinen Details brachten mich aus dem Konzept. Ich saugte verzweifelt alles in mich auf, was damit zu tun hatte, am Leben zu sein. Ich betrachtete den orangefarbenen Kreis auf dem Boden, in dessen Mitte die Farbe schon abgetreten war. Wie viele Leute es dafür wohl gebraucht hatte? Und dann die hohe Glastür mit den Fingerabdrücken. Die hätte ich ja abgewischt, wenn ich der Astrotechniker wäre. Schließlich die Startplanke. Sie ragte hinaus wie ein Sprungbrett und sah nicht besonders stabil aus, das störte mich irgendwie. Es war ziemlich schummrig, das Zimmer wurde nur von trübem Tageslicht erhellt. Wie wollte der Techniker denn bei der dürftigen Beleuchtung irgendetwas sehen? Aber vielleicht war das der Punkt – vielleicht *wollte* er gar nichts sehen. Vor allem aber ist mir die Stille im Gedächtnis geblieben. Sanft, träge. Liebevoll, wie im Traum.

Meine Bewacher führten mich in den orangefarbenen Kreis auf dem Boden und drehten mich zur Glastür und dem Sprungbrett. Ich hörte das Ratschen eines Maßbands, als der Techniker meine Maße nahm. Aus dem Augenwinkel beobachtete ich, wie er einen Schrank öffnete. Darin befanden sich lauter Astroanzüge, die wie fette Nacktschnecken in einer Reihe hingen. Und dann holte er ihn hervor: meinen orangefarbenen Sarg.

Der Anzug war aus einem weit festeren Material, als ich gedacht hätte. Er war mit Stahlfäden verstärkt und stand von allein aufrecht. Einen Helm hatte er bisher nicht, nur einen Metallring, der den Kragen offen hielt. Er ähnelte diesen Raumanzügen von ganz früher, nur sehr vereinfacht und ohne Lebenserhaltungssystem. Natürlich. Der Helm wurde auf den Boden danebengestellt. Zum Glück war es einer von den neuen, mit einem winzigen Sichtfenster. Ich wollte so viel wie möglich von der Welt sehen, bis zur letzten Sekunde. Mit einem Hitzemesser schnitt der Astrotechniker den Rücken des Anzugs auf, und die Wachen hoben mich mit den Füßen voran hinein. Meine Sohlen berührten den Boden, und sofort schlossen sich Fußschellen um meine Knöchel. Damit hatte ich nicht gerechnet, deshalb traf es mich unerwartet hart. Ich fühlte mich mehr denn je gefangen. Sie schoben mich in die Ärmel, und hier passierte das Gleiche: Schellen schlossen sich um meine Handgelenke, sodass ich nicht mehr in der Lage war, die Arme zurückzuziehen. Um gegen die aufsteigende Panik anzukämpfen, atmete ich langsam und tief und konzentrierte mich auf den Helm, der mit seinem toten Auge vom Boden zu mir hochstarrte. Eine der Wachen trug an der Schnittstelle Klebstoff auf, um den Anzug zu versiegeln. Es roch nach Metall und heißem Plastik. Zu diesem Zeitpunkt kam mir schon nichts mehr real vor.

Nachdem Mam in einem Astro gelandet war, wollte ich unbedingt herausfinden, was genau ihr zugestoßen war. Das Problem mit *Protokoll Astro* ist bloß, dass man es nicht mehr aus dem Kopf kriegt. Seitdem hatte ich jede Nacht Albträume. Zuerst ging es darin um Mam, aber später träumte ich von mir im Astro. Verzweifelt kämpfte ich Nacht für Nacht, um mich aus dem Anzug zu befreien, wachte auf und stellte fest, dass ich mich in den Laken verheddert hatte. Wahrscheinlich war ich deshalb jetzt so benommen – es fühlte sich an, als würde ich immer noch träumen.

Und dann hörte ich die körperlose Stimme einer Frau: »Fortfahren.« Sofort kam Leben in den Astrotechniker, und er hob den Helm auf. Ich zwang mich, ruhig zu bleiben, holte tief Luft, weil dies wahrscheinlich mein letzter Atemzug in Freiheit war. Ob Mam wohl dasselbe getan hatte? Bestimmt. Ich wette, jeder tut es. Im Grunde sind wir doch alle gleich. Jedenfalls fiel mein Blick auf den kleinen Streifen Panzerglas im Helm, und plötzlich überrollte mich die Angst, sie würden ihn mir verkehrt herum aufsetzen, sodass ich nicht rausschauen könnte. Ich überlegte noch, ob ich sie bitten sollte, ihn mir richtig aufzusetzen, da ertönte die Stimme erneut: »Dreht den Gefangenen zu mir. Zeigt mir sein Gesicht.« Und so wurde mein letzter Atemzug aufgeschoben. Sie bugsierten mich herum, sodass ich auf eine große, dunkle Glasscheibe blickte. Ein Einwegspiegel, das war mir sofort klar. Und auch, wer sich auf der anderen Seite befand. Die Oberste Wächterin. Wer auch immer sie war.

»Licht!«, rief sie. Der Astrotechniker zog an einem Hebel, und der Raum war in Helligkeit getaucht. Ich wollte mir die Augen abschirmen, aber ich konnte die Arme nicht richtig beugen. Ein weiterer Tiefpunkt: Mir ging auf, dass ich nie wieder mein Gesicht berühren würde.

Ich schaute mein Spiegelbild an – blass und mit wildem Blick, fast als wäre ich schon ein Geist –, da passierte etwas Erstaunliches: ein Sonnenblitz. In diesen paar grell hellen Sekunden erkannte ich, wer hinter der Scheibe stand: eine kleine, dünne Frau mit einer Helmfrisur. Und neben ihr meine Schwester! Zu Tode erschrocken starrte sie mich an, die grauen Augen weit aufgerissen. So plötzlich, wie er gekommen war, erlosch der Sonnenblitz, und ich sah wieder nur dunkles Glas. Ich war noch so baff, dass ich den nächsten ruppigen Befehl erst mit ein paar Sekunden Verzögerung vernahm. »Bestätigt den Namen des Gefangenen.«

Der Wachmann rechts von mir räusperte sich nervös. »Tomas Harston Marne, ehemals Drew, Oberste Wächterin.«

Das war seltsam. Warum sollte sich die Wächterin für meinen Namen interessieren?

Dann ein weiteres knappes Kommando: »Geschwister des Gefangenen?«

Im Spiegel bemerkte ich, wie sich die Wachen einen Blick zuwarfen. Vermutlich wussten sie nicht, wer meine Geschwister waren. Also ergriff ich selbst das Wort. »Kaitlin Sian Drew, Jonathan Digby Drew.« Es erschien mir irgendwie richtig, dass ihre Namen meine letzten Worte sein würden.

»Ruhe!«, riefen die Wachen gleichzeitig. »Gefangenen ist es verboten, zu sprechen.«

Ich lächelte. Verbot hin oder her, ich hatte es getan. Dann sprach ich sogar noch einmal, ein allerletztes Mal: »Mach's gut, Kaitlin. Es ist alles okay.«

Danach rammten sie mir hastig den Helm auf den Kopf. Zu meiner großen Erleichterung war das Sichtfenster genau vor meinen Augen. Jemand nestelte an der Rückseite herum, mit einem *Klonk* wurde etwas befestigt. Das musste der Schlauch für das InhalAtem sein. Damit wird der Anzug komplett vollgepumpt, sodass er sich aufbläst und schwebt. InhalAtem ist ein angereichertes Atemgasgemisch, das zusammen mit den im Anzug verbauten Filtern den Kohlenstoffdioxidgehalt der ausgeatmeten Luft reduziert. So kann man sie ein paar Tage lang immer wieder einatmen. Zudem hat es eine sehr geringe Dichte, weshalb man schwebt, bis es endgültig verbraucht ist.

Bei mir bliesen sie das InhalAtem so schnell wie möglich ein, wahrscheinlich, um der Obersten Wächterin zu imponieren. Grauenvolle Minuten! Das Gas roch faulig, und meine Lunge brannte. Ich hustete und würgte, bis ich herausfand, dass ich das Gas tief einatmen und dann kurz die Luft anhalten musste. Das Brennen ließ nach und wurde zu einem beinahe angenehmen Gefühl der Wärme – wäre nicht schon klar gewesen, was mich beim nächsten Atemzug erwartete. Der Astroanzug schwoll so stark an, dass nur noch meine gefesselten Hände und Füße die Innenfläche berührten. Ich wurde sanft in die Höhe gezogen, doch noch hielten die schweren Stiefel des Astros mich einigermaßen am Boden. Die Gaszufuhr stoppte. Ratschend und klackernd wurde der Einfüllstutzen abgeklemmt und die Kappe zurück auf das Ventil geschraubt. Nun war ich ein unabhängiges Ökosystem – Planet Tomas Drew.

Der Astrotechniker schnallte sich in sein Sicherheitsgeschirr, und durch die Sohlen spürte ich eine Vibration, als die Glastür zur Seite geschoben wurde. Danach ging alles sehr schnell: ein Stoß und ich stolperte auf die Planke. Ein weiterer und Abflug. Ich trudelte durch die Luft, unter mir viele Hundert Meter nichts. Der Anzug drehte sich um sich selbst, wie ein Blatt, dass der Wind zu früh vom Ast gerissen hat. Aber das brachte ich unter Kontrolle. Ich machte mich ganz starr, streckte Arme und Beine von mir wie ein Flughörnchen, und endlich begann ich zu schweben.

Jetzt, Stunden später, schwebe ich immer noch hoch über der Stadt und inhalatme vor mich hin. Ein … aus … ein … aus … ein … aus. Meine Schläfen pochen, als würde jemand mit einem Hammer dagegenschlagen, meine Lunge brennt, mein Hals ist ausgedörrt, und meine Ohren klingeln. Gerade musste ich pinkeln, alles lief an meinem Bein hinunter. Die Schabe entfernt sich von mir, bis sie nur noch ein kleiner Punkt am Horizont ist und ich wieder allein bin. Die Dämmerung bricht an, weit unter mir flackern Lichter auf. Die Abendkälte dringt in den Anzug. Ich öffne und schließe die Hände, um wieder etwas Blut hineinzuleiten. Langsam, ganz langsam übermannt mich der Schlaf.

Kapitel 21

HINTER DEM SPIEGEL

K

Ich habe zugesehen, wie sie Tomas in den Astro gesteckt haben. Komplett, bis zum Schluss. Wie sehr ich auch wegschauen wollte, ich konnte es nicht. Es war unerträglich. Ich habe mir eingeredet, dass es so oder so passiert wäre, weil er seine Crew verloren hatte, aber mir war klar, dass ich mit meinen Lügen sein Schicksal besiegelt hatte.

Er hat gesagt, es wäre alles okay. Aber wir wissen es beide besser.

Nachdem er weg war, starrte ich noch lange die leere Startplanke an. Irgendwann bemerkte die Oberste Wächterin: »Dein Bruder sieht deiner Mutter sehr ähnlich, und die war ja bekanntlich auch eine Verräterin. Genau wie dein Vater. Scheint in der Familie zu liegen, meinst du nicht auch?«

Das konnte ich so nicht stehen lassen. »Wir sind keine Verräter.«

»Pah, hier entscheide ich, wer ein Verräter ist. Und ein Verräter zu sein hat Folgen, wie du eben feststellen durftest. Aber im Gegensatz zu deinem Bruder hast du noch die Chance, Wiedergutmachung zu leisten, Kaitlin *Marne*.« Sie schien es zu genießen, Paps alten Namen zu sagen. *Marne.* So triumphierend, als hätte sie eine Schlacht gewonnen. »Wir wissen, dass deine Mutter einen sicherheitsrelevanten Gegenstand gestohlen hat, indem sie ihre Position als vertrauenswürdiges Mitglied des medizinischen Personals hier im Wachturm missbraucht hat. Und dass du damit geflohen bist. Es noch länger zu leugnen hat keinen Zweck. Wenn du uns jetzt erzählst, wo sich dieser Gegenstand befindet, werde ich Gnade vor Recht ergehen lassen und dir erlauben, zu deiner Crew im Silberschiff zurückzukehren, als Silberling mit drei Sternen. Was mit einigen Privilegien verbunden ist, wie ich mir habe sagen lassen. Erzählst du es uns nicht … nun, dann folgst du deinem Bruder in den Astroraum. Und zwar auf der Stelle.«

Sie meinte es ernst. Aber den Schritt wagte ich nicht. Ich bin nicht so mutig wie Tomas, so viel weiß ich jetzt.

»Der Gegenstand ist im Teddybären meines kleinen Bruders Jonno versteckt«, log ich. »Tedward.«

»Und wo finden wir diesen verräterischen Bären?«

Wäre ich nicht so angespannt gewesen, hätte ich gelächelt. Also war selbst Tedward ein Verräter. Die Wächterin hatte recht: Es lag definitiv in der Familie.

»Bei Jonno«, erklärte ich. »Er lässt ihn nie aus den Augen. Ich kann Sie zu ihm führen. Aber davor müssen Sie noch wissen, dass Jonno nicht freiwillig weggelaufen ist. Ich habe ihn gezwungen, weil er seinen Bären nicht hergegeben hat.« Zumindest diesen Gefallen konnte ich Jonno noch tun – dafür sorgen, dass er aufs Silberschiff kommt, wo er eh schon die ganze Zeit hinwollte.

Die Oberste Wächterin machte auf dem Absatz kehrt, marschierte zum Schreibtisch und nahm dahinter Platz, die dunklen Augen zu wütenden Schlitzen verengt. »Wenn du mich noch ein einziges Mal anlügst, schicke ich dich sofort nach nebenan.«

»Ich lüge nicht. Wirklich nicht, ich schwör's. Tedward ist bei Jonno. Ehrlich.«

»Der Bär ist *nicht* bei deinem Bruder Jonathan«, sagte die Wächterin mit einem fiesen kleinen Lachen. »Denn der wurde von einem Informanten zurückgebracht und befindet sich derzeit in den Mannschaftsquartieren. Ohne einen Bären.«

Das ergab überhaupt keinen Sinn. Wer sollte Jonno zurückgebracht haben? Doch nicht Maximilian? Ich verdrängte den Gedanken schnell – so etwas würde Maximilian nie tun. Dann gab es eigentlich nur eine Möglichkeit: die Person mit den unheimlichen Schritten. »Jemand muss ihn gezwungen haben, Tedward zurückzulassen. Er trennt sich nie freiwillig von ihm.«

Die Wächterin nickte langsam, das schien ihr einzuleuchten. »Nun gut. Sag mir: Wo genau hat er ihn zurückgelassen?«

»In einem Haus auf dem Inneren Ring. Ich weiß die Nummer nicht, aber ich kenne den Weg.«

Wieder nickte sie. »Das deckt sich mit den Aussagen des Spitzels. Gut, dann wirst du uns dorthin führen. Wir gehen diesen Bären holen.«

»Wir? Zusammen?«, fragte ich völlig verblüfft. Die Oberste Wächterin würde doch bestimmt nicht mitkommen?

Aber genau das tat sie. Deshalb spaziere ich heute, am seltsamsten Tag meines Lebens, in meiner Drei-Sterne-Uniform durch das Tor des Wachturms mit seinen enormen Säulen, drei Schritte hinter der Obersten Wächterin in ihrer eleganten Samtjacke mit den goldenen Streifen am Ärmel. Ich warte, während sie in eine glänzende schwarz-goldene Kiste mit spitzenverhangenen Fenstern steigt. Aus jeder der vier unteren Ecken ragt eine Stange. Das muss eine Sänfte sein, ich kenne so etwas von Bildern. Aber in echt sehe ich gerade zum ersten Mal eine. Das glatte, lackierte Holz erinnert mich an Maximilians schimmernde Deckflügel.

Vier kräftige Träger heben die Stangen an und machen sich im flotten Gleichschritt auf den Weg. Aus dem Inneren der Kiste erklingt leise ein Glöckchen, und die Träger halten an. Einer beugt sich zum Fenster. Dann kommt er zu mir und befiehlt mir, vorauszulaufen, um ihnen den Weg zu weisen.

Und das tue ich, flankiert von vier eigenen Wachen. Wo wir vorbeikommen, wird es still. Die Leute treten einen Schritt zurück, und manche machen das Zeichen, um den bösen Blick abzuwehren. Es dämmert schon. Die leuchtend weißen Fassaden, die auf den Platz hinauszeigen, wirken falsch. Was sie natürlich auch sind. Als wir schließlich in den Inneren Ring einbiegen, halte ich den Blick auf meine glänzenden neuen Segelschuhe gerichtet, die mich Maximilians Haus näher und näher bringen. Immer einen Schritt nach dem anderen – manchmal können wir nichts anderes tun.

Kapitel 22

ALLE UNTER EINEM DACH

M

Schwerfällig vor Müdigkeit lande ich auf meinem Dach, und da sitzt wieder diese Ratte und beobachtet, wie ich das Gleichgewicht verliere und rückwärts die Schräge hinunterrutsche. Der Nager erinnert mich an Mama, genau wie sie erwischt er mich immer in den peinlichsten Situationen. Ich starre ihn finster an, während ich mich am Schornstein festhalte und ein paar Minuten ausruhe, damit meine Flügelmuskulatur sich erholen kann. Dann schiebe ich mich wie eine Krabbe Stück für Stück nach oben, bis ich das Dachfenster erreiche. Mit meinem Stilett schneide ich den dicken, teerigen Stoff darüber an drei Seiten auf, rolle ihn zurück, öffne das Fenster und lasse mich in die kühle Dunkelheit fallen.

Als ich auf der Landematte kauere, weiß ich sofort, dass ich das einzige Lebewesen in meinem Haus bin. Der Junge ist fort. Wir Schaben nehmen selbst kleinste Vibrationen wahr, die durch Bewegung erzeugt werden, sogar durch Atmen, und ich spüre nichts. Das Haus ist reglos wie ein Stein. Trotzdem beschließe ich, die Zimmer zu durchsuchen – nicht dass dem jungen Silberling etwas zugestoßen ist und er irgendwo liegt, bewusstlos … oder schlimmer. Ich setze meine Nachtsichtbrille auf, damit ich im Dunkeln sehen kann, und steuere auf die Dachkammer zu, in der er geschlafen hat, obschon die offene Tür nahelegt, dass der Vogel ausgeflogen ist. Die Kammer ist leer, bis auf einen Haufen Decken in der Mitte und das Nest meiner Kaitlin Drew in der Ecke. Darin entdecke ich den Bären des Jungen, mit dem Gesicht nach unten – ein trauriger Anblick, der mich fürchten lässt, dass Jonno gewaltsam verschleppt wurde. Ich setze den widerlichen Bären aufrecht hin, damit er etwas sieht, und will wieder nach draußen schleichen, doch als ich die Tür schließe, fällt mir der vermaledeite Türknauf auf den Fuß. Unter Schmerzen hüpfe ich über den Flur, breche auf meinem Nest zusammen und halte mir die Zehen.

Dabei denke ich bekümmert an den kleinen Silberling und starre auf die Teekanne mit dem goldenen Adler. Mama hat immer gesagt, dass ich zu viel brüte: *wie eine fette alte Henne auf einem verdorbenen Ei, Maximilian*. Ihre Stimme bohrt sich in meinen Kopf. Ach, dieses Haus ist durchdrungen von ihr. Hier gibt es kein Entkommen. Ich sehne mich danach, zu Parminter zurückzufliegen, doch ich kann nicht fort, ehe ich nicht jeden Raum überprüft habe, nur um sicherzugehen. Darum rappele ich mich hoch und fange an.

Die drei Zimmer unter dem Dachboden sind voll mit Mamas Sachen und fest verschlossen, deshalb begebe ich mich direkt in den ersten Stock. Sowohl im großen Zimmer vorne als auch im kleinen hinten finde ich nur pechschwarze Dunkelheit vor. Mein armes Haus fühlt sich ganz sonderbar an. Die versiegelten Fenster dämpfen die Geräusche von draußen, sodass es gespenstisch still ist. Ich schleiche auf Zehenspitzen, als wäre ich ein Eindringling, der jeden Moment entdeckt werden könnte. Erinnerungen an Mama verfolgen mich. Ich höre sie höhnen und lachen, so schneidend, dass es die Luft zerteilt. Ich erstarre. Vielleicht werde ich verrückt, aber … ich könnte schwören, ihr Lachen ist echt.

Nein. Das kann nicht sein.

Meine Beine geben nach, und ich lehne mich zitternd gegen die Wand. Mit Parminters unerschrockener Stimme rede ich mir streng ein: *Da ist nichts, Maximilian. Die Stille und Dunkelheit hier drin schlagen dir aufs Gemüt, das ist alles.* Dann höre ich das Lachen erneut. Es klingt wie das zerbrechende Porzellan: hell, scharf und vernichtend. Mamas Lachen. *Es ist echt.* Und direkt vor der Haustür.

K

Wir stehen vor Maximilians Haus. Jemand hat alle Fenster mit einem festen, teerigen Stoff verhängt, genau wie die Tür. Ein gelbes Absperrband hindert einen am Betreten der Vortreppe. *Ausräucherung* steht darauf. Mir wird schlecht. Ich stelle mir Maximilian vor, wie er dort drinnen liegt, allein … tot. Und alles nur, weil Jonno und ich zufällig bei ihm im Garten gelandet sind und er uns geholfen hat. Jetzt kann es nicht mehr schlimmer kommen!

Die Oberste Wächterin ist aus ihrer Kiste geklettert und stiert hoch zum Haus. »Und du warst ganz sicher *hier*?«

»Ja. Aber da sah es noch nicht so aus.« Ich deute auf die blinden Fenster. »Es war einfach … ein normales Haus.« Das Sprechen fällt mir schwer. Ich muss ständig an Maximilian denken.

Davon bemerkt die Oberste Wächterin nichts. »Und woher willst du dann wissen, dass es das richtige ist?«, fragt sie.

»Daher.« Ich zeige auf den Blutfleck an der Abzweigung zur Düstergasse. »Der stammt von Jonnos Fuß. Wir sind diesen Weg da entlanggelaufen. Bis zu einem Gartentor.«

Sie lacht ein bisschen wahnsinnig, wie eine gesprungene Glocke in einem Brunnenschacht. »Warum sollte mich das überraschen?«, murmelt sie vor sich hin. »Dreckige Schabe. Hinterlistiger kleiner Verräter.«

Irgendwie freut es mich, dass Maximilian auch ein Verräter ist. Damit gehört er fast zur Familie.

Die Wächterin schnüffelt. »Ich rieche gar nichts. Wurde das Haus tatsächlich ausgeräuchert?«, fragt sie ihre Leibwächter.

»Nein, Oberste Wächterin«, antwortet der größte, »es wurde irrtümlicherweise versiegelt. Offenbar lebt hier eine Schutzperson.«

Sie lacht wieder. »Tja, ab heute nicht mehr, so viel ist sicher.« Sie weist zwei Leibwächter an, die Tür zu öffnen. Die beiden sprinten die Treppe hoch, teilen gekonnt den Teerstoff und legen die Tür frei. In Habachtstellung warten sie anschließend, bis die Oberste Wächterin die Stufen erklimmt, einen Schlüssel aus der Tasche zieht und aufsperrt, als hätte sie es schon etliche Male getan. Einer der Leibwächter reicht ihr eine Taschenlampe, und sie schreitet über die Schwelle. Einen Augenblick später streckt sie den Kopf wieder heraus. »Steh nicht rum und halt Maulaffen feil. Beweg dich, na los!«

Ich trotte die Treppe nach oben und betrete einmal mehr Maximilians Haus.

M

Ich höre den Schlüssel im Schloss, schnell und effizient, nicht linkisch wie bei Minna Simms. *Klick-Klack*, und die Haustür geht auf. Luft wirbelt herein, der gleißende Strahl einer Taschenlampe scheint durch das Treppengeländer und wirft riesige Schatten auf die Wand vor mir. Und dann ertönt Mamas Stimme *hier drin*. »Steh nicht rum und halt Maulaffen feil. Beweg dich, na los!« Mir wird übel. Wie oft hat sie genau diese Worte an mich gerichtet? Rasche Schritte folgen, und noch jemand betritt das Haus. »Und es ist definitiv das richtige?«, fragt Mama.

»Jawohl, ganz sicher«, antwortet eine zweite Stimme, und als ob Mamas nicht schon erschütternd genug gewesen wäre, bringt diese mich vollends aus dem Gleichgewicht. Denn sie gehört keiner anderen als meiner Kaitlin Drew!

Mir schwirrt der Kopf. Was hat Mama hier zu suchen? Und warum hat sie meine Kaitlin Drew dabei? Inzwischen kauere ich in der Ecke neben dem Treppenabsatz, damit ich nicht zusammenbreche. Wer eine gute Mama hat, so wie Parminter, wird mein Entsetzen nicht verstehen, deshalb will ich dir erklären, was in meinem Kopf vorgeht.

Erstens: Ich möchte Mama nicht sehen.

Zweitens: Mama ist kein netter Mensch, deshalb habe ich große Angst um meine Kaitlin Drew.

Drittens: Ich bin eifersüchtig. Kaitlin Drew war *meine* Freundin. *Meine!* Und nun hat Mama sie mir weggenommen. Wie so vieles.

Viertens: Dies ist der schrecklichste Gedanke, der alle anderen in den Hintergrund drängt. Gleich wird Mama in den Keller hinuntergehen. Das tut sie immer zuerst, wenn sie nach Hause kommt, denn dort wartet, was sie am allermeisten liebt. Und dann wird sie entdecken, was ich am allermeisten fürchte.

K

Die Oberste Wächterin benimmt sich echt merkwürdig. Obwohl ich ihr gesagt habe, dass Tedward auf dem Dachboden ist, geht sie zuerst in den Keller. Der Strahl ihrer Taschenlampe verschwindet in der Dunkelheit, und ich denke an heute Morgen zurück, als ich dieselbe Treppe hinuntergelaufen bin. Wie frei ich mich dabei gefühlt habe, wie wagemutig, als Herrin über mein eigenes Schicksal. Jetzt weiß ich, wie naiv ich war. Niemand in dieser Stadt ist frei. *Niemand.* Nicht einmal die Oberste Wächterin.

Im Haus herrscht eine seltsame Stille, als würde alles den Atem anhalten. Nein, nicht alles. Wenn ich ganz genau horche, höre ich, wie jemand leise keuchend Luft holt. Maximilian ist hier! Und er lebt! Ich will seinen Namen rufen, aber er scheint sich vor etwas zu verstecken, weil er große Angst hat. Vor wem oder was ist nicht schwer zu erraten: der Obersten Wächterin.

Plötzlich dringt ein markerschütternder Schrei aus dem Keller. Und auf dem Treppenabsatz über mir ertönt ein Stöhnen.

M

Ich halte mir die Hörorgane zu und wickle mich in meine Deckflügel. *Ich ertrage das nicht.* Mama erklärt meiner Kaitlin Drew, sie werde das gesamte Haus nach »dieser Mistschabe« absuchen, und wenn sie mich finde, würde ich es für den Rest meines Lebens bereuen. Was nicht mehr sehr lang sein werde. Und während ich mich hin und her wiege und versuche, ihre bohrende Stimme auszublenden, versichert ihr meine Kaitlin Drew: »Dieses Geschirr haben Vollstrecker zerschlagen. Keine Schabe.«

»Geschirr?«, kreischt Mama. »*Geschirr?* Das ist Meissener Porzellan aus dem achtzehnten Jahrhundert, Mädchen. Das sind Kunstwerke. Unersetzliche Kunstwerke! Sie sind … sie waren … *mein Leben*! Ich habe ihn nur um eins gebeten: sie sicher zu verwahren. Sonst nichts. Nur um diese eine Kleinigkeit. Dafür bringe ich ihn um. *Ich bringe ihn um.* Wo steckt er? Wahrscheinlich in irgendeiner dreckigen, dunklen Ecke, wie alle verschlagenen Schaben.« Der Taschenlampenstrahl huscht wild über die Decke, und ich weiß, dass

Mama diese Windmühlenbewegung mit den Armen macht, wie immer, ehe sie auf etwas eindrischt. Ich kauere mich noch kleiner zusammen und hoffe, dass sie mich bald umbringt. Ich ertrage das nicht. *Ich ertrage das einfach nicht.*

K

Mich überläuft es eiskalt. Auf einmal verstehe ich, warum die Wächterin so erstaunt war, dass Jonno und ich ausgerechnet in diesem Haus waren, und warum sie in den Keller gerannt ist, sobald wir das Haus betreten haben. Und vor allem, warum Maximilian sich panisch im Dunkeln versteckt. *Die Oberste Wächterin ist Maximilians Mutter!* Die Frau, die er Mama nennt. Als er mir gestern Abend mit Tränen in den Augen erklärt hat, dass seine Mama ihn wegen des Porzellans umbringen wird, habe ich das natürlich für eine Übertreibung gehalten. Jetzt wird mir klar, dass er wahrscheinlich recht hatte.

Der Gedanke an den einsamen, verängstigten Maximilian bricht mir das Herz. Auch wenn ich fast meine ganze Familie verloren habe, weiß ich wenigstens, dass sie mich geliebt hat. Maximilian hat nicht einmal das. Ich kann nicht erklären, warum er mir so wichtig ist, es ist einfach so. Und gerade würde ich alles tun, um ihn zu beschützen. Also schwindele ich seine furchtbare Mutter an. Schon wieder. »Hier war keine Schabe. Das Haus war leer.«

»Lüg mich nicht an, Mädchen«, geifert sie. »Dein Bruder Tomas, der verräterische Vollstrecker, hat in seinem Bericht angegeben, dass eine Schabe euren Bruder Jonathan gefressen hat.«

Diesmal brauche ich nicht einmal zu lügen. »Aber Jonno ist zurück in den Silberschiffquartieren und quicklebendig, wie Sie ja wissen.«

Sie schweigt, während sie meine Antwort verdaut. Unterdessen versuche ich, irgendeine Ähnlichkeit zwischen ihr und Maximilian zu entdecken, aber da ist nichts. Schließlich seufzt sie. »Also schön, dann geh mir jetzt holen, wofür wir hier sind. Und solltest du mich unter einem falschen Vorwand hergelockt haben, wirst du es bitter bereuen.«

»Jawohl«, sage ich schnell. »Darf ich mir Ihre Taschenlampe ausleihen?«

»Ach du heilige Sphäre!« Entnervt händigt sie mir die Lampe aus, und ich renne die Treppe hoch. Ich muss mich beeilen.

M

Meine Kaitlin Drew kommt die Treppe herauf und rennt an mir vorbei. Der Lichtstrahl taucht mich in tiefe Schatten. Ich rühre mich nicht, wage kaum zu atmen. Mama und mich trennen nur ein paar Meter Dunkelheit, und obwohl sie die Anwesenheit anderer nicht spüren kann, fürchte ich, dass sie irgendwie herausfindet, wie dicht über ihrem Kopf ich liege. Deshalb gebe ich nicht einen Mucks von mir. Wie ein schäbiger Spitzel – so hat sie mich immer genannt, wenn sie mich an einem unvermuteten Ort entdeckt hat – horche ich auf ihre Geräusche. Ich höre Schniefen, Schnäuzen – davor ekeln wir Schaben uns zutiefst – und leises Schluchzen: »Meine Putten … ach, meine lieben, kleinen Putten …«

Wie sehr ich mir in diesem Moment wünschte, ich hätte die Teekanne mit dem goldenen Adler bei mir. Dann könnte ich jetzt die Treppe hinuntersteigen und sie in ihre wartenden Hände legen. Mama würde mich verzückt anstarren – nein, ich muss realistisch bleiben, sie würde die *Teekanne* verzückt anstarren. Und dann wäre zwischen uns alles wieder gut. Zumindest rede ich mir das ein.

Doch Parminters strenge, weise Stimme in meinem Kopf widerspricht: *Du hast die Teekanne aber nicht bei dir, Maximilian. Und selbst wenn, würde es keinen Unterschied machen.*

Dieser Gedanke behagt mir nicht, deshalb denke ich ihn nicht länger. Stattdessen lausche ich meiner Kaitlin Drew auf dem Dachboden und frage mich, was sie da tut.

K

Es muss alles ganz schnell gehen. Zum Glück entdecke ich Tedward sofort. Quietschfidel sitzt er auf meinem Deckenberg, als hätte er mich schon erwartet. Komisch, dass Jonno ihn zurückgelassen hat. Vielleicht ist der Gestank selbst ihm zu viel geworden. Ich lasse mein Multitool aufschnappen und pfriemele mit dem Dietrich die DiSk aus dem Spalt im Dachbalken. Ich erinnere mich an Mams Worte, wem wir sie anvertrauen sollen, und kritzele hastig eine Notiz. Darin wickele ich die DiSk ein. Jetzt brauche ich noch irgendwas, um den Teddy schwerer zu machen. Nur *was*? Da fällt mein Blick auf den Türknauf am Boden. Ich schnappe mir die Unterlegscheibe aus Messing, mit der er an der Tür befestigt war, und schiebe sie in Tedwards Bauch. Dann ziehe ich die Nähte wieder zu. Der Bär ist leichter als mit der DiSk, aber etwas Besseres habe ich gerade nicht. Mit Tedward in der Hand verlasse ich das Dachzimmer und sause die Treppe hinunter.

Ich muss dringend jemanden treffen.

M

Meine Kaitlin Drew rennt die Treppe wieder herunter, und ich überlege gerade, ob ich es wohl riskieren sollte, mich bemerkbar zu machen, als der grelle Strahl ihrer Taschenlampe mich erfasst und sie sie mit voller Absicht fallen lässt, sodass sie von uns wegrollt und die Dunkelheit uns von Neuem einhüllt. Plötzlich kniet sie neben mir und legt mir die Hand auf den Panzer. Ich bin überglücklich, sie zu sehen, obwohl sie diesen garstigen Bären umklammert, von dessen Gestank mir ganz schwindelig wird. Sie drückt mir ein kleines Päckchen in die Hand, schließt meine Finger darum und küsst mich auf die Stirn. Und schon ist sie wieder fort, mitsamt dem Bären, und eilt auf Mama zu.

»Was hast du da oben getrieben?«, höre ich sie misstrauisch fragen. Passend zu ihrer Teekanne hat Mama Augen und Ohren wie ein Adler.

»Ich habe die Taschenlampe fallen lassen«, antwortet meine Kaitlin Drew. »Und Tedward. Aber hier ist er.«

»Was für ein widerliches Ding ist das denn?« Ausnahmsweise muss ich Mama zustimmen.

»Jonno hat oft Nasenbluten. Und er musste sich darauf übergeben. Zweimal. Tedward ist so ekelig, dass niemand ihn freiwillig anfassen würde.«

»Sehr clever.« In Mamas Stimme schwingt widerwillige Bewunderung mit. »Nein, gib ihn nicht mir, Mädchen, sondern einem der Wächter, sobald wir draußen sind.«

Ihre Schritte entfernen sich, dann fällt die Tür zu. Ich liege noch eine Weile in der Dunkelheit und wage es nicht, mich zu bewegen. Ich fühle mich höchst merkwürdig. Erst denke ich, ich hätte Angst vor Mamas Zorn, ehe ich begreife, dass es etwas anderes ist – Traurigkeit. Weil meine Kaitlin Drew mich verlassen hat und ich sie nie wiedersehen werde.

Kapitel 23

DIE RÜCKKEHR DER VERLORENEN TOCHTER

K

Nachdem ich den Wachen Tedward ausgehändigt hatte, schoss die Oberste Wächterin – oder vielmehr ihre Sänftenträger – davon wie eine Rakete. Ich wurde zurück durch das Tor zur Zukunft gebracht.

Jetzt sitze ich in meiner eigenen Kabine und fühle mich seltsam. Als wäre ich beim letzten Mal hier drin noch eine völlig andere Person gewesen. Dabei ist es erst vierundzwanzig Stunden her, dass man uns in den Speisesaal beordert hat und der ganze Komplex abgeriegelt und akribisch durchsucht wurde. Natürlich wusste ich, worauf sie es abgesehen hatten: die DiSk. Ihr Fehler, dass sie uns im Dunkeln warten ließen. Sie glauben, dass die Dunkelheit uns gefügig macht. Was auch stimmt. Aber gleichzeitig gibt sie uns Freiheit. Und deiner besten Freundin die Gelegenheit, dich mitsamt deinem kleinen Bruder, der seinen Teddy einfach nicht loslassen will, im Müllwagen zu verstecken.

Da ich kein Schloss habe klicken hören, teste ich auf gut Glück den Griff meiner Kabinentür. Zu meinem Erstaunen lässt sie sich ohne Weiteres öffnen. Das muss an meinen drei Sternen liegen. Ich trete auf die leere Galerie. Mal sehen, ob ich es bis zum Speisesaal schaffe, ohne dass mich jemand aufhält. Auf dem Weg dringen plötzlich Stimmen vom Pausenraum zu mir hoch. Es sind die Bären – Jonnos Stamm –, und sie singen *Was sollen wir heute jagen?* Ich halte inne und lausche dem Lied, bei dem jedes Kind der Reihe nach irgendein absurdes Geschöpf hinzufügt. Es ist furchtbar albern, aber sie kriegen nicht genug davon. Ich beuge mich über die Brüstung und entdecke Jonno, der mit seinen Freunden lacht. Ihn so glücklich zu sehen zaubert auch mir ein Lächeln auf die Lippen.

J

»Schildkröte!«, brülle ich, so laut ich kann, und alle Bären brüllen zurück: »Schildkröte!« Leon macht ein Schildkrötengesicht. Er ist mein bester Freund. Ich lache und wedele mit den Händen, als wären sie Flossen.

Wir singen das Jagdlied. Das ist mein Lieblingslied! Plötzlich sehe ich Katie oben auf dem Steg. Sie beugt sich übers Geländer und guckt zu mir runter. Sie hat auf einmal drei Sterne an ihrer Uniform. Das ist unfair! Ich hab nur einen. Und ich wollte nicht abhauen. Sie schon, und jetzt hat sie *drei*! Da ruft Leon: »Erdferkel!«, und wir kichern alle. Als ich wieder nach oben schaue, ist Katie weg. Vielleicht habe ich nur geträumt.

K

Ich bin im Speisesaal. Keiner hat mich aufgehalten. Fühlt sich superkomisch an. Ich gehe zur Theke und hole mir ein Trinkpäckchen mit neongelbem »O-Saft«. Zu spät sehe ich, dass Mattie in einer Ecke sitzt. »Hey, Katie, komm doch rüber.« Schweren Herzens schlurfe ich zu ihr.

Mattie verhält sich betont locker. »Wow, beeindruckend.« Sie zeigt auf die Sterne. »Da hast du wohl was richtig gemacht.« Sie grinst. »Zur Abwechslung.«

»Keine Ahnung, was.« Ich nehme einen Schluck von dem pappsüßen Zeug.

Mattie redet um den heißen Brei herum, weil sie weiß, dass man hier nicht frei sprechen kann. »Dann sind die Geschichten über Jonnos und deine Flucht also maßlos übertrieben?«

»Jap«, antworte ich. Vermutlich stimmt das sogar.

»Tja, schön, dich wieder hier zu haben. Und drei Sterne bedeuten, du darfst in alle Kabinen. Warum kommst du nicht mal bei mir vorbei?« Sie beugt sich vor und flüstert unüberhörbar: »Ich habe Schokolade.«

»Hm ... na, wenn das so ist.« In Wahrheit bin ich nicht besonders scharf darauf, denn dann muss ich ihr von Tomas erzählen.

»Hey, das ist keine Pflichtveranstaltung, Katie.« Sie steht auf und schlendert hinaus.

Beschämt warte ich, bis mir der Zuckerschock ein bisschen Mut verleiht, dann folge ich ihr. Als ich aus dem Speisesaal trete, bemerkt eine Gruppe kleinerer Silberlinge meine drei Goldsterne. Ehrfurcht huscht über ihre Mienen. Daran könnte ich mich gewöhnen. Es hat schon was, an der Spitze eines Systems zu stehen. Ich sollte es genießen, solange ich kann, denn bald werden sie entdecken, dass sich in Tedwards Bauch nur eine alte Unterlegscheibe verbirgt. Und dann stecke ich in Schwierigkeiten, gegen die auch drei Goldsterne nichts ausrichten können.

Die Schiebetür zu Matties Kabine gleitet auf. Mattie sitzt an ihrem Schreibtisch und zeichnet in ihr Silberlingnotizbuch. Überrascht sieht sie auf und lächelt. »Hey, Katie, komm rein.«

In jeder Kabine gib es einen Tisch, einen Stuhl und eine Koje. Ich setze mich auf Letztere, und Mattie legt den Bleistift nieder. Das Buch lässt sie aufgeschlagen. Sie hat ein Porträt von Tomas gezeichnet. Es ist wirklich gut. »Ich will nicht vergessen, wie er aussieht«, sagt sie leise.

Auf Tomas' Gesicht liegt der gleiche abwesende Ausdruck wie vor ein paar Stunden im Spiegelglas. Meine Augen werden feucht. Das entgeht Mattie nicht. »Du vermisst ihn auch«, stellt sie fest. Ich nicke. »Am Anfang, als wir neu hier waren, habe ich noch eine Art Verbindung zu ihm gehabt«, fährt sie fort. »Ich habe irgendwie gespürt, dass er da draußen auf Streife ist oder in einem langweiligen Seminar sitzt oder von ... von mir träumt. Aber die Verbindung ist immer schwächer geworden. Bis heute.«

Ich hole tief Luft. »Mattie ...«, setze ich an, aber weiter weiß ich nicht.

Sie steht auf. »Hey, hast du Lust auf eine Partie Tischlabyrinth?«, fragt sie, auf einmal merkwürdig aufgekratzt. Dabei greift sie nach einer grellorangen Kugel – der klebrigen Masse, die sie hier benutzen, um zum Beispiel Zettel an der Wand zu befestigen. Sie knetet sie, um sie zu aktivieren.

»Was?« Ich bin verwirrt. Tischlabyrinth ist ein Spiel unten im Pausenraum. Man muss versuchen, silberne Murmeln durch ein sich bewegendes Labyrinth zu bugsieren. Es ist ganz okay, aber Mattie und ich spielen so etwas normalerweise nicht. Sie sieht mich vielsagend an. Sie führt irgendwas im Schilde. Ich habe keine Ahnung, was, aber ich steige ein. »Alles klar. Drei Runden?«

»Lieber fünf.« Mattie lacht, während sie aus der orangefarbenen Masse fünf kleine Kügelchen formt. »Die ersten beiden gewinne sowieso ich.«

»Ja, klar, das hättest du wohl gern.«

Sie legt einen Finger auf die Lippen und sagt vielleicht ein bisschen zu laut: »Na los, schnappen wir uns einen Tisch, bevor alle besetzt sind.«

»Nach dir!« Aber ich bleibe sitzen und beobachte, wie Mattie eines der Kügelchen über ein stecknadelgroßes Loch in der Wand klebt. Plötzlich wird mir klar, was sie macht. Sie verstopft die Abhörwanzen.

Sie öffnet und schließt die Kabinentür, als würden wir den Raum verlassen, und ich bin mucksmäuschenstill, bis sie auch die übrigen vier Wanzen verklebt hat. Die letzte befindet sich im Bett, direkt neben dem Kissen. Die belauschen sogar unsere Träume.

Wir setzen uns auf den Boden, und Mattie spricht an, wovor ich mich schon die ganze Zeit fürchte. »Tomas«, flüstert sie. »Vor ein paar Stunden ist ihm irgendetwas zugestoßen. Ich hatte auf einmal ein ganz grässliches Gefühl. Es … es hat mich fast von den Füßen gerissen.«

Ich starre sie an. Das ist unheimlich.

»Oh nein … Es stimmt, oder, Katie?«

Ich nicke.

»Was … was ist passiert?«

Stumm schüttele ich den Kopf. Ich finde keine Worte.

Eine schrille Glocke ruft uns zum Lagerfeuerappell und rettet mich. Die übliche Durchsage ertönt: »Hallihallo, ihr Löwen, ihr Wölfe und Bären! Zeit füüür … das *Lagerfeuer*!« Normalerweise verursacht mir die lustige Zeltlagerstimme Würgereiz, aber heute bin ich froh, sie zu hören. Trotz der aufgesetzten Fröhlichkeit ist die Aufforderung todernst gemeint. Wer auch nur eine Minute zu spät kommt, muss vierundzwanzig Stunden in die Auszeit. Wie ich aus Erfahrung weiß.

Bevor Mattie noch etwas sagen kann, bin ich schon aus der Kabine gesprungen und auf dem Weg zum Pausenraum. Ich poltere die Metallstufen hinunter, flitze an der großen Flügeltür mit dem silbernen Doppel-S vorbei, das mir jedes Mal einen Schauer über den Rücken jagt, und setze mich zu Jonno und den anderen Bären. Da sind wir nun, die drei glücklichen Stämme – Löwen, Wölfe und Bären –, am künstlichen Gel-Lagerfeuer, als wären wir gerade mit dem Silberschiff auf der Insel gelandet, hätten gejagt und unser Abendessen zubereitet, und jetzt gäbe es nichts Besseres zu tun, als alberne Lieder zu singen.

Als ob.

Kapitel 24

EINBRUCH DER NACHT

M

In der Stille und Dunkelheit meines leeren Hauses überrollt mich plötzlich eine Welle der Sehnsucht nach der Wärme und Zuneigung auf Parminters Hof, und ich halte es keine Sekunde länger an diesem einsamen Ort aus. Lieber riskiere ich es, bei Nacht zu fliegen.

Ich steige die Treppe hinauf in mein Zimmer und entzünde die Lampe, ehe ich Kaitlins Geschenk auswickle. Es sieht aus wie eine große silberne Münze, doch als ich es umdrehe, bemerke ich die goldenen Linien auf der Rückseite. Außerdem summt es, als wäre eine Biene darin gefangen. Auf dem Flachspapier steht eine Nachricht. Sie ist höchst sonderbar. Lies selbst.

Lieber Max,
das ist die DiSk. BITTE bring sie weg, sie kommen bestimmt bald zurück!
1000000 x Entschuldigung für den ganzen Ärger.
Danke, danke, danke!
Dicke Umarmung,
Kaitlin
PS: Nur W. O. NO. geben!

Offen gestanden verstehe ich die Nachricht nicht, doch ich erkenne, dass sie wichtig ist, und Parminter weiß vielleicht Rat.

Dann fällt mein Blick auf die Teekanne. Ich betrachte das weiß-goldene Meisterwerk mit dem angeketteten Deckel und den gemeinen Augen und schimpfe mich einen Narren, weil die Kanne mir so am Herzen liegt, aber ich kann sie einfach nicht zurücklassen. Also beschließe ich, dieses Scheibending darin zu transportieren. Ich zupfe ein wenig Füllmaterial aus meinen Decken, wickle die Scheibe darin ein und platziere sie behutsam im Porzellanbauch des Adlers. Als Nächstes polstere ich die Teekanne. Die roten Augen starren mich vorwurfsvoll an, bis auch sie mit Polyester bedeckt sind. Anschließend stecke ich das weiche Bündel in einen Kissenbezug, den ich an meinem Gürtel festbinde, sodass er mir beim Fliegen nicht im Weg ist. Ich muss los.

Vorsichtig erklimme ich die Leiter und recke den Kopf durch das Dachfenster. Ich schiebe mir die Brille über die Augen. Die Ratte beobachtet mich spöttisch. Noch keine Spur vom Nachtnebel, wofür ich sehr dankbar bin, da ich vermutlich nicht blind zu Parminters Hof finden würde. An die Nachtschaben versuche ich nicht zu denken.

Ich klettere hinaus aufs Dach. »Nun gehört das Haus dir«, sage ich zur Ratte.

Als ich die Flügel ausbreite und den Auftrieb spüre, überfällt mich plötzlich Freude: Ich fliege zu Parminters Hof. Während ich in den Nachthimmel aufsteige, sinne ich darüber nach, wie viel Glück ich doch habe. Ich kann fliegen und bin zu einem Ort unterwegs, an dem man mich willkommen heißt. Ich habe meine Kaitlin Drew ein letztes Mal gesehen und erfülle ihre Bitte. Außerdem habe ich Mamas Teekanne, die ich ihr eines Tages zurückgeben werde.

Und dann wird alles gut.

T

Eisige Kälte kriecht durch meine Knochen, und Angst hat sich in meinem Herzen eingenistet. Ich muss ständig an die Nachtschaben denken, die Astros in ihre Quartiere schleppen. Sie brauchen lange, um mit den Zähnen und Krallen durch den Anzug zu dringen, aber am Ende haben sie immer Erfolg …

Jetzt sehe ich weit unter mir eine Schabe fliegen. Sie kommt in meine Richtung. Zuerst wähne ich mich in Sicherheit, denn sie ist nicht hell genug, aber das könnte auch an der Dunkelheit liegen. Dann bemerke ich die grün leuchtenden Augen. Es muss doch eine Nachtschabe sein! Ich gerate in Panik. Plötzlich trudele ich kopfüber in die Tiefe. Soll es das gewesen sein? Ist das das Ende? Bitte nicht! Ich will nicht, dass es zu Ende geht. Noch nicht, noch nicht …

So gut wie möglich verlagere ich meinen Schwerpunkt, breite die Arme aus, suche die Balance. Endlich schwebe ich wieder waagerecht über der Stadt und beobachte den zielstrebigen, geschäftsmäßigen Flug der Schabe. Vielleicht ist es doch keine Nachtschabe! Die fliegen anders, sie segeln und kreisen, ständig auf der Suche nach Opfern. Diese Schabe macht den Eindruck, als wollte sie einfach schnell nach Hause. Inzwischen ist sie mir ganz nah, und ich erkenne, dass ich nichts zu befürchten habe. Ihre Flügel haben einen dunklen, changierenden Schimmer, und sie schießt entschlossen auf ein konkretes Ziel zu. Bestimmt ein warmes Plätzchen für die Nacht, Freunde oder Verwandte, die sie mögen und willkommen heißen. Nie hätte ich gedacht, dass ich mal eine Schabe beneiden würde, aber heute ist es so weit. Tief unter mir sehe ich Kerzen in Fenstern flackern und wünschte – *ach, so sehr!* –, ich läge sicher in einem warmen, weichen Bett.

Der Astro ist noch immer dort oben, und ich habe Mitleid mit dem armen Geschöpf darin. Bald kommen die Nachtschaben heraus und gehen auf die Jagd. Ich hoffe, der schützende Nebel zieht schnell auf. Aber nicht, ehe ich Parminters Hof erreicht habe. Dieser Gedanke treibt mich zur Eile an. Mit jedem Flügelschlag schlackert Mamas Teekanne wütend gegen meinen Hinterleib. Ich halte großzügigen Abstand zur Nachtschabenkirche, in der sich zum Glück nichts regt. Endlich erkenne ich die dunklen Felder, die sich bis zum östlichen Stratomast erstrecken. Seine Spitze ist in dichtes Weiß gehüllt. Ah! Der Nachtnebel hat den perfekten Zeitpunkt gewählt, denn nun entdecke ich auch das einladende rote Blechdach. Ich gehe in den Sinkflug und lande im Garten. Alles ist ruhig, als ich über das Kopfsteinpflaster laufe und leise an die Hintertür klopfe.

Parminters Mutter öffnet und lächelt mich an, als wäre sie ehrlich froh, mich zu sehen. »Maximilian, wie schön! Wir haben uns schreckliche Sorgen um dich gemacht. Komm rein, komm rein.« Sie führt mich in die warme Küche.

Parminter ist bereits auf den Beinen und eilt auf mich zu, nimmt meine Hand, die bestimmt unangenehm kalt ist. »Du bist ja halb erfroren! Komm, setz dich an den Ofen. Ma meint, dass es hier drin sicher genug für uns ist. Seit deinem Abflug hat sich nichts getan.« Sie lächelt. »Jetzt verfolgen sie uns garantiert nicht mehr.«

Ich hoffe sehr, dass sie recht hat, aber man weiß nie – vielleicht holen sie Verstärkung oder planen etwas für die Nacht. Doch ich will den glücklichen Moment nicht verderben, deshalb lasse ich mich von Parminter zum Ofen hinüberführen, setze mich neben sie auf die Bank und entspanne mich langsam. Ich liebe diese Küche. Ich liebe den alten Tisch mit den knubbeligen Beinen, die gekürzt sind, damit sowohl Schaben als auch Flügellose daran sitzen können. Ich liebe die Teppiche, die Kissen, die Hocker und Bänke und den Schaukelstuhl für Parminters Mutter. Ich liebe den warmen Ofen und sein Fensterchen mit dem dicken grünen Glas, hinter dem, trübe und verschwommen wie ein Fisch unter Wasser, kleine Flammen flackern. Und ich liebe all die Bilder, die kreuz und quer an den rauen Putz genagelt sind.

Auf der Kochplatte steht ein Topf, aus dem es köstlich duftet, und Andronicus schläft auf einem Berg Kissen in der Zimmerecke noch immer die Nachwirkungen von Minnas Sonnenkeksen aus. Ich nippe an einer Tasse heißer Nussmilch, Parminter wickelt eine Decke um meinen Panzer, und während das Zittern nachlässt, fragt sie mich besorgt, ob alles gut sei. Alles sei sehr gut, versichere ich ihr. Besser als je zuvor.

Kapitel 25

BLINDE HÜTER

M

Parminter gefällt es nicht, Mamas Teekanne zu sehen. »Warum musst du deine Mutter mit hierherbringen, Maximilian?«, fragt sie verärgert.

Ich erstarre. *Mama ist hier?*

»Alles in Ordnung«, versichert Parminter mir. »Ich wollte nicht andeuten, dass deine Mutter wirklich hier ist. Ich rede von diesem scheußlichen Ding.«

»Die Teekanne trifft nicht jedermanns Geschmack«, sage ich entschuldigend. »Doch darin steckt mehr, als man denkt.«

Parminter seufzt. »Ich weiß, Maximilian. In dieser grauenhaften Kanne steckt *sehr viel* mehr.« Dann lächelt sie mich ermutigend an, als hätte ich etwas unerwartet Schlaues getan. »Aber wenigstens erkennst du das inzwischen.«

Wieder einmal habe ich das Gefühl, nicht ganz zu verstehen, was Parminter meint. Vorsichtig nehme ich den gewölbten Deckel mit dem zarten Goldkettchen ab und hole das weich gepolsterte Bündel heraus. »Siehst du? Darin steckt nämlich das hier.«

Parminter wirkt nicht gerade beeindruckt. »Ah.«

Ich wickle das Polyester ab, klappe das Flachspapier auf und drücke ihr die DiSk in die Hand.

»Ah«, sagt sie noch einmal, diesmal ohne jeden Teekannenunmut. Sie ist nicht länger enttäuscht von mir. Stattdessen schaut sie mich mit einer Mischung aus Be- und Verwunderung an. Sie hält die DiSk zwischen zwei schlanken Fingern, und ihre gepflegten Nägel schimmern in einem wunderschönen Dunkelviolett. »Woher hast du die, Maximilian?«

Ich berichte ihr von den entsetzlichen Ereignissen in meinem armen, versiegelten Haus. Parminter lauscht ungläubig. »Deine Mama war da? Mit der Ausreißerin? Aber *warum*?«

»Sie haben einen Teddybären gesucht«, erkläre ich.

Parminter starrt mich an, als wäre ich verrückt geworden. *»Einen Teddybären?«*

»Mama hat meine Ausreißerin auf den Dachboden geschickt, um ihn zu holen. Er hat ihrem Bruder gehört.«

»Dem Bruder, für den du zurückgeflogen bist?«

»Ja. Aber er war fort. Nur sein Bär war noch da. Ganz allein.« Der Bär tut mir leid.

Parminter seufzt erneut. »Klingt, als wäre er nicht freiwillig gegangen. Sonst hätte er seinen Bären nicht zurückgelassen.«

Irgendetwas an Parminters Gesellschaft und der Wärme des Ofens weckt Erinnerungen in mir. »Ich hatte früher auch einen Bären«, erzähle ich. »Als ich klein war, hat mich einmal ein Mann mit Büchern und einem Bären besucht. Mama war nicht da. Ich habe die Bücher versteckt und den Bären zu mir ins Nest gesetzt, damit er nicht einsam ist. Mama hat ihn mir weggenommen.«

»Oh Maximilian …«, murmelt Parminter, und ich erkenne in ihren Augen, dass sie etwas sagen will, sich aber nicht sicher ist, ob sie es wirklich tun sollte. Schließlich trifft sie eine Entscheidung. »Hast du dich je gefragt, wer dieser Mann war, Maximilian?«

Hmm … ich weiß es nicht mehr. Doch ich erinnere mich an diesen Tag. Es war neblig draußen. Im Haus war es kalt und feucht, und ich war traurig – warum, will mir nicht einfallen. Ich hörte einen Schlüssel im Schloss und dachte, es wäre Mama, deshalb zog ich mich in die Ecke meines Nistraums zurück und stellte sicher, dass ich sauber und präsentabel war, wie sie es mag. Bald erkannte ich allerdings, dass die Schritte auf der Treppe nicht ihre waren, und ich bekam große Angst. Ich dachte, diesmal hätte sie tatsächlich veranlasst, dass mich jemand holen kam, so wie sie es angedroht hatte. Also schloss ich die Augen und wartete. Meine Zimmertür ging auf, und ich rechnete fest damit, dass sich gleich das Netz um mich schließen würde (Mama hatte mir genau beschrieben, wie sie Schaben wegbringen), als eine sanfte Brummstimme meinen Namen sagte. »Maximilian?« Ich öffnete die Lider und sah einen Mann mit glänzenden grauen Augen und einem freundlichen, aber traurigen Gesicht. Er hatte zwei Taschen dabei, die er mit einem leisen Stöhnen abstellte, ehe er zu mir herüberkam, sich neben mich kniete und mir mit einer seltsamen Miene den Kopf streichelte. Ich fühlte mich ganz sonderbar. Genau wie jetzt, wo ich wieder darüber nachdenke.

Wie dem auch sei, der Mann erzählte, er habe Leselernbücher für mich dabei, weil es sehr wichtig sei, lesen zu können. Ich müsse es mir selbst beibringen und die Bücher versteckt halten, weil es Mama nicht gefallen würde und wir sie besser nicht verärgern sollten. Und dann sagte er etwas, das ich nie vergessen habe: »Du bist ein kluger Junge, Max. Ich weiß, dass du es schaffst.«

Er nannte mich einen »Jungen«, so wie Parminters Mutter sie ein »Mädchen« nennt. Es fühlte sich gut an. Wie auch das »Max«. Es machte mich glücklich, nicht wütend wie Minnas »Maxi«. Jedenfalls zeigte er mir ein Geheimversteck für die Bücher und überreichte mir den Bären, ehe er wieder verschwand.

Herrje.

Ich möchte wirklich nicht darüber nachdenken.

Es stimmt mich so eigenartig, und das mag ich nicht.

Als Parminter mich anstupst und fragt: »Und, hast du, Maximilian?«, antworte ich deshalb recht scharf: »Habe ich was?«

Geduldig wiederholt sie: »Hast du dich je gefragt – fragst du dich je, wer dieser Mann war?«

Ich schweige.

Parminter legt ihre Hand auf meine, und das beruhigt mich ein wenig. »Maximilian, dieser Mann war dein Vater. Dein Papa.«

Mein Herz macht einen Satz.

»Würdest du gern mehr über deinen Papa erfahren?«

»Nein!«, antworte ich schnell, ehe mir auffällt, wie unhöflich das ist. »Ich meine, nein danke.«

Das sage ich, weil ich weiß, dass mein Papa tot ist. Mama hat es mir erzählt. Eines Abends kam sie spät vorbei, um ihr Porzellan zu besuchen, und stieg die Treppe zu meinem Zimmer herauf. Sie stand im Türrahmen und lächelte, was mir Angst einjagte, denn Mama lächelt nur, wenn sie jemanden verletzen kann. Sie sagte: »Auch wenn du nie das geringste Interesse an deinem armen Vater gezeigt hast, Maximilian, dachte ich, ich sollte dir vielleicht mitteilen, dass er jetzt tot ist.« Dann lachte sie. »Schlaf gut.« Und verschwand. Selbstredend schlief ich nicht gut.

All dies vermag ich nicht auszusprechen, doch Parminter ist sehr freundlich. Sie tätschelt mir die Hand und wechselt das Thema. Ob sie die DiSk und die Nachricht ihrer Ma zeigen dürfe, fragt sie mich, und natürlich sage ich Ja. Also geht sie damit in die

Backstube, wo ihre Mutter gerade Leinsamenküchlein für morgen früh backt, und kehrt wenig später zusammen mit ihr zurück.

Die Augen ihrer Mutter blitzen aufgeregt. Sie setzt sich neben mich und öffnet die Hand, in deren weichem Rosa die DiSk liegt. »Woher hatte deine Ausreißerin die, Maximilian?«, fragt sie flüsternd.

»Ich bin mir nicht sicher«, antworte ich in derselben Lautstärke. »Aber ich glaube, sie war in diesem Bären versteckt. Und den musste sie weggeben, darum hat sie sie mir anvertraut. Allerdings weiß ich nicht, warum sie so wichtig ist. Und wer dieser WONO ist.«

»Unter anderem ich«, sagt Parminters Mutter so leise, dass ich fast meine, ich hätte es mir eingebildet.

»Sie?«, erwidere ich und entschuldige mich sofort für meine Unhöflichkeit.

Parminters Mutter tätschelt mir liebevoll die Deckflügel und lächelt mich an. »W. O. NO. bedeutet West-, Ost- und Nordoststratomast. Du kennst doch den östlichen Stratomast ganz am Ende unseres langen Felds, nicht?«

Ich nicke.

»Nun, ich passe darauf auf. Lieber Maximilian, du hättest die DiSk an keinen besseren Ort bringen können. Denn ich bin eine blinde Hüterin.«

Ich bin tief beschämt. Mir war gar nicht bewusst, dass Parminters Mutter blind ist. Wie kann sie es bloß so gut verbergen? In ihrem Haus kennt sie sich wohl einfach gut aus, und zum Backen braucht man nur die Hände, trotzdem …

Mein Gedankengang wird von Parminter unterbrochen, die wie immer direkt in meinen Kopf zu sehen scheint. »Mas Augen funktionieren einwandfrei, Maximilian«, sagt sie rasch. »Ma, erklär es ihm.«

Und dann spricht zum allerersten Mal eine Flügellose mit mir, als wäre ich es wert, etwas Wichtiges zu erfahren. »Also, Maximilian, du weißt ja, dass acht Stratomasten rund um die Stadt stehen und jeder einen Hüter hat, der sich darum kümmert, oder? Und dass die Oberste Wächterin die Hüterin des neunten Stratomasts oben auf dem Wachturm ist?«

Ich nicke. Das hat Parminter mir erzählt.

Parminters Mutter lächelt und hebt die DiSk an, sodass sie im Licht des Ofens glitzert. »Früher gab es so eine für jeden Stratomast, aber man hat sie uns schon vor Jahren weggenommen und zerstört. Wir Hüter halten also unsere Stratomasten instand, besitzen allerdings keine Kontrolle mehr darüber. Deshalb nennt man uns ›blind‹. Aber jetzt, wo wir das hier haben« – Parminters Mutter schaut die DiSk an, als könnte sie es immer noch nicht ganz glauben – »ist die Oberste Wächterin blind. Und *wir* sehen klar.«

Auch mir kommt es vor, als würde ich allmählich klarsehen: Ich sehe, dass die Welt außerhalb von Mamas Haus sehr viel größer ist, als ich je gedacht hätte, und dass vielleicht sogar eine unansehnliche Schabe wie ich einen Platz darin hat. Nun fragt Parminters Mutter mich etwas. Ich weiß also ebenfalls nützliche Dinge!

»Maximilian, deine junge Ausreißerin hat offenbar Insiderinformationen. Sie liegt richtig damit, welchen Hütern man vertrauen kann, unsere Nachbarn im Westen und im Nordosten sind gute Menschen. Ich würde das Mädchen gern treffen und mehr erfahren.«

»Das geht nicht, Ma«, wendet Parminter ein. »Sie haben sie erwischt und zurückgebracht.«

»Lass Maximilian doch für sich selbst sprechen, Parmilein.«

»Parminter darf gern für mich sprechen«, versichere ich ihr. »Ich denke höchst ungern daran. Meine Kaitlin Drew ist inzwischen bestimmt zurück auf dem Silberschiff. Und bald ist sie für immer fort.«

Parminter und ihre Mutter werden plötzlich ganz still und schauen mich merkwürdig an. Wieder einmal habe ich das Gefühl, etwas falsch gemacht zu haben.

»Hast du gerade *Kaitlin Drew* gesagt?«, fragt Parminters Mutter.

Ich bin verwirrt. »Ja, das ist ihr Name. Warum? Stimmt etwas nicht?«

»Und der Name ihres kleinen Bruders, war der Jonno?« Ihre Stimme ist so leise, dass ich es kaum höre.

»Ja«, antworte ich überrascht. »Woher wissen Sie das?«

Parminters Mutter schüttelt den Kopf. »Was für ein seltsamer Zufall. Die Drews haben früher nebenan gewohnt. Joanna Drew war eine Freundin. Ich habe oft auf ihre Kinder aufgepasst. Tomas, Kaitlin, Jonno …« Sie vergräbt das Gesicht in den Händen. »Und auch auf dich, Maximilian, als du noch ganz klein warst … ach …«

Parminter legt ihr einen Arm um die Schultern und murmelt: »Ma, vielleicht sollten wir es ihm erzählen.«

Ihre Mutter holt tief Luft. »Dafür ist jetzt kein guter Zeitpunkt, Parmilein.« Sie greift nach meinen Händen. Ihre Haut ist ganz weich. Ich glaube, sie ist die erste Flügellose, die je meine Hände gehalten hat. »Mach dir keine allzu großen Sorgen um deine Kaitlin, Maximilian. Ohne die DiSk lässt sich die Sphäre nicht öffnen, also fährt dieses schreckliche Silberschiff im Moment nirgendwohin.« Dann steht sie abrupt auf. »Du meine Güte, es ist spät geworden. Parmilein, ich mache dir und den Jungs ein Nachtlager im Schutzraum zurecht.«

Ich lächele, weil sie Andronicus und mich »die Jungs« genannt hat.

Parminter rückt näher an mich heran, und während wir durch das kleine Fenster des Ofens die Flammen beobachten, nehme ich eine ihrer Hände in meine drei. Glücklich schweigend sitzen wir zusammen. Ich höre, wie Parminters Mutter hereinkommt und auf Zehenspitzen wieder hinausschleicht, wie die Uhr leise tickt und Andronicus in der anderen Ecke des Zimmers gleichmäßig atmet, und ich wünschte, ich könnte die Zeit anhalten, damit dieser Moment für immer andauert. Doch die Uhr tickt unerbittlich weiter, und plötzlich ertönen eilige Schritte, und die Küchentür fliegt auf. Parminters Mutter stürmt herein.

»Schnell!«, ruft sie, die Stimme rau vor Furcht. »Am Ende der Straße sieht man Taschenlampen. Sie schlagen Türen und Fenster ein. Ihr müsst euch verstecken. Beeilt euch, meine Lieben!«

Wir springen auf, und ich will Mamas Teekanne vom Tisch holen. »Lass sie stehen«, sagt Parminter schroff.

»Aber ...«, protestiere ich.

»Wir haben wirklich Wichtigeres zu tun, Maximilian. Zum Beispiel, Andronicus hier rauszubefördern.«

Parminters Mutter greift nach der Teekanne. »Mach dir keine Sorgen, mein Lieber. Ich passe für dich darauf auf.« Noch während sie spricht, nimmt sie ein kleines Bild mit einem dicken gelben Vogel darauf von der Wand hoch über dem Kaminsims in der rechten Ecke. Dahinter befindet sich ein Loch, gerade groß genug für die Teekanne. »Die DiSk verstecken wir wieder in der Kanne, Maximilian, aber die Nachricht solltest du besser verbrennen.«

Sie reicht mir das Flachspapier, Parminter öffnet die Ofentür, und ich werfe die Nachricht ins Feuer. Traurig sehe ich zu, wie sie in den lodernden Flammen zusammenschrumpelt. Die letzte Verbindung zu meiner Kaitlin Drew ist fort, mitsamt ihrer dicken Umarmung. Der Adler starrt mich beleidigt an, als Parminters Mutter den Rahmen zurück vor seinen neuen Horst hängt. Es ist ein sehr gutes Versteck, man würde nie ahnen, dass sich dieses Bild von all den anderen unterscheidet.

Draußen dröhnen dumpfe Schläge – sie brechen eine Tür ganz in der Nähe auf. »Beeilt euch«, drängt Parminters Mutter.

Andronicus ist noch immer verschlafen, gestattet uns jedoch, ihn von der warmen Küche in den nebligen Garten zu bugsieren. Wir hasten in die Scheune, zurück in den Geheimraum. Parminters Mutter türmt die Heuballen wieder auf, dann ist alles still.

Aber nicht lange.

Hinter der Wand zum Laden kracht es plötzlich laut. Rufen, Rumpeln und zersplitterndes Glas folgt.

Parminter wird bleich. »Arme Ma«, flüstert sie. »Sie hat bestimmt schreckliche Angst.«

Doch für mich klingt Parminters Mutter kein bisschen ängstlich. Wir hören ihre wütenden Schreie und mehr dumpfe Schläge. Danach bleibt es eine Weile ruhig. Bang horchen wir, warten auf die Stimme von Parminters Mutter, und als sie endlich ertönt, lächeln wir erleichtert – sie ist noch lauter und noch wütender als zuvor. Kurz darauf allerdings kreischt jemand gellend, irgendetwas donnert ohrenbetäubend gegen die Wand, Putzstücke fallen herunter, und ich glaube, sie wackelt sogar.

Gefasst sagt Parminter: »Wir müssen los, Maximilian. Hilf mir mit der Falltür.«

Erst jetzt bemerke ich die Falltür im Steinboden. Zusammen mit Parminter öffne ich sie. Unter uns geht ein Licht an und erhellt Metallstufen, die bis zu einer kleinen Plattform führen und dann immer weiter in die Tiefe. Von der Höhe wird mir ganz schwindelig. Ein weiterer dumpfer Schlag und noch mehr rieselnder Putz drängen uns zur Eile. Wir manövrieren Andronicus durch die Luke, und ich helfe ihm bis zur Plattform hinunter. Über uns schließt Parminter die Falltür und zieht an einer langen Schnur, die in der Decke verschwindet. »Für den Insektendreck«, sagt sie.

»Insektendreck?« Ich schaue sie schockiert an. Das Wort bezeichnet Hinterlassenschaften von Insekten. Und es ist ein Schimpfwort für uns Schaben.

»Ja, wo liegt das Problem?«, fragt sie, während sie leichtfüßig die Treppe heruntersteigt.

»Es ist kein nettes Wort.«

Bei uns angekommen, schaut sie mich ernst an. »Maximilian, wenn Leute dich mit einem Wort beschimpfen, ist das ihr Problem, nicht deins. Du solltest niemals Angst vor einem Wort haben. Verwende es, wie es dir gefällt. Wörter gehören uns allen.«

Ich glaube, ich verstehe, was sie meint. Es ist wie mit »Schabe« – obwohl Flügellose uns damit beleidigen, kommt es mir inzwischen vor wie ein gutes Wort. Hier und jetzt, auf dieser Metalltreppe neben Parminter, bin ich stolz darauf, eine Schabe zu sein. Ehrlich. Ich lächele sie an. »Und was genau ist dieser Insektendreck?«

Parminter lächelt zurück. »Ach, alles Mögliche: Staub, altes Mehl, Rattenkot – was ich so abends in der Backstube aufkehre. Ich sammle es im Baldachin an der Decke des Schutzraums. Und gerade habe ich es auf den Boden fallen lassen, damit es aussieht, als wäre seit Jahren niemand mehr drin gewesen.«

»Du bist wirklich und wahrhaftig unglaublich, Parminter«, sage ich.

Und ihre Augen leuchten wie kleine Herbstmonde.

Kapitel 26

NÄCHTLICHE GEHEIMNISSE

M

Wir sind in Parminters Container, der summt wie ein Schwarm Bienen. Andronicus schläft in einen Teppich gewickelt auf dem Boden, und Parminter und ich sitzen dicht nebeneinander auf zwei Hockern. Ich habe die rechten Arme um ihre schlanken Deckflügel gelegt, und sie lehnt sich schluchzend an mich. Ich wäre gerne einfach glücklich, weil ich Parminter in den Armen halte, doch ihre Mutter schwebt in großer Gefahr. Und wir haben Angst um sie.

Ich sinne darüber nach, wie ich mich wohl an ihrer Stelle fühlen würde. Offen gestanden wäre ich wahrscheinlich nicht so untröstlich. Das ist vielleicht der einzige Vorteil an einer Mama wie meiner – ich werde ihretwegen niemals so verzweifelt sein.

Parminters Schluchzen verwandelt sich langsam in leises Hicksen. Während wir schweigend in der summenden Wärme zusammensitzen, fordern die Ereignisse des Tages langsam ihren Tribut, und mir fallen die Augen zu …

P

Hallo, hier spricht noch einmal Parminter. Maximilian lehnt schlummernd an meiner Schulter. Sein Mund steht ein Stück offen, und er atmet leise. Ich kann nicht schlafen, weil ich mir solche Sorgen um Ma mache, aber Maximilian muss sich ausruhen. Mühsam – er ist ziemlich schwer – schleppe ich ihn neben Andronicus, dessen Geschnarche ehrlich gesagt ziemlich lästig ist. Dann setze ich mich in den Schaukelstuhl meiner Oma, der sogar für mich bequem ist, denn ich kann die Flügelspitzen durch eine große Aussparung in der Lehne schieben. Und während ich so hin und her wippe, überlege ich, wie seltsam es doch ist, dass ich, sobald Maximilian einschläft, deine Anwesenheit spüre.

Ich finde es ja ziemlich gruselig, dass du immer in seiner Nähe herumlungerst und ihn beobachtest. Vielleicht bin ich auch nur eifersüchtig, weil du bei ihm sein kannst, sooft und solange du willst. Aber heute Nacht ist mir deine Gesellschaft gar nicht unrecht. So frage ich mich nicht permanent, was gerade mit Ma passiert.

Also unterhalte ich mich mit dir, in Ordnung? Ich kann dir erklären, wie die Dinge hier in Trost laufen, denn das tut Maximilian bestimmt nicht, oder? Hätte ich auch nicht vermutet. Das liegt daran, dass er tatsächlich nicht viel weiß. Seine Mutter – oder »Mama«, wie er sie nennt – hat ihn seine gesamte Kindheit lang eingesperrt wie einen Gefangenen in den Zellen des Vergessens. Er hat keine Ahnung von der Welt, er kennt nur ein paar Bücher und die Lügen und Halbwahrheiten seiner teuren Mama. Selbst in unserem Freundeskreis hat er bisher wenig Neues gelernt, weil Cassius jede auch nur ansatzweise kritische Diskussion im Keim erstickt.

Wahrscheinlich würdest du als Erstes gern erfahren, wo wir hier sind, oder? Der offizielle Name lautet Schaltzentrale Ost drei, aber wir Summs nennen es immer nur »den Container«. Es ist eine große, isolierte Metallkiste in der Mitte einer unterirdischen Kammer, die das Fundament für die vier riesigen Füße des östlichen Stratomasts bildet. Ich denke gern an den filigranen Gitterturm über uns, dessen Wurzeln sich wie bei einem uralten Baum aus der Erde drängen und dessen Spitze durch die Sphäre in den Himmel draußen strahlt. Er gibt mir das Gefühl, mit der ganzen Welt verbunden zu sein.

Ich betrachte den Kreis aus acht leuchtenden Lämpchen auf dem Schaltpult mit einem neunten im Zentrum – eins für jeden Stratomast. Neben dem östlichen Licht, Nummer drei, befindet sich die Vertiefung, in die früher unsere DiSk gelegt wurde. Jetzt steckt dort ein hässlicher grauer Metallpfropf.

Bist du *immer noch* da? Also gefällt es dir wohl, dass ich mit dir rede. Na schön, dann erzähle ich dir als Nächstes von den Schabennamen.

Zu Lebzeiten meiner Uroma wurde ein Register mit genehmigten Schabennachnamen eingeführt. In unserer Familie gab es schon immer Schaben, deswegen beschloss sie, dass alle einen Schabennamen annehmen würden, nicht nur die eigentlichen Schaben. Sie wählte Summ, einen der hübscheren. Deshalb heißt auch Ma so. Das hat natürlich Nachteile, denn mit einem Schabennamen darf sie nicht an bestimmte Orte und kann auch nicht in einer Schule, einem Krankenhaus, einem Café oder einem Restaurant arbeiten. Aber wir haben ja zum Glück unseren Hof, also macht das nichts.

Ich erzähle dir das alles, weil Maximilian wahrscheinlich gar nicht begreift, wie schwierig es ist, in dieser Stadt eine Schabe zu sein. Er glaubt, dass ihm schlimme Dinge widerfahren, weil er ein schlimmer Mensch ist, nicht, weil er eine Schabe ist. Allerdings muss ich zugeben, dass es in Trost auch nicht gerade toll ist, flügellos zu sein, außer man gehört zu den hohen Tieren des Wachturms. Und wer würde das mit seinem Gewissen vereinbaren wollen? Ich ganz bestimmt nicht.

Ach, es ist wirklich sonderbar, ich spüre, wie du mich anstarrst. Willst du immer noch nicht gehen? Nein? Gut, dann erkläre ich dir die Sache mit den DiSks.

Früher kontrollierte jede Schaltzentrale ihren Stratomast mit einer eigenen DiSk. Wir Hüter hatten damals sehr viel Verantwortung. Wir konnten die Stärke des Kraftfelds verändern, um den Pflanzen mehr Sonne zu geben, wenn sie schlecht wuchsen. Theoretisch hätten wir die Sphäre auch komplett abschalten können, aber das tat natürlich niemand. Wir arbeiteten zusammen und vertrauten einander. Doch der Wachturm wurde immer mächtiger und jeder Oberste Wächter herrschsüchtiger. Eines Nachts gab es eine Razzia bei allen Hütern. Die Wächter nahmen unsere DiSks mit, verschweißten die Schalter auf der höchsten Stufe und verstopften sämtliche DiSk-Öffnungen. Heute kontrolliert der Wachturm die Sphäre ganz allein, weil nur er noch eine DiSk und ein funktionsfähiges Schaltpult besitzt. Und diese wertvolle DiSk liegt jetzt weich gepolstert in Maximilians scheußlicher Teekanne versteckt. Begreifst du nun, welche Möglichkeiten er uns da serviert hat?

Allerdings frage ich mich, wie Kaitlin die DiSk in die Finger bekommen hat. Wahrscheinlich hat es etwas mit ihrer Mutter zu tun – warum sonst hätte Joanna Drew in einem Astro landen sollen? Das hat Ma schrecklich mitgenommen. Wir bleiben nur hier unter der Sphäre, weil sie Leuten wie den Drews helfen will. Sie hätte sie alle in Sicherheit bringen können, zu Oma in die Hügel draußen, wenn sie nur gewusst hätte, dass sie in Schwierigkeiten steckten.

Ach, du bist überrascht, dass die Draußenwelt sicher ist? Tja, entgegen den Aussagen des Wachturms – und auch Maximilians – ist die Seuche längst vorbei, und ein paar Menschen, darunter meine liebe Oma, leben sogar dort. Ich war selbst schon ein paarmal draußen, und es ist wunderschön, verglichen mit dieser trüben, dreckigen Stadt. Aber es ist auch gefährlich. Rauszugehen macht einen zum Verräter, wie so vieles in dieser angsterfüllten Stadt. Und Verräter landen in einem Astro. Was, wenn genau das jetzt Ma blüht?

Schluss damit! Ich werde nicht länger darüber nachdenken.

Nachdem du nun erfahren hast, dass die Draußenwelt seuchenfrei ist, hältst du das Silberschiff bestimmt für etwas Gutes, oder? Und glaubst, dass es die Kinder aus einer trostlosen Stadt in ein neues Leben bringt. Falsch gedacht. Sie töten die Kinder. Alle. Und weißt du, wie? Sie stecken sie in einen großen Sack, hängen sie unten an das Schiff und werfen sie ins Meer. Meine Oma beobachtet jeden Aufbruch. Sie hat es schon etliche Male mit angesehen.

Warum sie so etwas Grässliches tun? Ich schätze mal, sie wollen nicht, dass irgendein Kind zurückkehrt und verkündet, draußen sei alles wunderbar und die Sphäre überflüssig. Ich meine, was würde es für die Macht des Wachturms bedeuten, wenn die Leute einfach davonspazieren könnten? Tief im Inneren wissen alle, dass die Silberlinge nicht überleben, selbst wenn sie den genauen Grund nicht kennen. Deshalb sind die Eltern flügelloser Kinder mustergültige Bürger, denn sobald sie einen falschen Schritt wagen, nimmt man ihnen die Kinder weg und schickt sie auf das Silberschiff. Meine Ma sagt oft: »Wie gut, dass du eine Schabe bist, Parmilein. So muss ich keine Angst haben, dass sie dich holen.«

Beim Gedanken an Ma steigen mir Tränen in die Augen. Ich wische sie weg, lehne mich in Omas Schaukelstuhl zurück und atme den Tabakgeruch ein. Oma kommt uns manchmal hier besuchen. Sie zieht am Glockenseil, das bis in den Laden führt, Ma und ich durchqueren den langen, kalten Gang unter den Feldern, und dann sitzen wir in der summenden Wärme des Containers und quatschen und lachen und essen Leinsamenküchlein, während Oma ein, zwei Pfeifchen raucht.

Mit einem Fuß schiebe ich den Teppich weg und betrachte die Falltür zum Tunnel, der in die Draußenwelt führt – da gehen Maximilian, Andronicus und ich morgen hin. Der Tunnel bringt uns zum versteckten Hohlweg jenseits der Sphäre, von dem aus wir in die Hügel zu Omas Häuschen wandern. Dort sind die beiden in Sicherheit, und ich kann zurückkehren und nach Ma suchen. Hmpf. Ich weiß nicht, warum ich dir unser großes Geheimnis erzähle, wenn noch nicht einmal Maximilian eingeweiht ist. Aber es schadet wohl nichts. Es ist ja nicht so, als könntest du zum Wachturm laufen und uns verraten, oder? Du bist wahrscheinlich genauso in deiner Blase gefangen wie wir in unserer.

Jedenfalls hoffe ich, dass du endlich begreifst, was für ein grundguter Mensch Maximilian ist. Vielleicht hast du das auch schon, immerhin scheint er sich nicht mehr ständig vor dir beweisen zu wollen, wofür ich sehr dankbar bin. Und es passieren definitiv spannende Dinge, seit du aufgetaucht bist.

Ich habe mich in Omas Lieblingsdecke gekuschelt und werde jetzt schlafen. Also gute Nacht, wer auch immer du bist. Wo auch immer du bist.

K

Es ist ein Uhr morgens, und ich bin in meiner Kabine. Obwohl ich das Licht ausgeschaltet habe – mit drei Sternen darf ich die Schalter jetzt selbst bedienen –, kann ich nicht schlafen. Ich muss ständig an Tomas denken. Wie er ganz alleine irgendwo da oben schwebt und langsam stirbt. Und wofür? Für nichts und wieder nichts.

T

Ich kann nicht schlafen. Alle meine Glieder sind wie aus Eis. Das InhalAtem verbrennt mir die Lunge. Mit jedem Herzschlag wummern Hämmer gegen meinen Schädel. Ich musste mich übergeben. Zweimal. Ekelhaft ist das. Währenddessen habe ich mir gewünscht zu sterben. Ich dachte, ich wäre bereit. Aber das bin ich nicht. Ich will leben. Leben, frische Luft atmen, Wärme spüren, so sehr, dass ich es hinausschreie. Meine Stimme erfüllt den Helm und schmerzt mir in den Ohren. Ich hasse diesen Anzug. Ich hasse ihn, ich hasse ihn, *ich hasse ihn …*

Okay, Tomas, beruhig dich. Reiß dich zusammen. Atme! Langsam, gaaanz laaangsaaam. Allmählich ebbt die Panik ab, und ich finde wieder in den Astrorhythmus. Ich halte die Luft an, damit das InhalAtem sich in meiner wunden Lunge ausbreiten kann, und atme dann kurz und kräftig aus. So scheint es am besten zu funktionieren. Allmählich entspanne ich mich und schalte ab. Mit dem Blick nach unten treibe ich durch die Dunkelheit. Gedanken und Bilder schwirren mir durch den Kopf … Eine seltsame Mischung von Dingen, die ich nie ganz verstanden habe. Mam und Paps, die ein Foto von einem sehr jungen Paps mit einem lächelnden Baby im Arm betrachten – ein Baby, das keins von uns Geschwistern ist, obwohl sie behauptet haben, ich wär's. Die nächste Szene: Eines Tages kam ich früher aus der Schule, und Paps saß am Küchentisch und weinte, als würde er seines Lebens nicht mehr froh. Neben ihm stand Mam und tröstete ihn. »Wir können nichts tun. Er ist fort, und wir müssen versuchen, ihn zu vergessen.« Und noch eine Erinnerung: ich, oben auf der Treppe, ganz früh am Morgen, und Paps, der sich mit einem Stapel Bücher aus dem Haus schleicht und schuldbewusst guckt, als ich ihn frage, wo er hinwill.

Die Szenen blitzen auf und verschwinden wieder, ohne dass ich sie zu fassen bekomme. Sie wirbeln herum, bilden Muster, die zunächst keinen Sinn ergeben, aber sich langsam zu einem Ganzen fügen. Fetzen geflüsterter Gespräche: *Kokon … ausgraben … Maximilian … der kleine Max … unser Sonnenschein …* Unter dem Schleier des InhalAtems stellt mein Hirn Verbindungen her, Neuronen feuern, und endlich setze ich das Puzzle unserer Familie zusammen. Und vielleicht, ganz vielleicht, beginne ich zu verstehen.

Kapitel 27

DER JUNGE VON NEBENAN

T

Klonk!

Elektrischer Schlag. Explosionen in allen Knochen. Kopfüber, Schädel gegen Helm … ich trudele, taumele, außer Kontrolle. Ein Vogel, sei ein Vogel … streck die Arme aus wie Flügel … Beine wie Schwanzfedern … es klappt nicht, Absturz, Absturz … Ich falle!

M

Klonk!

Irgendetwas hat gerade den Container getroffen. Ich wache auf und schreie: »Vollstrecker!«

Parminter ist bereits auf den Beinen und späht durch den Türspion. »Ich kann nichts erkennen«, sagt sie bang. »Die Sicherungen sind durchgebrannt.«

»Sie haben uns den Strom abgedreht.« *Schluss damit!* Ich werde nicht in Panik geraten.

Es gibt ein Fenster in jeder Wand. Parminter klappt nacheinander die Läden auf und leuchtet mit der Taschenlampe in die unterirdische Kammer. »Ich sehe niemanden«, meint sie unsicher.

Andronicus regt sich. »Wah?«, murmelt er.

Parminter kniet sich neben ihn. »Alles in Ordnung, schlaf weiter.« Dann sieht sie mich an. »Ich sollte wohl raus und nachschauen.«

Als ich ihr versichere, dass ich mitkomme, wirkt sie erleichtert.

»Wir sind bald zurück«, sage ich zu Andronicus, doch er ist schon wieder eingeschlafen.

Draußen schwenkt Parminter die Taschenlampe nach links und rechts. Der Strahl erfasst die Metallstreben des Stratomasts und wirft ein komplexes Schattennetz, das sich fortwährend verändert. Wir Schaben erkennen die Anwesenheit anderer ja üblicherweise sehr leicht, doch das pulsierende Summen überwältigt meine Sinne. Vermutlich fiele es mir nicht einmal auf, wenn eine ganze Hundertschaft Vollstrecker in der Dunkelheit lauern würde. Darum halte ich mich mit dem Rücken zum Container und folge Parminters Taschenlampe wachsam mit dem Blick. Der Bunker scheint leer zu sein.

Während Andronicus weiterschnarcht, ziehen wir leise die Containertür zu und huschen zu einem kleinen Metallkasten an der gegenüberliegenden Wand. Darin befindet sich eine Reihe von Hebeln, die alle nach unten zeigen, bis auf einen.

Mit einem erleichterten Lächeln dreht Parminter sich zu mir. »Alles gut, es war wirklich die Sicherung.« Sie legt den Hebel um, und sofort ist der Raum wieder lichtdurchflutet. Er ist tatsächlich leer, worüber wir heilfroh sind. Dieser große, quadratische Bunker mit den dicken Kabeln, die sich an den Betonwänden hinaufwinden, flößt mir gewaltigen Respekt ein. In den vier Ecken ruhen die massiven Füße des Stratomasts, der über uns aufragt und die Sphäre versorgt – ein Atlas, der den Himmel stützt.

»Irgendetwas muss gegen den Stratomast geflogen sein«, vermutet Parminter.

»Ein Vogel?«, frage ich.

Sie denkt nach. »Vögel lassen nicht die Sicherung rausspringen. Sie verbrutzeln einfach, und der Strom fließt durch sie hindurch. Es muss etwas Größeres gewesen sein.«

»Es ist gerade ein Astro unterwegs«, sage ich leise.

Wir wechseln einen Blick. Wir wissen, was zu tun ist.

Die Streben des Stratomasts sind so gebaut, dass sie als Leiter benutzt werden können. Ich klettere Parminters flinken Beinen hinterher, und bald erreichen wir den Ausstieg in der Bunkerdecke – er ist wie eine Haut, eine Membran aus verschlungenen Lederstreifen, durch die sich Parminter schnell hindurchschiebt. Ich bleibe ihr dicht auf den Fersen. Nun befinden wir uns an den Wänden eines breiten Rohrs, in das Stufen hineingelassen sind. Mit widerhallender Stimme erklärt Parminter mir, dass wir gleich durch den Hinterausgang flutschen.

Ich lache auf. »Und wozu macht uns das?«

Parminter kichert. »Insektendreck.«

Sie schiebt sich durch eine zweite Membran, und ich folge ihr. Plötzlich ragen direkt vor meinen Augen fahle Flachsstoppeln im Morgengrauen auf. Ich bin derart verblüfft, dass ich anhalte und die Umgebung bestaune. Da bemerke ich, wie sich das Ding mit Kraft um mich schließt. Ich stecke fest. *»Parminter«*, keuche ich verzweifelt, denn der Druck presst meinen Körper zusammen, und ich fürchte, dass ich bald keine Luft mehr bekomme.

Parminter wirbelt herum. Meine Rübe ragt mitten auf einem Feld aus dem Boden. Ich gebe sicher einen völlig lächerlichen Anblick ab. Doch sie lacht nicht, sondern ruft: »Oh nein! Ich hätte dir sagen sollen, dass du nicht anhalten darfst.« Sie wirft sich neben mir auf die Knie. »Ich werde jetzt deinen Kopf nach unten drücken, Maximilian. Sehr, sehr fest. Die Membran muss sich über dir schließen. Und wenn du dann wieder hochkletterst, halt auf keinen Fall an, ja?« Sie legt beide Hände auf meinen flachen Kopf und stützt sich mit vollem Gewicht darauf. Es fühlt sich an, als würde mir der Hals in den Körper gepfropft. *Hör auf, Parminter!* will ich rufen, doch das geht nicht, denn ich kann nicht mehr atmen. Schwarze Punkte tanzen vor meinen Augen, mein Körper erschlafft, und auf einmal flutsche ich wie ein Korken durch die Membran, die mit einem leisen *Flupp* über mir zugleitet. Um mich herum ist alles dunkel. Nach Atem ringend rutsche ich die Sprossen hinunter, und als meine Füße die untere Membran berühren, öffnet auch die sich langsam. Ich gerate in Panik. Ich male mir aus, wie das heimtückische Ding um mein Bein zuschnappt wie eine Falle. Ich werde es herauszerren müssen, und dabei reißt es bestimmt ab und … ach, ich darf gar nicht daran denken. Mit aller Kraft klammere ich mich an eine Sprosse, ziehe mich hoch, und plötzlich bin ich wieder frei und klettere mit allen zwei Beinen und drei Armen durch die Dunkelheit. Mein Kopf berührt das Leder der oberen Membran. Ich hole tief Luft, wappne mich, schiebe mich nach oben. Der Widerstand überrascht mich, ich drücke und drücke, bis sie endlich nachgibt, und dann schieße ich hindurch, hinaus zu den Flachsstoppeln und dem kühlen grauen Licht, und Parminter lacht und lacht im sanften Schimmer der aufgehenden Sonne. Euphorisch hebe ich sie hoch und schwinge sie im Kreis, bis uns schwindelig wird und wir auf den stacheligen Boden fallen. »Autsch«, sagt sie, als sie sich wieder aufsetzt und sich die Erde von den Deckflügeln wischt.

Ich will mich gerade für meine Rücksichtslosigkeit entschuldigen, da unterbricht sie mich scharf: »Wage es ja nicht, zu sagen, dass es dir leidtut!« Also sage ich nichts. Stattdessen stehe ich auf, klopfe mir leicht erhitzt den Panzer ab und schaue mich nach verräterischem, zerknautschtem Orange um. Zu meiner Erleichterung sehe ich nur die weiten, flachen Felder, die sich bis zu Parminters Hof mit dem roten Dach in der Ferne erstrecken.

Parminter ist inzwischen ebenfalls auf den Beinen. »Seltsam«, meint sie. »Ich war mir sicher, dass wir den Astro finden würden.« Dann ergreift sie meine Hand. »Schau mal, da drüben«, flüstert sie und deutet auf eine Reihe Flachsstrohballen.

Ich schirme mir die Augen ab. Das Feld des benachbarten Hofs wirkt mit seinen tiefen, weichen Pflugfurchen wie ein riesiges Stück Cordsamt. Es ist von einer Mauer aus Strohballen begrenzt. In den oberen beiden Reihen fehlen einige, was ich ästhetisch fragwürdig finde, ansonsten entdecke ich jedoch nichts Ungewöhnliches, schon gar keinen Astro. Doch für Parminter scheinen die fehlenden Ballen eine Bedeutung zu haben, denn sie steuert geradewegs darauf zu.

Über ein Stoppelfeld zu laufen ist gar nicht so leicht, ich komme kaum hinterher. Als Parminter die Mauer erreicht, bleibt sie stehen, dreht sich um und wartet auf mich. Ich eile auf sie zu, und sie greift wieder nach meiner Hand. »Er ist hinter den Strohballen. Guck!«

Tatsächlich: Ein dicker orangefarbener Anzug mit einer langen schwarzen Rußspur am Rücken liegt auf dem Cordsamtfeld, inmitten einer Strohlawine. Parminter sieht mich bestürzt an. »Wir müssen ihn … untersuchen. Nur um sicherzugehen, dass er …«

»… nicht mehr lebt«, beende ich ihren Satz.

Vorsichtig treten wir näher, und ich bekomme plötzlich Angst, er könnte aufstehen und auf uns zuwanken wie ein Untoter. Doch er regt sich nicht. Als wir schließlich respektvoll stehen bleiben wie vor einem Sarg, bemerken wir den Krater, den er in der weichen Erde hinterlassen hat – es war eine harte Landung.

Todesmutig kniet Parminter sich neben den Astro und betastet ihn. Dann schaut sie zu mir hoch. »Ich spüre nicht viel. Der Druck im Inneren ist noch ziemlich hoch.«

»Deswegen ist er vermutlich auch vom Stratomast abgeprallt«, sage ich.

»Er könnte noch am Leben sein«, flüstert sie.

»Oh.« Ich weiß nicht, was schlimmer ist: ein toter Astro oder ein halb toter in Einzelteilen.

»Wir müssen ihm helfen.«

Ich sehe mich um, ob die Felder wirklich menschenleer sind. Sind sie. Doch in der Ferne stehen Bauernhäuser, von dort aus könnte uns wer weiß wer mit einem Fernglas beobachten – das ist sogar sehr wahrscheinlich, denn der Krach war sicher kilometerweit zu hören. Parminter schlägt etwas äußerst Gefährliches vor: Sich an einem Astro zu schaffen zu machen ist Verrat. Aber wenn sie so viel Mut beweist, darf ich kein Feigling sein. »In Ordnung«, sage ich deshalb.

»Wir sollten ihn umdrehen. Sonst liegt er mit dem Gesicht in der Erde, wenn wir den Helm abnehmen.«

»Richtig.« Es beeindruckt mich immer, wie logisch Parminter Dinge durchdenkt, obwohl ich gerade wünschte, sie täte es nicht. Ich knie mich neben sie, und gemeinsam rollen wir den Astro herum. Er ist sehr schwer, doch der aufgeblähte Anzug erleichtert die Sache ein wenig. Nach zwei kräftigen Stößen liegt er flach auf dem Rücken, neben seinem gespenstischen Abdruck. Wir lauschen auf Geräusche aus dem Inneren, hören aber nur einen Körper umherrutschen.

»Man kann den Helm abschrauben«, sagt Parminter. »Versuchen wir es.«

Ich schaudere beim Gedanken daran, was wir vielleicht finden. »Aber es besteht keine Hoffnung mehr«, erwidere ich. »Sollten wir nicht besser alles lassen, wie es ist?«

Parminter schüttelt den Kopf und flüstert: »Nein. Wir müssen sichergehen. Mach einfach die Augen zu.«

Doch ich lasse sie offen. Ich will sehen, was sie sieht. Wir tun es zusammen. Ich lege zwei Hände um den schweren Helm, Parminter legt zwei der ihren daneben, und wir drehen die grässliche, kalte Metallkugel um sich selbst, erst ein Stück, dann noch eins, bis sie sich schließlich vom Anzug löst. Beklommen schauen wir uns an.

»Auf drei?«, fragt Parminter leise.

Ich nicke.

»Eins … zwei … drei.«

Langsam nehmen wir den Helm ab.

T

Mein Kopf ist ab. Das Licht ist zu grell. Aber es riecht gut. Das Licht riecht so unglaublich gut. Ich sehe doppelt. Doppelschabe. Nein, es sind zwei. Sie starren mich an, haben die Hände über Nase und Mund gelegt und wirken zu Tode erschrocken. Ich würge, huste, spucke … ich ersticke …

Oh, ich liebe sie. Ich liebe Schaben. Wirklich. Sie wollen mir helfen, mich aufzusetzen. Aber das ist gar nicht so einfach, denn der Astro ist ziemlich starr. Also fassen sie mich unter den Achseln, schleifen mich zu einem Flachsballen und lehnen meinen Oberkörper dagegen wie bei einer alten Vogelscheuche. Gierig sauge ich die frische Luft in mich auf. *Danke, danke, danke,* möchte ich sagen, aber ich kann nicht, meine Stimme versagt, zerfällt wie Staub.

Die kleinere Schabe zieht ein Stück Stoff aus der Tasche und wischt mir damit sanft übers Gesicht. Dabei mustert sie mich aufmerksam. Als sie fertig ist, bewegt sie den Mund, aber ich höre nichts. Ich bin taub. Sie legt den Kopf schief, sieht mich fragend an, bewegt wieder den Mund, aber die Welt bleibt stumm.

M

»*Tomas?*«, fragt Parminter. »Tomas, bist du das?«

Der Gestank, der aus dem Astro dringt, ist widerwärtig, doch Parminter bleibt tapfer. Zärtlich wischt sie dem Insassen den Schleim vom Gesicht, während ich ihn noch mit einer Mischung aus Erstaunen und Entsetzen anstarre. Ersteres, weil er am Leben, Letzteres, weil er kaum älter als ein Teenager ist – viel zu jung für dieses Grauen. Parminter scheint ihn zu kennen. Und tatsächlich haben seine Züge etwas Vertrautes, allerdings bin ich schlecht darin, mir die Gesichter Flügelloser zu merken. Ich verlasse mich auf offensichtliche Merkmale wie Frisur, Brille, solche Dinge, darum sehen alle jungen Männer mit kurzem Haar für mich gleich aus. Parminter kann das besser. Vermutlich, weil sie so viel mehr mit Flügellosen zu tun hat.

»Tomas?«, fragt sie wieder. »Tomas, du bist es doch, oder?« Der Junge starrt sie an, sein Mund formt lautlose Worte. Die eingesunkenen Augen sind dunkel. Er wirkt, als hätte er einen Geist gesehen. Nein, eher als *wäre* er ein Geist.

»Kennst du ihn?«, erkundige ich mich.

Mit Tränen in den Augen schaut Parminter mich an. »Ich glaube, schon. Aber … ach, das kann nicht sein. Bestimmt nicht … Oh, das ist so ungerecht, so schrecklich ungerecht. Diese arme Familie!«

»Welche arme Familie?«

Parminter seufzt. »Die Drews. Ich glaube, das ist Tomas Drew.«

»Drew?« Ich muss sofort an meine Kaitlin denken.

Sanft fährt Parminter fort, das Gesicht des Jungen zu säubern. »Tomas, ich bin's, Parminter. Erinnerst du dich noch an mich?«

Ich beobachte, wie seine Lippen sich bewegen, wie er sich quält und doch keinen Ton herausbekommt, und schließlich fällt mir ein, woher ich ihn kenne. »Das ist kein Drew«, sage ich entrüstet. »Das ist ein Parasit.«

T

Es ist Parminter Summ! Sie hat mich wiedererkannt. Ich will sprechen, aber meine Stimme funktioniert einfach nicht. Die andere Schabe scheint auch zu wissen, wer ich bin. Und jetzt, wo ich wieder einigermaßen klar denken kann, weiß ich auch, wer *sie* ist. Sie hat Jonno gefressen! Ich nehme all meine Kraft zusammen und spucke sie an. Angeekelt weicht sie zurück. Gut so.

Nun redet die Killerschabe auf Parminter ein. Sie schüttelt den Kopf. Da zuckt die Bestie mit den Schultern und zeigt zu den Bauernhäusern in der Ferne. Gemeinsam schichten sie noch mehr Flachsballen hinter mir auf. Offenbar wollen sie mich gegen Blicke abschirmen. Ich sehe ihnen zu, unfähig, mich zu bewegen, wie eine Puppe. Ich sehne mich danach, diesen Anzug loszuwerden, aber ich bin gefangen. Meine Hand- und Fußgelenke sitzen fest, wie sehr ich mich auch bemühe, ich schaffe es nicht, sie zu befreien. Aber ich atme reine, klare Luft, und mit jedem Zug klingt das Brennen in meiner Lunge ab. Mir ist egal, dass alles wehtut. Mir ist sogar egal, was gleich mit mir passiert. Im Moment zählt nur, dass ich atmen kann.

Benommen beobachte ich Parminter und den Bruderfresser. Ehrlich gesagt überrascht es mich, mit wem Parminter sich so abgibt. Ich dachte, sie wäre eine gute Schabe. Früher hat sie manchmal Mam geholfen und uns Reste aus dem Laden vorbeigebracht. Sie war sogar mal am Apfelbaumtag in Jonnos Kindergarten. Aber wie heißt es so schön: *Bei einer Schabe weiß man nie.*

Sie sind mittlerweile fertig mit ihrer Mauer, diskutieren aber immer noch. Zwischendurch werfen sie mir Blicke zu, die mich beunruhigen. Wahrscheinlich wägen sie ab, was sie mit mir anstellen sollen. Und was es auch ist, sie wollen es anscheinend vor neugierigen Nachbaraugen verbergen. Ich habe ein ungutes Gefühl. Ein ganz ungutes. Und es wird immer schlimmer. Die Killerschabe zieht einen Dolch mit einer langen, dünnen Klinge und einer Kerbe in der Mitte hervor. Ich erinnere mich noch gut an diese Waffe. Jetzt kommt das Drecksding auf mich zu. Wie ungerecht! Bin ich so weit gekommen, nur um durch die Hand einer widerwärtigen Schabe zu sterben?

Ich will Parminter um Hilfe bitten, bringe aber keinen Ton heraus. Es wäre sowieso sinnlos. Parminter steht da und guckt zu, völlig unbekümmert. Ich will die Arme heben, um mein Gesicht zu schützen, doch sie lassen sich kaum bewegen. Ich bin so schwach wie ein Neugeborenes. Die Killerschabe ist größer als in meiner Erinnerung. Jetzt ist sie direkt über mir. Ich sehe zu ihr auf, aber sie wendet die großen, glänzend grauen Augen ab. Als sie die Spitze des Dolches auf meiner Brust ansetzt, finde ich endlich die Sprache wieder.

»Nein!«, rufe ich, und dieses Mal kommt etwas heraus. Nicht mehr als ein schwaches Blöken, aber ich *höre* es, wie aus weiter Ferne, am anderen Ende eines Tunnels. »Bitte … lasst mich am Leben. Bitte.«

Himmel, schenk mir Geduld! Der Parasit denkt, ich will ihn töten.

Parminter eilt herbei und kniet sich neben ihn. »Tomas? Du kannst wieder sprechen?«

Der Parasit krächzt wie eine Krähe.

»Kannst du mich auch hören?«

»Uhu«, stößt er hervor.

»Wir wollen dich nicht umbringen, Tomas«, versichert Parminter ihm. »Wir müssen nur den Anzug aufschlitzen.« Der Parasit versucht, etwas zu sagen, aber seine Stimme scheint erneut aufgegeben zu haben. »Also hab keine Angst und halt still, okay? Gleich bist du frei.«

Der Parasit nickt, obwohl er nicht überzeugt wirkt. Ich bin auch nicht überzeugt. Ich hätte nichts dagegen, ihn in diesem Anzug zu lassen wie eine verschrumpelte orangefarbene Nacktschnecke. Doch Parminter hält den dicken und erstaunlich steifen Stoff vom Körper des Parasiten weg, und während er mich entsetzt anstarrt, gelingt es mir schließlich, die Spitze meiner Klinge einzutreiben. Allerdings ist der Astro mit Stahlfäden verstärkt, weshalb selbst angestrengtes Bohren und Säbeln nur ein winziges Loch erzeugt.

»Es hat keinen Zweck«, sage ich zu Parminter. »Mein Dolch ist nicht stark genug.«

Der Parasit öffnet und schließt den Mund und röchelt uns höchst unhöflich an. Parminter beugt sich zu ihm und lauscht. »Tomas' Hand- und Fußgelenke sind festgekettet«, übersetzt sie. »Selbst wenn wir den Anzug aufkriegen, ist er also immer noch gefangen. Wir brauchen einen Bolzenschneider.«

»Und wo sollen wir den hernehmen?«, frage ich leicht gereizt.

»Wir haben einen zu Hause. Ich fliege ihn holen.«

Fassungslos schaue ich Parminter an. Sie setzt alles aufs Spiel. Für einen Parasiten. »Nein!«, sage ich. »Er ist es nicht wert. Er hat meine Kaitlin Drew verschleppt. Lassen wir ihn einfach hier, er hat es nicht anders verdient.«

Parminter mustert mich ganz eigenartig. »Tomas ist Kaitlins Bruder, Maximilian. Er würde ihr nicht wehtun. Sie ist sicher freiwillig mitgegangen.«

»Ist sie nicht«, entgegne ich, und der Gesichtsausdruck des Parasiten verrät mir, dass ich recht habe.

Parminter seufzt, als würde ich alles unnötig verkomplizieren, doch da kann ich ihr ausnahmsweise nicht zustimmen. »Bevor wir uns seinetwegen so viele Umstände machen, will ich wissen, was er mit meiner Kaitlin Drew angestellt hat.«

Der Parasit fängt an zu schnaufen wie ein alter Blasebalg, und Parminter hält das Ohr an seinen Mund. »Er sagt, dass es ihm leidtut. Er hat sie zum Silberschiff gebracht. Zum Schluss wollte sie selbst zurück.«

»Aber am Anfang nicht?«, frage ich.

Der Parasit schüttelt den Kopf und flüstert: »Nein.«

Parminter sieht mich an. »Es tut ihm leid, Maximilian, das muss erst einmal genügen. Wenn wir ihn hierlassen, wird er sterben, und dann sind wir auch nicht besser als er. Ich fliege jetzt den Bolzenschneider holen. Ich bin so schnell wie möglich wieder da.«

Ich möchte nicht mit dem Parasiten allein bleiben, aber noch weniger möchte ich Parminter allein nach Hause zurückkehren lassen, immerhin wurde der Hof von Vollstreckern geplündert. Das ist sicher kein schöner Anblick. »Ich komme mit«, sage ich deshalb. »Wer weiß, was du dort vorfindest.«

»Ma«, erwidert Parminter seltsam fröhlich. »Ich finde Ma vor, die Leinsamenküchlein für morgen früh backt.«

Das halte ich für höchst unwahrscheinlich. »Trotzdem denke ich, dass ich dich begleiten sollte.«

»Nein. Tomas geht es zu schlecht, um ihn allein zu lassen.«

»Der kommt schon zurecht«, gebe ich steif zurück. »Von dem scheint alle Gefahr abzuprallen.«

Doch Parminter lässt sich nicht überzeugen. »Du musst bei ihm bleiben, Maximilian.«

»Dreckiger Parasit«, brumme ich.

Der Parasit röchelt: »Dreckiger Mörder! Du hast meinen Bruder getötet!«

Parminter mustert uns beide belustigt. Ich finde das alles sehr unerfreulich und überhaupt nicht lustig. »Ach, Jungs«, sagt sie, als wären wir kleine Kinder, »hört auf zu streiten. Tomas, niemand hat deinen Bruder getötet – zumindest noch nicht. Er ist auch zurück auf dem Silberschiff. Wie wär's, wenn ihr beide euch ein bisschen über Brüder unterhaltet, während ich weg bin? Na?«

»Mit diesem Stück Insektendreck rede ich kein Wort«, sage ich.

Parminter ist in einer sehr eigenartigen Stimmung, die ich kein bisschen nachvollziehen kann. Sie bedenkt mich mit einem merkwürdigen kleinen Lächeln, als wüsste sie etwas, das ich nicht weiß. »Aber es wäre sicher sehr aufschlussreich. Ihr beide habt viel mehr gemeinsam, als ihr glaubt.«

»Pah!«, stoßen der Parasit und ich gleichzeitig aus, ehe wir innehalten und einander finster anfunkeln.

»Und *was* bitte, zum Beispiel?«, frage ich.

Parminter schaut uns an und holt tief Luft. »Euren Vater.« Damit dreht sie sich um und geht. Ihre violetten Deckflügel lüften sich, die zarten Hautflügel breiten sich aus, und mit zwei schnellen Schlägen hebt sie ab. Der Parasit und ich sehen ihr nach, und als ich den Blick wieder senke, fällt mir ein, an wen mich seine dunkelgrauen Augen erinnern – an den traurigen Mann, der mir die Bücher und den Bären geschenkt hat.

Der Parasit flüstert: »Sie hat dich Maximilian genannt. Also bist du … bist du es wirklich? Max? Das Baby?«

Mit einem sehr sonderbaren Gefühl im Bauch setze ich mich neben ihn. Denn ich war einmal ein Baby. Ich habe ein Foto davon.

Kapitel 28

EINSCHNEIDENDE ERLEBNISSE

P

Ich bin es wieder, Parminter. Maximilian ist ein sehr zurückhaltender Mensch, und ich denke, wir sollten ihn einen Moment unter vier Augen mit Tomas sprechen lassen. Natürlich wäre es mir am liebsten, er würde mit mir kommen, aber wir dürfen Tomas in seinem Zustand nicht allein lassen. Er wirkt so zerbrechlich. Und Maximilian traue ich zu, ihn zu beschützen, jetzt, da er die Wahrheit kennt. Ich werfe einen Blick zurück und sehe sie an die Flachsballen gelehnt sitzen. Seite an Seite. Ein schräges Paar, die breitschultrige Schabe neben dem in sich zusammengesunkenen Astro, aus dessen metallischem Kragen Tomas' trauriger kleiner Kopf hervorlugt wie der einer verdutzten Schildkröte. Was Tomas passiert ist, nimmt mich sehr mit. Trost kann ein so grausamer Ort sein.

Sag mal … würdest *du* vielleicht mit mir kommen? Um ganz ehrlich zu sein, wäre ich wirklich dankbar für deine Gesellschaft. Ich habe viel mehr Angst davor, nach Hause zu fliegen, als ich vor Maximilian zugegeben habe. Mir gehen Mas Schreie nicht aus dem Kopf. Ich habe die ganze Nacht gehofft, sie würde irgendwann zu uns stoßen, aber wie du mitbekommen hast, ist das nicht passiert. Ich habe mir gute Gründe dafür zurechtgelegt: Der Weg durch den

Tunnel ist lang, und nachdem die Vollstrecker verschwunden waren, musste sie wahrscheinlich erst einmal gründlich aufräumen. Doch tief im Inneren weiß ich, dass nichts Ma davon hätte abhalten können, die dreieinhalb Kilometer bis zum Stratomast zu laufen, um sich zu vergewissern, dass es uns gut geht, und mich zu beruhigen.

Mein Herz sagt mir, dass etwas wirklich Schlimmes passiert sein muss.

Trotzdem sollte ich versuchen, optimistisch zu bleiben. Ich werde dir also erzählen, was für ein schöner Morgen es ist. Ich liebe den nebligen Dunst der Dämmerung, wenn man fast vergessen könnte, dass wir unter der Sphäre eingeschlossen sind. Natürlich ist es nicht vergleichbar mit der Draußenwelt. Dort bin ich mit Oma ein paarmal auf einen Hügel gestiegen, um den Sonnenaufgang anzuschauen. So viele Farben – strahlendes Orange, leuchtendes Rosa, zartes Violett. Die echte Sonne zu sehen war atemberaubend! Als riesiger Feuerball tauchte sie hinter dem Hügel auf. Ein unvergleichliches Gefühl, da draußen zu sein, ganz ohne Barriere zwischen uns und dem Universum, in dem wir alle unseren Platz haben. In der Ferne lag die Stadt, unter der Sphäre, dieser riesigen weißen Kuppel, die über ihr hockt wie das dicht gewebte Netz einer Spinne. Ich hatte furchtbares Mitleid mit allen, die darunter gefangen waren.

Maximilian beschreibt dir normalerweise, was er sieht und tut, oder? Dann mache ich das auch. Ich fliege in sicherem Abstand zur Sphäre, weil die elektrische Ladung manchmal auf einen überspringt, wenn man zu dicht herankommt. Wenn du über meine rechte Schulter nach unten siehst, entdeckst du einen breiten, tiefen Graben, wo Sphäre und Boden sich berühren.

Da ich befürchte, dass sich in unserem Haus Wachen aufhalten und das Feld beobachten, fliege ich zum nächsten Stratomast, Nummer zwei, im Nordosten. Dort wohnen vertrauenswürdige Menschen, und er ist weit genug weg von Stratomast Nummer vier auf unserem anderen Nachbargrundstück, das nun dem Wachturm gehört.

Von Mast Nummer zwei aus gleite ich über das nordöstliche Feld, auf dem gerade Hanf ausgesät wird. Die Leute winken, als ich über sie hinwegsegele, dann gehen sie wieder an die Arbeit.

Nun bin ich über den Häusern, fliege sehr dicht über den Dächern, auf dem Weg zu unserem, das Ma extra für mich so schön rot gestrichen hat. Aber ich denke besser nicht an Ma. Wirklich nicht, denn ich sollte mich dringend konzentrieren. Der Hof ist wie ausgestorben. Leise lande ich im Schatten der Hauswand. Es duftet nicht nach Brot oder Gebäck. Ich stehe mucksmäuschenstill, lausche angestrengt, höre aber nichts. Die Hintertür zur Küche steht sperrangelweit offen. Ich husche hinein … und bleibe wie angewurzelt stehen.

Oh.

Die Küche wurde zu Kleinholz verarbeitet. Scherben zerschmissener Marmeladengläser glitzern zwischen Pfannen und Töpfen, Hocker liegen auf dem Rücken und recken ihre Beine in die Luft wie Käfer. Der Küchentisch ist mit Papierfetzen übersät, und auf dem Boden stehen Suppenpfützen. Das Feuer im Ofen ist erloschen, und die Bank, auf der Maximilian und ich noch vor ein paar Stunden Händchen gehalten haben, hat man dem Anschein nach mit einer Axt entzweigehackt. Von den Bildern hängt keins mehr an seinem Platz, und aus der nun offenen Nische in der rechten oberen Ecke starrt mich der rotäugige Adler von Maximilians Teekanne an.

Gruselig. Fast als wäre dieser böse kleine Vogel die treibende Kraft hinter all der Zerstörung gewesen und würde jetzt hier thronen und sich damit brüsten.

Betroffen lehne ich mich an den Tisch. Dünn und ängstlich vernehme ich meine eigene Stimme in der drückenden Stille. »Ma?«, ruft sie, »Ma?«

Keine Antwort.

Vorsichtig bahne ich mir einen Weg durch das Chaos und schleiche durch die Verbindungstür in die Backstube. Genau wie ich erwartet habe. Das Schaufenster haben sie eingeworfen, der Boden ist mit Scherben übersät, und die Wand vor dem Schutzraum ist nur noch ein Haufen Schutt. Ich spähe darüber und sehe, dass der Insektendreck ganze Arbeit geleistet hat. Aber die Luke haben sie nicht entdeckt. Gut, denn dann wissen sie nicht, wo wir sind – noch nicht. Vielleicht schaffen wir es trotzdem noch in die Draußenwelt. Aber während ich den Blick über die Trümmer schweifen lasse, frage ich mich wieder und wieder, was aus Ma geworden ist. Ich habe solche Angst um sie.

Auf einmal möchte ich dringend bei Maximilian sein. Ich haste in den Werkzeugschuppen und schnappe mir den Bolzenschneider. Er ist so schwer, dass ich noch einmal zurück in die Küche muss, um meine Flugtasche zu holen. Hier drin ist es grauenvoll. Es fühlt sich an, als hätte irgendwer all unsere glücklichen Augenblicke in tausend Teile zerschlagen. Wundersamerweise hängt meine Flugtasche noch immer neben dem Ofen. Während ich mich bis dorthin vorkämpfe, beobachtet mich die Teekanne mit ihren arglistigen Augen. Mich überläuft ein Schauer, denn das Ding wirkt beinahe lebendig. Nimm die DiSk mit, Parminter, denke ich, bring sie weg von hier. Also hebe ich den Adler aus seinem Horst. Plötzlich spüre ich, dass jemand hinter mir steht. Ganz langsam stelle ich die Kanne auf der kalten Kochplatte ab und umfasse den Bolzenschneider fester. Dann drehe ich mich ruckartig um.

Cassius! Völlig versteinert steht er da, als wäre ich der Ochs in dem Spiel *Ochs am Berg* und er dürfte sich nicht mehr bewegen. Rechter Fuß erhoben, in der klassischen Anschleichpose. Er sieht so komisch aus, dass ich fast lachen muss. Aber das hier ist nicht zum Lachen. Ich hole tief Luft und frage so ruhig wie möglich: »Was machst du hier?«

Langsam lässt Cassius den Fuß sinken. »Ich fahnde nach flüchtigen Personen«, erklärt er wichtigtuerisch. »Und erfreulicherweise ist meine Suche nun zumindest teilweise von Erfolg gekrönt.« Bevor ich reagieren kann, macht er einen Satz und packt mich so fest am mittleren linken Arm, dass er schmerzt. Er beugt sich zu mir, und ich rieche Fleisch in seinem Atem. »Wo versteckst du ihn?«, zischt er.

»Wen?«, frage ich zurück und halte den Bolzenschneider bereit.

»Du weißt genau, wen ich meine. Maximilian Flügelschlag, den Lügner, Dieb und *Verräter*!«

Cassius ist wie ein lästiger Blutegel, der sich einfach nicht abschütteln lässt. Ich will es nicht tun, aber welche Wahl habe ich? Ich ziehe den Bolzenschneider unter dem Flügel hervor und lasse ihn auf sein Handgelenk hinuntersausen. Doch Cassius fängt ihn blitzschnell ab, wirft ihn beiseite und verdreht mir wuterfüllt den Arm. Ich spüre, wie er aus dem Gelenk springt, und vor Schmerz bleibt mir kurz die Luft weg.

»Es ist Hochverrat, einen Beamten des Wachturms anzugreifen«, sagt der selbstgefällige kleine Mistkäfer.

Mir ist schwindelig, aber ich gönne ihm keinen Triumph. »Ach ja? Aber niemand würde eine scheußliche alte Schabe wie dich zu einem Beamten des Wachturms ernennen.«

Cassius lässt sich nicht reizen. Ich habe den Eindruck, er will etwas von mir. »Lass uns das doch wie zivilisierte Menschen regeln, Parminter. Du sagst mir, wo ich den Verräter Maximilian Flügelschlag finde, und ich tue für deine Mutter, was ich kann.«

Beim Gedanken an Ma steigen mir Tränen in die Augen. Trotzdem machen Cassius' Worte mir Mut. Es klingt, als wäre Ma noch am Leben.

»Du musst auch dein eigenes Schicksal bedenken«, fährt er fort. »Sag mir, wo Flügelschlag ist, und ich gebe dir einen Vorsprung. Zehn Minuten, bis ich die Vollstrecker rufe.«

»Maximilian ist gestern Nachmittag von hier aufgebrochen. Und nach Hause geflogen.«

Cassius hat ein wirklich gruseliges Grinsen. »Deine Loyalität ist bewundernswert, aber leider nicht sehr hilfreich. Am allerwenigsten für deine Mutter. Flügelschlag wurde beobachtet, als er gestern am späten Abend sein Haus wieder verließ. Bei sich hatte er einen Sack, und es besteht Grund zur Annahme, dass ebendieser Sack gestohlenes Eigentum des Wachturms enthielt. Und dass er es hierhergebracht hat. Unglücklicherweise konnten wir es trotz gründlicher Durchsuchung nicht sicherstellen.« Seine Augen funkeln listig. »Aber ein so aufgewecktes kleines Ding wie du, Parminter, weiß bestimmt, wo es steckt, nicht?«

Unwillkürlich huscht mein Blick zu der dummen Teekanne. Was Cassius natürlich nicht entgeht. »Ha!« Er streckt den langen Arm aus.

»Nein!«, rufe ich und will mich auf ihn stürzen, aber mit einer erstaunlich flinken Bewegung legt Cassius meinen oberen rechten

Arm in Handschellen und schließt mich an ein Tischbein. Dann tritt er seelenruhig an den Ofen und holt sich die Kanne. Ich muss tatenlos zusehen, wie er sich einen Hocker vom Boden aufhebt, sich an den Tisch setzt, als würde er gleich ein leckeres Mittagessen genießen, und die garstige Teekanne mit allen vier Händen betatscht. »Schön, schön, schauen wir doch mal, was wir hier haben.« Er zieht das gepolsterte Bündel hervor, wickelt die DiSk aus und hält sie triumphierend in die Höhe. »Genau, was wir gesucht haben. Wie überaus nett von dir, mich darauf hinzuweisen.«

Parminter, manchmal bist du wirklich selten dämlich, denke ich.

Cassius steht auf. Kurz vor der Tür dreht er sich noch einmal um. »In ungefähr zehn Minuten kommen sie dich holen. Viel Spaß!« Damit verschwindet er.

Du glaubst jetzt vielleicht, es wäre leicht, sich von einem Tischbein zu befreien. Schließlich muss man bloß den Tisch umdrehen und dann die Handschellen nach oben wegziehen. Nur hat unser Tisch komische Beine, ganz knubbelig, und Cassius hat mich an einer schmalen Stelle zwischen zwei Ausbuchtungen festgekettet. Allerdings liegt der Bolzenschneider noch dort in der Ecke, wo Cassius ihn hingeworfen hat. Vermutlich hatte er keine Ahnung, was das ist. Problematisch ist nur, dass wir Schaben keine besonders kräftigen Arme haben, und bei mir funktionieren gerade ohnehin nur drei. Mein linker unterer Arm hängt nutzlos – und schmerzend – herunter. Mit dem ganzen Körper schiebe ich den Tisch Zentimeter für Zentimeter auf den Bolzenschneider zu. Ich habe ihn fast erreicht, als ich von Weitem Schritte höre. Schwere, eilige Schritte. Cassius hat keine Zeit verschwendet. Der Bolzenschneider hat ein ordentliches Gewicht und ist ziemlich unhandlich, aber die Verzweiflung verleiht mir Kraft, und ich durchtrenne die Kette beim ersten Versuch. Ich bin frei! Aus dem Laden dringen Rufe und das Knirschen von Stiefeln auf Scherben. Schnell schnappe ich mir meine Flugtasche und haste nach draußen. Ich verstaue den Bolzenschneider in der Tasche, schlinge sie mir um die Taille und steige just in dem Moment in die Luft, als zwei Vollstrecker in den Hof gelaufen kommen. Aber ich habe Glück, denn sie schauen in die andere Richtung, zur Scheune. Ich traue mich nicht, weiterzufliegen, aus Angst, sie könnten mich bemerken, also lande ich so geräuschlos wie möglich auf dem Dach und kauere mich im Schatten des Schornsteins zusammen.

Jetzt sind die beiden Vollstrecker in der Küche. Durch den Kamin kann ich sie hören: »Oh nein, sie ist entwischt!« Die Stimme klingt jung, ein bisschen piepsig. Und ängstlich.

Eine ältere Frauenstimme antwortet schroff: »Dumme Schabe, warum hat er sie auch an ein Tischbein gefesselt? Hätte sie besser gleich selbst mitgenommen.« Und dann, milder: »Hm, hübsche Teekanne.«

Sie treten wieder hinaus auf den Hof zu ihrem dritten Kollegen.

»Ausgeflogen«, berichtet die Frau. Sie ist groß und stämmig. Ihr würde so leicht niemand den Arm auskugeln. Der Dritte flucht.

»Das heißt, die Mission ist fehlgeschlagen, oder?«, fragt die Piepsstimme. Sie gehört einem schlaksigen jungen Mann, der aussieht, als sollte er noch zur Schule gehen.

»Korrekt, Kleiner«, brummt Nummer drei.

»Das ist schon meine dritte in Folge«, sagt der Junge und schaut seine Kollegen Mitleid heischend an. Vergeblich.

»So ein Pech aber auch«, bemerkt die Frau.

»Das heißt, ich bin geliefert, oder?«

Peinlich berührtes Schweigen.

»Wir … ähm … müssen das doch nicht unbedingt als Fehlschlag

melden, oder?« Der junge Mann klingt so verzweifelt, dass ich ihn beinahe bedauere.

Wieder antwortet die stämmige Frau, vermutlich die Anführerin. »Wir *müssen* überhaupt nichts.«

»Genau!« Der Junge wirkt wahnsinnig erleichtert. »Wir müssen nicht deren Drecksarbeit machen. Wir müssen keine Schaben terrorisieren oder unschuldige Bäckerinnen einsperren.«

»Ganz recht«, sagt die Frau kühl. »Nicht, wenn wir *Verräter* sind.«

Ich spüre die Panik des Jungen bis hier oben. »Was soll das?«, jault er auf einmal. »Lasst mich los! Das war nur ein Scherz. Ehrlich. Ein ganz dummer Scherz!«

»Ein verräterischer Scherz.«

Ein Aufschrei, ein kurzes Handgemenge, und die Piepsstimme wird noch höher, als sie um Gnade fleht. Dann führen die beiden Wachen ihr neues Opfer ab. Ich mache keinen Mucks, bis das Geräusch ihrer Stiefel verklungen ist.

Während ich langsam mit dem Bolzenschneider davonfliege, fühle ich mich schuldig. Ich konnte fliehen, aber zu welchem Preis? Letzten Endes haben sie ihren Verräter bekommen.

M

Ich sitze mitten auf einem Feld und frage mich, ob ich träume. Der Parasit hat mir so seltsame Dinge erzählt, und jedes einzelne löst ganz eigenartige Gefühle in mir aus. Ich habe eine Liste für dich zusammengestellt, weil ich sie nicht auszusprechen vermag, in der Reihenfolge ihrer Eigenartigkeit:

Meine Kaitlin Drew ist meine Halbschwester.

Der Parasit ist mein Halbbruder. Er heißt Tomas.

Tomas' und Kaitlins Papa war auch meiner.

Ihre Mutter war meine Amme.

Mama hat mich im Garten vergraben.

Tomas' und Kaitlins Mutter und mein Papa haben mich wieder ausgegraben und sind mit mir davongelaufen.

Wir haben früher ganz in der Nähe von Parminters Hof gewohnt.

Als ich ungefähr zwei Jahre alt war, hat Mama mich ihnen weggenommen.

Papa ist tot. Er wurde zur Nachtschabenkirche gebracht. Er hat Flöte gespielt.

Der Parasit hat mir noch viel mehr erzählt, und alles ist so traurig, dass mein Innerstes sich anfühlt, als würde es gleich meinen Panzer sprengen.

P

Ich fliege nicht besonders schnell, denn der Bolzenschneider ist schwer, und vom Schmerz in meinem ausgekugelten Arm – den ich in den Hosenbund gesteckt habe, damit er nicht so stark im Wind flattert – wird mir ganz schlecht. Es dauert eine gefühlte Ewigkeit, aber irgendwann sehe ich endlich Maximilian und Tomas vor den Flachsballen sitzen. Ich gehe in den Sinkflug, lasse den Bolzenschneider ein paar Meter vor ihnen fallen und lande mit einem Plumps.

Maximilian ist schon aufgesprungen. »Parmi, was ist passiert?«

Er hat mich Parmi genannt. Ich beiße die Zähne zusammen und gucke streng, denn wenn er noch netter zu mir ist, breche ich in Tränen aus. »Kannst du ihn wieder einrenken?«, frage ich rasch.

Hier kommt uns der Freundeskreis zugute. Titus ist Krankenpfleger im Untergrund und hat uns allen beigebracht, wie man ausgerenkte Gliedmaßen wieder einrenkt. Maximilian sieht mich nervös an, aber er greift beherzt meinen leblosen Arm, stützt sich mit einer Hand auf meinen Deckflügeln ab und führt ruhig und sicher die gelernten Bewegungen aus: *Schieben-Drehen-Drücken-Hoch-und-REIN.* Dann hören wir beide das dumpfe Ploppen, mit dem der Arm einrastet. Ich bin so erleichtert, dass ich mich erst einmal setzen muss.

M

An Parminters rechtem oberen Arm ist eine Handschelle, und sie ist sehr aufgewühlt. Irgendetwas Schlimmes ist ihr zugestoßen. Doch darüber kann ich jetzt nicht nachdenken. Sie ist hier, das genügt. »Tut es immer noch weh?«, frage ich besorgt.

Sie schaut auf und versucht zu lächeln, aber es gelingt ihr nicht ganz. »Nur ein bisschen. Fast gar nicht im Vergleich zu vorher. Danke, Maximilian.«

Also haben wir beide wohl beschlossen, nicht darüber zu reden, was auf dem Hof geschehen ist, weil wir erst etwas erledigen müssen. Unsere Arme sind nicht sehr stark, doch zusammen haben wir gerade genug Kraft, um mit dem Bolzenschneider das Stahlgewebe des Astros zu durchtrennen. Es geht nur zäh voran.

»Befreit meine Hände«, flüstert der Parasit ungeduldig. »Den Rest schaffe ich allein.«

Aber das können wir nicht. Die Eisenbänder an seinen Gelenken sind viel zu dick und wir zu schwach. Irgendwann allerdings schaffen wir es, den Astro zu entfernen, und der Parasit wedelt mit den Armen, als wären es Flügel, trotz der schweren Schellen. »Frei!«, sagt er heiser. Dann schaut er mich an. »Danke, Maximilian. Was du für mich getan hast, werde ich dir nie vergessen.« Und er schlingt die Arme um mich und drückt mich fest. Die Schellen klappern gegen meine Deckflügel. Ich bin verdutzt, aber auch seltsam glücklich.

Kapitel 29

COUNTDOWN

K

Morgendämmerung auf dem Silberschiff: Durch die Lautsprecher dringt Vogelgezwitscher in meine Kabine. Während das Licht langsam heller wird – *seht ihr, Kinder, genau wie die aufgehende Sonne* –, liege ich in meiner Koje und denke daran zurück, wie mich gestern in Maximilians Haus richtiges Tageslicht geweckt hat. Und an die beiden echten kleinen Vögel, die auf dem Mäuerchen vor dem Dachfenster herumgehüpft sind. So vieles hat sich seitdem verändert.

Ich lausche dem lauter werdenden morgendlichen Chor, der gleich in einer Salve von Salutschüssen gipfeln wird, und fühle mich erbärmlich. Ich habe kaum geschlafen, weil ich die ganze Zeit an Tomas da oben am Himmel denken musste. Und wenn ich mal nicht an Tomas gedacht habe, dann habe ich mir vorgestellt, dass sie mich jeden Moment holen kommen, um auch mich in einen Astro zu stecken. Inzwischen dürften sie entdeckt haben, dass die DiSk nicht in Tedwards Bauch ist. Warum haben sie mich noch nicht festgenommen?

Der Vogelgesang wird immer hektischer, schon mischen sich die Kuckucksrufe darunter, und in exakt sechsundsechzig Sekunden werden die Kanonenschüsse ertönen. Zeit, dem Tag ins Auge zu blicken. Noch vor dem ersten Schuss bin ich draußen auf dem Flur, wo etwas sehr Seltsames vor sich geht. Die Galerie ist von Bodenpersonal gesäumt. Ausdruckslos und überförmlich stehen sie da und wiederholen im Chor: »Ruhe, bitte. Begebt euch in den Speisesaal. Ruhe, bitte. Begebt euch in den Speisesaal.«

Aber es herrscht keine Ruhe. Ein tiefes Grollen erfüllt die Luft und unsere Ohren. Ein bisschen wie dieser Donner, den wir immer hören, wenn es in der Draußenwelt stürmt. Im Gegensatz zu Donner reißt es jedoch nicht ab. In angespanntem Schweigen laufen wir den Gang entlang. Das Grollen und die unbeweglichen Mienen des Bodenpersonals verstärken das Gefühl des drohenden Unheils. Ich bin fest davon überzeugt, dass sie an mir ein Exempel statuieren wollen. Sie werden allen verkünden, dass ich eine Verräterin bin, und mich in den Astroraum schleifen. Und bald schon schweben Tomas und ich gemeinsam unter der Sphäre.

Als ich den Speisesaal betrete, zittere ich am ganzen Leib. Sechs große Zahlen werden auf die weiße Wand projiziert: 00:34:47. Mein Gehirn ist wie gelähmt, ich brauche einen Augenblick, um zu begreifen, dass das der Countdown zum Aufbruch ist.

Vor Erleichterung klappe ich fast zusammen. Ich werde nicht in einen Astro gesteckt. Okay, ich breche auf ins Ungewisse und werde nie zurückkehren, aber hey, zumindest bin ich dabei in guter Gesellschaft. Und wer weiß, vielleicht hat Mam sich ja geirrt, die Insel gibt es wirklich, und alles dort ist wunderbar. Immerhin hat bisher niemand das Gegenteil bewiesen, oder? Ich gehe zum Tisch, an dem mein Stamm sitzt, und lasse mich neben Mattie und den drei anderen auf einen Stuhl fallen: den Zwillingen Pia und Mia und einem schlaksigen Jungen namens Marlon, der kaum ein Wort sagt. Wir Älteren sind nicht allzu viele. Nervös lächeln wir uns an.

Mattie beobachtet die Zahlen an der Wand, die immer kleiner werden: 00:33:05 … 00:33:04 … 00:33:03 …

Bei 00:33:02 ist meine Panik so weit abgeklungen, dass ich wieder klar denken kann. Leider. Denn wenn das der Countdown bis zum Aufbruch ist, heißt das, sie müssen Maximilian die DiSk weggenommen haben. Freiwillig hätte er sie niemals hergegeben.

Ich spüre Matties Arm um meine Schultern. »Hey«, sagt sie, »alles wird gut.« Ich sehe sie an. Sie lächelt und hat ein neues Funkeln in den Augen. »Tomas geht es besser«, fügt sie flüsternd hinzu.

Ich schüttele den Kopf. »Nein, Mattie, er …«

Aber sie legt sich einen Finger auf die Lippen. »Erzähl's mir nicht. Was auch immer ihm gestern passiert ist, jetzt ist alles okay. Heute Morgen, kurz vor dem Vogelgezwitscher, wusste ich plötzlich, dass er keine Angst mehr hat. Es geht ihm gut, Katie, da bin ich mir sicher.«

Zweifelnd schaue ich sie an. »Echt?«

»Ja. Behalt es also lieber für dich. Ich will es mir nicht vorstellen müssen. In Ordnung?«

»In Ordnung.« Aber eigentlich ist nichts in Ordnung. Überhaupt nichts. Denn ich kann mir schon denken, warum Tomas keine Angst mehr hat. Weil er keine mehr haben *kann*. Genau genommen kann er bestimmt gar nichts mehr. Weil er tot ist.

J

Leon und ich sind mit den anderen Bären im Speisesaal. Aber es gibt kein Frühstück. Ich linse rüber zu Katie, und sie guckt ganz ernst. An den Wänden stehen viele Wachen, und alle sind leise. Ich glaube, wir haben etwas richtig Schlimmes angestellt.

K

Die Wachen stehen mit verschränkten Armen Ellbogen an Ellbogen, die Beine hüftbreit auseinander. Sie erinnern mich an die Ziehharmonikagirlanden, die Mam früher mit uns gebastelt hat. Bei 00:30:00 tritt eine nach vorn und verliest die Namen der Zurückbleiber – derjenigen, die vor dem Aufbruch weggeschickt werden und nicht mit auf die Insel kommen. Hier wird unser Schicksal verkündet.

Die Zurückbleiber sind Kinder, die man entweder als Geiseln genommen hat, um ihren Angehörigen mehr Wachturmtreue einzutrichtern, oder die von ihren Eltern freigekauft wurden. Kurz vor dem letzten Aufbruch – vor Ewigkeiten, als wir noch in unserem Haus am Stadtrand gewohnt haben – hat die Bauernfamilie neben den Summs dem Wachturm ihren gesamten Hof überschrieben, um ihren Sohn zurückzubekommen.

Alle lauschen gebannt. An unserem Tisch stehen nacheinander sowohl die Zwillinge als auch Marlon auf. Die beiden Mädchen können gar nicht aufhören zu grinsen. Marlon wirkt eher niedergeschlagen. Mattie hat er mal erzählt, dass er sich auf das neue Leben freue. Er wollte in einer Höhle leben und Bären jagen. Ob er damit echte Bären gemeint hat oder den Stamm der Kleinen, konnte Mattie nicht genau sagen. Jetzt verlässt er zusammen mit den anderen Zurückbleibern den Saal und entschwindet zurück in sein altes Leben. Mittlerweile ist der Speisesaal halb leer. Wir Übriggebliebenen werden als der harte Kern bezeichnet. Wie der Stein in einem Pfirsich, der Teil, den niemand will. Mattie drückt meine Hand. Ich schenke ihr ein unsicheres Lächeln.

Als allen langsam aufgeht, dass der Aufbruch wirklich unmittelbar bevorsteht, drängen sie sich in ihren ausgedünnten Stämmen dicht zusammen und beobachten, genau wie Mattie und ich – die letzten Löwinnen –, die großen Ziffern an der Wand … die auf einmal verschwinden. Verstohlen schauen wir uns an. Wurde der Countdown unterbrochen? Verschoben? Doch dann erscheinen die Worte: *Eine Botschaft der Obersten Wächterin an ihre Silberlinge.* Sie verblassen wieder und weichen einem Bild der Frau, an die ich mich nur zu gut erinnere. Ihre Haare glänzen wie ein Stahlhelm, und die harten, tief liegenden Augen im wappenförmigen Gesicht darunter fixieren uns wie zwei Speerspitzen. Einer der Bären fängt an zu weinen.

Die Oberste Wächterin bewegt den Mund, aber es ist nichts zu hören. Wir sehen zu, wie sich die schmalen Lippen vor den perfekten kleinen Rattenzähnchen öffnen und schließen. Plötzlich rennt eine Wache panisch los und betätigt einen Schalter der Audioanlage.

Die Stimme der Wächterin setzt ein: »…ückwunsch euch allen. Heute hat das Warten ein Ende, und ihr werdet endlich die Probleme und Sorgen dieser leidgeprüften Stadt hinter euch lassen und euch auf die Reise zur tröstlichen Insel begeben. In unserem prachtvollen Silberschiff segelt ihr über den wunderschönen blauen Himmel, über zerfallene Städte, weite Ozeane und karge Wüsten. Ihr Silberlinge steht auf der Schwelle zu einer glänzenden Zukunft und als Botschafter dieser Stadt, als Trostbringer, seid ihr …«

Sie schwadroniert weiter, aber ich schalte ab und schaue mich im Saal um. Über die zum Bildschirm erhobenen Gesichter der anderen huscht die Erkenntnis: Das hier ist keine Übung.

Dann ist es vorbei. Das Bild der Obersten Wächterin löst sich auf und wird zu schäumendem Wasser. Man hat uns gesagt, das seien Wellen, die sich an einem Strand brechen. Die ersten Takte der Silberschiffhymne *Diese Welt ist uns're Welt* ertönen, und wir erheben uns, verschränken die Arme vor der Brust und betrachten diese Wellen. Sie sind faszinierend, aber ich bezweifele, dass es sie wirklich gibt. Ich meine, welchen *Zweck* erfüllen sie? Mit beschwingten Beckenschlägen endet die Hymne, und Stille senkt sich über den Saal. Während die Wellen weiter stumm an den Strand branden, verlassen wir geordnet den Speisesaal und sind schlagartig wieder umgeben von diesem dröhnenden Grollen. Jetzt allerdings ist uns klar, dass es von der riesigen Pumpe herrührt, mit der der Ballon des Silberschiffs aufgeblasen wird.

Sofort wechseln wir in den Aufbruchmodus. Das haben wir so oft geübt, dass jetzt alles ganz automatisch abläuft. Zuerst müssen wir alle Gegenstände aus Metall, die wir am Körper tragen – Kugelschreiber, Gürtel und sogar Brillen –, in der Gepäckgondel deponieren, die aus Sicherheitsgründen separat am Schiff angebracht wird. Das behaupten sie zumindest. Aber ich erinnere mich, dass Mam mir mal von einer Freundin erzählt hat, die die Brille ihres Sohnes sechs Monate nach seinem Aufbruch in einem Schaufenster entdeckt hat. Er hatte seinen Namen ins Gestell geritzt, und als die Mutter in den Laden ging, um nachzusehen, stand er tatsächlich dort: *Derek*. Sie war völlig aufgelöst. Wie sollte ihr Derek denn ohne seine Brille auf der Insel zurechtkommen? Ich habe damals erwidert, dass er auf der Insel bestimmt eine neue gekriegt habe, und Mam hat mir bloß durch die Haare gewuschelt und gemurmelt: »Ach, Katie, der arme, arme Junge …«

Als ich nun die Hand um mein wertvolles Multitool schließe, das ich von Paps geschenkt bekommen habe, bin ich mir sicher, dass es nicht mitkommen wird, egal, was sie sagen. Ich bin für sie entbehrlich, mein Multitool ist es nicht.

J

Ich will meine Angel nicht beim Gepäck lassen. Und Netzi auch nicht. Sie hat bestimmt Angst, ganz allein.

K

Auf dem Weg zur Gepäckgondel treffe ich Jonno, der mit den anderen Bären feierlich-ernst voranschreitet. Er schaut sich um und entdeckt mich, wird langsamer, um auf mich zu warten. Das freut mich unheimlich, denn ich kann es nicht ausstehen, wenn er mir böse ist. Jonno trägt seine Angel und ein braunes Bündel, das mit einem Stück Angelschnur umwickelt ist. Es sieht ein bisschen aus wie Tedward ohne Arme und Beine. »Hey, Jonno, was hast du denn da?«

Er lächelt verschämt. »Das ist Netzi. Ich hoffe, Tedward ist nicht eifersüchtig.«

»Tedward hat sicher überhaupt nichts gegen eine neue Freundin.«

Jonno wirft mir einen ängstlichen Blick zu. »Ich weiß, dass Netzi eigentlich ein Fischernetz ist, aber ich will sie nicht in die Gepäckgondel packen. Sie bekommt bestimmt Angst da drin. Meinst du, ich kann sie bei mir behalten?«

Das zerreißt mir das Herz. »Wir gucken mal, was sich machen lässt, okay?« Dann wechsele ich das Thema. Viel zu fröhlich frage ich: »Und, freust du dich schon auf das Angeln?«

Jonno grinst. »Wenn wir auf der Insel sind, lege ich sofort los und fange genug Fische für uns alle! Nach dem Flug haben wir bestimmt Riesenhunger.«

»Gute Idee.«

Er macht große Augen. »So was sagst du sonst nicht.«

»Das tut mir leid. Aber du fängst bestimmt ganz viele Fische. Das wird toll.« Ich finde nicht, dass ich besonders überzeugend klinge, aber Jonno scheint es nicht zu bemerken.

»Dann glaubst du also doch, dass wir jagen gehen und Hütten bauen und Feuer machen und Tiere halten und … und alles?«, fragt er hastig.

Wie soll ich darauf antworten? »Ja, natürlich.«

»Das hättest du ruhig vorher sagen können«, grummelt er, wieder ganz der Alte. Er betrachtet seine Angel. Sie hat eine Teleskopstange und eine schicke Spule. Keine Ahnung, wie er die ergattert hat, aber selbst ich erkenne, dass sie ziemlich hochwertig ist. »Ich wünschte, ich müsste sie nicht in der Gepäckgondel lassen«, sagt er und seufzt tief.

»Ich möchte mein Multitool auch nicht da verstauen. Aber ich schätze, wir haben keine andere Wahl.«

J

Katie ist wieder nett, aber wenn sie lächelt, sehen ihre Augen traurig aus. Ich dachte, der Aufbruch wird spannend, ist er aber nicht. Sondern doof. Mir gefällt das alles nicht. Alle rennen bloß hektisch rum, und das Schiff klingt wie ein wütendes Monster. Ich will kein Bär mehr sein. Ich will nach Hause.

Kapitel 30

AUFBRUCH

M

Der Astro des Parasiten liegt in Fetzen auf dem Boden, und die Fußschellen liegen durchtrennt daneben. Die Handschellen bekommt er nicht ab – dafür hat er nicht genug Arme –, doch das scheint ihn nicht zu stören. »Ich trage sie als Ehrenzeichen«, krächzt er. »So wie du deine, Parminter.«

Angewidert mustert Parminter ihre Handschelle. »An der ist nichts ehrenvoll.«

»Warum nicht?«, frage ich. »Was ist passiert?«

Sie seufzt. »Ich war so dumm. Ich habe alles vermasselt!«

»Sei nicht albern, das hast du ganz bestimmt nicht«, sage ich und denke, dass ich mich schon beinahe anhöre wie sie.

Parminter beachtet mich gar nicht. Sie schlägt sich die Hände vor den Mund und keucht. »Oh nein!«

»Was ist?«

Sie wirkt völlig verzweifelt. »Hört doch!«

Nun höre ich es auch: das ferne Heulen in der Stadt. Sehr sonderbar. Es gleicht den Sirenen beim Aufbruch des Silberschiffs, die alle mahnen, nach drinnen zu gehen und die Fensterläden und Vorhänge zu schließen, damit die Seuche nicht eindringen kann.

»Sie wollen die Sphäre öffnen«, sagt Parminter.

Ich lache. »Aber das können sie nicht. Dafür fehlt ihnen die DiSk.« Dann sehe ich Parminters Miene und verstumme.

»Nicht mehr. Sie haben sie gefunden. Und jetzt benutzen sie sie.«

K

Das Getöse der Gaspumpe verstummt, und einen Augenblick lang herrscht gespenstische Stille. Dann kommt Leben in die Wachen: »Noch sechzig Sekunden bis zum Boarding! Noch sechzig Sekunden! Boarding, jetzt! Los, los, los!« Sie knallen die Gepäckgondel zu, bevor Jonno und ich sie erreicht haben, und wir werden die Treppe hinunter in den Pausenraum geschoben. Beide Flügel der großen Tür mit dem silbernen Doppel-S stehen sperrangelweit offen, wie das Maul eines gigantischen Monsters, das uns verschlingen wird. Ein paar der jüngeren Kinder zögern ängstlich, und die Wachen stoßen sie unsanft weiter. Jonno umklammert Netzi und die Angelrute, und als er durch die Tür tritt, fällt mir auf, wie klein und verletzlich er wirkt. Und dann denke ich, wie zerbrechlich wir doch alle sind und wie einfach es ist, einen Menschen zu zerstören.

J

Das ist gar kein richtiges Schiff. Es ist überhaupt nicht so, wie sie gesagt haben. Es gibt keine Sitzbänke. Und keine Fenster. Die Wände sind ganz wabbelig. Es ist schrecklich hier drin. Netzi gefällt es überhaupt nicht. Und Leon weint.

K

Das Innere der Gondel ist beunruhigend spartanisch. Wir alle haben zumindest mit ein paar Sitzgelegenheiten gerechnet, aber der

Raum ist völlig leer. Mattie und ich setzen uns auf den Boden, und als ich mich zurücklehne, stelle ich erschrocken fest, dass die Wände nachgeben – sie scheinen nur aus festem Segeltuch zu bestehen. Die Gondel ist nicht robuster als das Zelt, in dem Paps früher mit uns auf dem Feld der Summs campen war.

»Mattie«, flüstere ich, »ich habe ein ganz schlechtes Gefühl.«

Mattie nickt. »Ich auch.«

Alle vierzehn von uns sind nun in der Gondel. Ein paar Bären weinen, und mehrere junge Wölfe sehen aus, als wären sie auch kurz davor. Jonno schaut sehr ernst. Er umklammert Netzi und flüstert ihr etwas zu. Wie gut, dass er sie nicht abgeben musste.

Mattie, ich und ein älterer Wolf, Ethan, gehen herum und trösten die Kleinen. Der Eingang wird mit einer Plane abgedichtet und versiegelt. Uns steigt ein ätzender Geruch in die Nase. Mit einem Knall schließt sich die Flügeltür zu den Crewquartieren, und wir sind abgeschnitten von allem, was wir je kannten.

»Es gibt keine Klos!«, platzt ein Bär heraus. Die anderen kichern, wirken aber besorgt.

»Die brauchen wir gar nicht«, sagt Mattie rasch. »Wir sind nämlich im Nullkommanichts da.«

Weiteres gedämpftes Klappern und Scheppern, dann ein Rasseln, als würden Ketten eingeholt. Die Gondel bewegt sich, und mich beschleicht das mulmige Gefühl, dass wir keinen Boden mehr unter uns haben.

M

Ein Krachen, laut wie ein Pistolenschuss, ertönt an der Spitze des Wachturms. Aus dem Stratomast bricht ein Lichtstrahl hervor, der so hell ist, dass es schmerzt. Ich spähe zwischen den Fingern hindurch. Der Parasit lehnt sich an den Strohballen und schirmt sich die Augen ab, während er zur Sphäre aufblickt. Er muss die Hände fest gegen die Stirn pressen, damit sie nicht zittern. Die nächste Lichtexplosion. Sie ist überwältigend, furchterregend und faszinierend zugleich.

»Das Silberschiff«, ruft er mit heiserer, kratziger Stimme. »Schaut, da drüben!«

Ich rappele mich auf und sehe in der Ferne einen riesigen silbernen Fisch über den Dächern auftauchen.

»Die Glücklichen«, krächzt der Parasit. »Sie können ein neues Leben anfangen.«

»Von wegen glücklich«, erwidert Parminter wütend. »Ihr Leben ist vorbei!«

Meine Augen werden feucht. »Weil sie an der Seuche sterben.«

Der Parasit widerspricht: »Nein, ihnen wird nichts passieren. Die Insel ist seuchenfrei.«

»*Die ganze Welt* ist seuchenfrei, du Knallkopf«, erklärt Parminter. »Die Gefahr ist längst gebannt. Das alles ist nur eine Lüge, mit der sie uns in dieser schrecklichen Stadt gefangen halten.«

Der Parasit lacht. »Du kaufst den Ratten ihre Märchen ab? Menschen, die in der Draußenwelt leben … das ist doch völliger Quatsch.« Er wird von einem weiteren Blitz hoch über uns unterbrochen.

Dieser dauert länger an, sodass Parminter ihn überschreien muss. »Ach, und wieso lebt meine Oma dann schon seit fünfundfünfzig Jahren draußen, direkt hinter dem Hügel da, und es geht ihr prima?«

Der Parasit runzelt skeptisch die Stirn, doch ich glaube Parminter. Natürlich hat sie mir schon früher Geschichten über die

Draußenwelt erzählt, aber da dachte ich, dass sie eben nichts weiter wären als Geschichten. Wunschdenken. Sie hat nie erwähnt, dass ihre Großmutter tatsächlich draußen *lebt*. Das ist etwas ganz anderes. Mir fällt ein Stein vom Herzen. Meine Kaitlin Drew, *meine Schwester*, wird nicht sterben. Und obwohl ich sie nie wiedersehe, weiß ich, dass es ihr auf der Insel gut geht. Und das genügt mir.

»Schön für deine Oma«, sagt der Parasit mit einem bitteren Unterton. »Dann ist doch alles wunderbar, oder?« Der Lärm ist verstummt, nur der Stratomast summt leise.

»Nichts ist wunderbar«, meint Parminter wütend. »Weil die Wächter die Silberlinge einfach in einem dünnen Stoffbeutel unters Schiff hängen und ins Meer schmeißen. Oma hat es schon zigmal beobachtet.«

Der Parasit erbleicht. Er hat selbst erlebt, zu welchen Gräueltaten der Wachturm fähig ist, und zweifelt nicht länger. Ich bemerke plötzlich, dass ich seine Hand umklammere und er meine. »Maximilian, wir müssen sie retten!«, krächzt mein Bruder Tomas.

Er hat natürlich recht. Doch ich habe nicht den blassesten Schimmer, wie.

K

Wimmern und Schniefen erfüllt die Gondel. Inzwischen weinen die meisten Bären, und mindestens zwei der Wölfe, und wollen zu ihren Müttern. Nur Jonno ist ruhig, hält Netzi ganz fest und beißt sich auf die Unterlippe. Ich bin so stolz auf meinen tapferen Bruder. Ich würde ihm gerne sagen, was für ein mutiger kleiner Bär er ist.

Ich spüre das gleiche komische Ziehen im Magen wie im Aufzug des Wachturms. Es geht schnell nach oben. Auf einmal wackeln die Wände unserer Gondel besorgniserregend, und der kleinste Bär – ein rothaariger Junge namens Leon – heult laut auf. Ein anderer stimmt mit ein, und der älteste Wolf, ein großer, pickliger Junge namens Dom, lässt einen verzweifelten Schrei los und wirft sich der Länge nach auf den Boden.

»Katie«, flüstert Mattie, »wir müssen was unternehmen.«

Ich hole tief Luft. Na dann mal los. »Hallihallo, ihr Löwen, ihr Wölfe und Bären! Zeit füüür … *das Lagerfeuer*!«, trällere ich im fröhlichen Tonfall der Durchsage, die ich eigentlich hasse wie die Pest. Ich habe immer über das Lagerfeuer mit seinen ewig gleichen blöden Liedern und Ritualen gelästert, aber jetzt ist es zu etwas gut. Sofort gewinnt die Macht der Gewohnheit die Überhand, und das Heulen ebbt ab. Jonno zieht Leon mit sich, und die Kinder bilden einen Kreis in der Mitte, möglichst weit weg von den wackelnden Wänden. Wir haken uns unter, während Ethan mit seiner wunderschönen Tenorstimme das Jagdlied singt. Nicht im üblichen Tempo, sondern langsamer, etwas wehmütig, und damit trifft er einen Nerv.

So brechen wir auf ins Unbekannte – in unserer fadenscheinigen Stofftasche, die wie von einem unbekümmerten Einkäufer hin und her geschwenkt wird – und lassen den Ort hinter uns, an dem wir geboren wurden, an dem einige von uns noch Mütter, Väter, Familien und Freunde haben, während wir ein Tier nach dem anderen hinzufügen: *Truthahn, Raupe, Wiedehopf – Nashorn, Dodo in den Topf …*

Das Lied ist albern, was für Kleinkinder, aber es beruhigt uns alle, selbst mich.

M

Ein lauter, lang gezogener Knall ertönt, und wieder schlängeln sich gezackte Blitze aus allen Richtungen über die Sphäre, blendend helle Finger, die einander suchen. Tomas stehen die Haare zu Berge, und mir kribbelt der Panzer. Die grellen Linien berühren einander fast, ehe sie erlöschen. Tomas' Haare und mein Panzer entspannen sich.

»Beim nächsten ist es so weit«, flüstert Parminter mir zu.

Mein lieber blinder Passagier, wir haben schon eine Weile nicht mehr gesprochen, aber wie dir vielleicht aufgefallen ist, ging es hier recht turbulent zu, und ich muss gestehen, dass ich bisweilen vergessen habe, dir alles zu erklären. Mein Versprechen bei unserer ersten Begegnung allerdings habe ich nicht vergessen: dass ich den Silberlingen helfen werde, dem abscheulichen Silberschiff zu entkommen.

Ich greife nach Parminters kleiner Hand. »Ich werde dem Silberschiff hinterherfliegen, in die Draußenwelt.«

Sie lächelt. »Ich habe nichts anderes erwartet. Und ich komme mit.«

Aufmerksam verfolgt Tomas unseren leisen Wortwechsel. Dann stößt er krächzend hervor: »Nehmt mich mit. Bitte.«

Parminter wirft mir einen skeptischen Blick zu. »Er dürfte ziemlich schwer sein. Diese Schellen wiegen eine Tonne.«

Tomas reibt sich angewidert die Handgelenke. »Bitte. Ich muss ihnen helfen. *Bitte!*«

»Wenn wir ihn hierlassen, holen sie ihn und stecken ihn in den nächsten Astro«, gebe ich zu bedenken.

Tomas entfährt ein ersticktes Stöhnen, das aus seinem tiefsten Inneren zu kommen scheint.

Parminter kapituliert. »Okay. Transportflug. Macht euch fertig.«

Über uns klingt es, als würden Tausende Tücher zerreißen. Ein Heer blendender Lichtfinger schießt suchend aus allen Stratomasten, verästelt sich und rast aufeinander zu wie Eisenspäne auf einen Magneten. Als sie zusammentreffen und sich mit ohrenbetäubendem Prasseln verbinden, verwandelt sich die Sphäre in ein leuchtendes Netz, zu dem wir aufschauen wie glupschäugige Fische. Die Luft knistert, und unter meinem Panzer summen hundert Hummeln. Tomas' Haare wogen hin und her wie Algen im Wasser, selbst seine Augenbrauen stehen in alle Richtungen. Und als ich schon denke, meine Deckflügel würden gleich abspringen, erlischt das Licht, Stille hüllt uns ein. Und ich sehe klares, strahlendes, weites Blau – *Blau, tatsächlich Blau* – mit kleinen weißen Flaumfetzen darin. Das ist die Draußenwelt. Und sie ist wunderschön.

»Los geht's«, sagt Parminter.

Wir breiten den jeweils anderen Flügel aus als bei Andronicus und gehen auf alle sechse (beziehungsweise fünfe). Tomas klettert auf unsere Rücken und schlingt die Arme um unsere Körper.

Parminter nimmt meine Hand. »Bereit?«

»Bereit«, antworte ich leicht nervös.

Langsam steigen wir in den unverhüllten Himmel auf. Wir passieren die Spitze von Parminters Stratomast, der still über die Felder wacht, und ein paar Flügelschläge später sind wir draußen. Die Luft schmeckt süß und sauber, und ich spüre Tomas zittern, als er tief einatmet. Rasch vergrößern wir den Abstand zwischen uns und dem Stratomast, falls die Sphäre wieder aktiviert wird, fliegen höher und höher. Ich kann nicht fassen, wie hell und klar die Draußenwelt ist. Es kommt mir vor, als hätte ich mein gesamtes Leben hinter einer schmutzigen Fensterscheibe verbracht.

»Siehst du? Der Himmel ist wirklich blau!«, ruft Parminter mir zu.

»Und die Wolken sind so weiß«, rufe ich zurück. Doch vor allem verblüfft mich die Sonne. Umgürtet von Rosa, schwebt sie dicht über den Bergen in der Ferne. Parminter hat mir eingeschärft, sie nicht direkt anzuschauen, doch das hätte ich ohnehin nie gewagt, denn ihre Strahlkraft ist ehrfurchterregend.

Tomas lenkt uns auf das Silberschiff zu. Der riesige Himmelsfisch mit den dicken, kleinen Flossen gleitet heiter über die Bahn aus flatternden Silberwimpeln, die ihm den Weg aus Trost weist.

»Schneller!«, höre ich Tomas neben meinem Ohr krächzen.

Er hat recht. Das Silberschiff hat gerade den Sphärengraben überquert, sein Schatten schwimmt durch das wogende Gras draußen. Es fliegt mit Höchstgeschwindigkeit, und wir müssen uns beeilen, wenn wir es abfangen wollen. Ein lautes *Kraaack* hinter uns lässt mich zusammenzucken, und als ich einen Blick über die Schulter werfe, sehe ich die ersten gezackten Lichtfinger aus den Stratomasten schießen, die Trost wie die Zacken einer Krone umgeben.

»Maximilian!«, ruft Parminter mit Panik in der Stimme.

Ich bin aus dem Takt unserer Flügelschläge geraten, und Tomas ist auf ihre Seite gerutscht. Rasch passe ich mich ihrem Rhythmus neu an, damit Tomas wieder in die Mitte gleitet. *Schau nicht zurück, Maximilian*, ermahne ich mich selbst. *Von nun an geht es nur noch nach vorn.*

Knisternd und knallend schließt sich die Sphäre, und wir halten weiter auf das Silberschiff zu. Erst finde ich es wunderschön, doch dann entdecke ich eine kleine silberne Gondel unter seinem Bauch, wie Insektendreck, aus der ein gespenstisch trauriges Lied dringt, und mir wird klar, dass wir hier nichts Schönes finden. Nur Schrecken.

Wir sind dem Schiff jetzt so nah, dass ich die Nähte der Außenhaut und die Ziffern auf diversen Teilen erkennen kann. Ich höre ein Surren. Unter der Heckflosse dreht sich ein Propeller und treibt es mit erstaunlichem Tempo an. Gleich wird es unseren Weg kreuzen. Wir müssen unseren Landewinkel genau berechnen, denn wenn wir es verfehlen, bekommen wir keine zweite Chance. Wir würden es niemals einholen.

»Wir landen auf der Gondel«, ruft Parminter. »Bereit?«

»Bereit.«

Die Gondel ist mit zwei dicken Streben am Schiff befestigt und oben flach, doch die Landung dürfte trotzdem nicht einfach werden, vor allem mit Tomas' zusätzlichem Gewicht. Wir gehen in den Sinkflug, gleiten perfekt synchron unter den silbernen Bauch und setzen auf dem Gondeldach auf, das beunruhigend unter uns nachgibt. Ich verliere die Balance, und wir rollen als Knäuel in die Mitte. Unter uns ertönen panische Schreie.

»Sie haben sie in einen Sack gesteckt«, sage ich angewidert. »Einen dünnen, fadenscheinigen *Sack*.«

Parminter nickt. »Niederträchtig. Einfach niederträchtig.«

Die Schreie verstummen, weichen ängstlichem Gemurmel. Langsam und schwankend richten wir uns auf. Wie bizarr diese Situation doch ist: Zwei Schaben und ein Parasit kauern auf einem Sack voller Flügelloser, der unter dem Bauch eines fliegenden Fisches hängt. Ich sinne über all die Kuriositäten nach, die mir begegnet sind, seit ich mich mit dir, mein blinder Passagier, unterhalte, als mich plötzlich etwas Spitzes in eine empfindliche Stelle pikt und ich keuchend aufspringe, nur um direkt wieder umzukippen, weil der Stoff unter mir so wackelt.

»Schau mal, da«, flüstert Parminter und deutet auf die scharfe Klinge, die aus dem Gondeldach ragt.

Ich lächele. Dieses effiziente kleine Messer sehe ich nicht zum ersten Mal.

Kapitel 31

IN DER TASCHE

K

Auf Matties Schultern sitzend komme ich gerade so ans Dach. Die Spitze meines Messers trifft die Beule, und ich höre einen erstickten Aufschrei. Das Geräusch kenne ich irgendwoher. »Maximilian?«, rufe ich. »Bist du das?«

Über mir ertönt ein Lachen und dann ein fröhliches »Ja, ich bin es, guten Tag, Maximilian Flügelschlag, dein Bruder«.

In Matties Augen schimmert Hoffnung. »Dein Bruder? Tomas? Tomas ist auch hier?«

Ich habe keine Ahnung, was Maximilian meint. Wie kann Tomas hier sein? Aber dann krächzt jemand: »Katie? Mattie?«, und mir ist sofort klar, dass er es wirklich ist, heiser vom InhalAtem.

»Oh Tomas«, ruft Mattie, »ich wusste, du würdest kommen. Ich *wusste* es einfach.« Sie sieht mich an. »Seine Stimme … Das war's also. Sie haben ihn in einen Astro gesteckt, oder?«

»Ja«, antworte ich leise.

Da meldet sich eine weitere Stimme zu Wort. Wie viele Leute kriechen da oben eigentlich rum? Sie gehört einer anderen Schabe und klingt ebenfalls vertraut.

»Wir schneiden jetzt ein Loch in die Decke«, sagt sie. »Bitte haltet Abstand.« Das ist Parminter Summ, unsere alte Nachbarin.

Ganz sicher. Das alles ist so merkwürdig, dass ich langsam glaube, ich träume.

Ich rutsche von Matties Schultern, stolpere und kullere gegen eine weiche Gondelwand, während eine lange, schmale Klinge ein Loch ins Dach säbelt. Ich träume wohl doch nicht.

»Sind sie da, um uns zu befreien?« Selbst Jonno scheint begriffen zu haben, dass wir Gefangene sind.

»Ja«, jubele ich und kann gar nicht mehr aufhören zu grinsen. Ein bekanntes Schabengesicht schiebt sich durch das Loch und wackelt mit den Fühlern.

»Maximilian!«, rufe ich.

Sein Anblick sorgt für ein paar erschrockene Japser – nicht alle an Bord sind an Schaben gewöhnt –, aber das merkt er nicht. »Hallo, meine Kaitlin Drew, hallo, meine kleine Schwester.«

Was will er mir damit nur sagen?

J

Es ist die Schabe mit dem Knick im Fühler. Sie lächelt. Genau wie Katie. Und sogar Netzi.

»Erbitte Erlaubnis, an Bord kommen zu dürfen«, sagt Herr Maximilian. Das macht man so auf Schiffen.

Netzi und ich stehen auf. »Erlaubnis erteilt.«

K

Maximilian lässt sich in die Gondel plumpsen, gefolgt von Parminter Summ und – so verrückt das auch ist – Tomas. Die Kinder machen große Augen, als plötzlich zwei Schaben und ein Vollstrecker in unserer Mitte stehen.

Tomas schaut mich mit dem gleichen Ausdruck an wie durch den

Spiegel. Er sieht furchtbar aus, ausgelaugt, verbeult, voller Schrammen. Ich weiß nicht, was ich sagen oder tun soll. Aber er weiß es. Er nimmt mich ganz fest in den Arm. Ich kann die grässlichen Astrohandschellen spüren. »Es tut mir so leid«, murmelt er.

»Mir auch«, erwidere ich. Und dann lasse ich ihn zu Mattie rübergehen, die seine Hände umklammert und den Blick nicht von den Schellen abwenden kann.

Ich stelle Maximilian und Parminter den anderen Kindern vor, aber sie bleiben zurückhaltend, auf Abstand. Wahrscheinlich waren sie nie zuvor einer Schabe so nah. Geschweige denn zweien. Und natürlich ist schon Maximilians schiere Größe in einem so kleinen Raum überwältigend. Aber zu meiner Überraschung marschiert Jonno schnurstracks auf ihn zu und nimmt seine Hand. »Du hast meinen Fuß gesund gemacht.«

Das bricht das Eis. Innerhalb von Sekunden bombardieren die Silberlinge Maximilian mit Fragen. Und ich komme aus dem Lächeln nicht mehr heraus, denn dieser Maximilian vor mir – umringt von Kindern, die bewundernd an seinen Lippen hängen – unterscheidet sich so sehr von dem, der sich in der Dunkelheit seines eigenen Hauses auf dem Treppenabsatz zusammengekauert hat.

J

Netzi möchte die Draußenwelt sehen, also frage ich Katie, ob sie ein Loch in die Wand machen kann. Sie schneidet ein kleines Dreieck, durch das ich rausgucke, und da sind zwei große weiße Pferde, genau wie in meinem Bilderbuch, mit zwei Menschen drauf. Sie reiten sehr schnell. Ich glaube, sie verfolgen uns. Ich strecke den Arm durchs Fenster und winke. Denn einer davon ist mein Paps.

K

»Da unten ist Paps«, sagt Jonno so beiläufig, als würde er mir mitteilen, dass das Gras grün ist.

Eigentlich wollte ich ihm erst sehr viel später von Paps Tod erzählen. Um Zeit zu schinden und mir die richtigen Worte zurechtzulegen, schaue ich selbst aus dem Fenster. Da erspähe ich unter uns zwei Reiter, die auf weißen Pferden hinter uns hergaloppieren. Es sind ein Mann und eine Frau. Die Frau habe ich noch nie gesehen, aber … nein, das *kann* nicht sein. Doch, er ist es!

»Paps«, brülle ich durchs Fenster. »Paaaps!«

Plötzlich drängt Tomas sich neben mich, sieht ebenfalls hinaus und jauchzt. »Guck mal, Jonno«, sagt er, »erkennst du den Mann da auf dem Pferd? Das ist Paps!«

»Ich weiß«, antwortet Jonno. »Hab ich doch gesagt.«

M

Kaitlin und Tomas lachen wie zwei Verrückte, und plötzlich steht Tomas neben mir und fragt: »Maximilian, willst du mal nach draußen schauen?«

Die jungen Flügellosen fordern lautstark: »Ich auch, ich auch!«

»Gleich«, erwidert Tomas. »Maximilian darf zuerst.« Sie widersprechen ihm nicht. Mit seiner Vollstreckeruniform und den Astrohandschellen wirkt er ziemlich Respekt einflößend.

Ich bücke mich zum Fenster und entdecke tief unter mir zwei auffallend hässliche Wesen mit je vier Beinen und zwei Köpfen, einer davon länglich, einer rund. Eine solche Absonderlichkeit habe ich noch nie gesehen. Da verkündet Tomas etwas sehr Merkwürdiges: »Das ist unser Vater, Maximilian.«

Ich bin entsetzt. Wie kann er nur behaupten, unser Vater wäre eins dieser abstrusen Geschöpfe? »Es mag vielleicht dein Vater sein, aber meiner ist es ganz bestimmt nicht, vielen Dank«, sage ich würdevoll. »Mein Papa hat keine zwei Köpfe und vier Beine.«

Nun tritt Parminter neben mich und späht ebenfalls nach draußen. »Natürlich hat er keine zwei Köpfe und vier Beine, Maximilian. Einer dieser Köpfe und alle vier Beine gehören einem *Pferd*. Auf dem dein Vater reitet.«

Oh. Ich schaue mir eines der hässlichen Wesen noch einmal genauer an, und tatsächlich erweist es sich als ein Mann auf einem Pferd.

»Maximilian«, meint Parminter sanft, während ich den Mann unter uns anstarre, »dein Papa *lebt*. Das hätte ich dir schon gestern Abend erzählt, aber du wolltest es nicht hören. Er wohnt seit ein paar Monaten bei meiner Oma.«

Jetzt wirken Tomas und Kaitlin ebenso überrascht wie ich.

»Er ist aus der Nachtschabenkirche entkommen«, erklärt Parminter. »Er hat die Nachtschaben mit seiner Flöte hypnotisiert und ist an den Verzierungen des Turms hinuntergeklettert. Mitten in der Nacht stand er vor unserer Tür und hat uns um Hilfe gebeten. Ma hat ihn direkt zu Oma gebracht.«

Auf einmal ruft Papa: »Maximilian? Bist du das?«

Er erkennt mich. Selbst aus dieser Entfernung *erkennt er mich*. Ich rufe zurück: »Ja! Ja, ich bin es, Maximilian Flügelschlag. Guten Tag!«

K

Wir sind zu schnell. Der Wind weht den fischähnlichen Schatten des Silberschiffs in rasendem Tempo über die hügeligen Wiesen. Paps und Parminters Oma preschen uns hinterher, aber sie fallen immer weiter zurück.

Tomas zieht mich vom Fenster weg. »Katie, Max und Parminter können nur zwei von uns hier wegfliegen«, flüstert er. »Sobald sie einmal auf dem Boden sind, holen sie uns nie mehr ein. Wie sollen wir auswählen, wen sie mitnehmen?«

Ich schüttele den Kopf. Ich habe keine Ahnung, wirklich nicht. Ich weiß nur, dass wir das Meer umso früher erreichen, je schneller wir fliegen. Und dann gibt es keine Rettung mehr.

J

Maximilian und ich beobachten Paps. Er hat Pfeil und Bogen, und ich glaube, er will ein Loch ins Silberschiff schießen, damit die Luft rausströmt und wir sicher auf der Wiese landen. Hier oben sind wir nämlich *nicht* sicher.

Der Pfeil saust in die Höhe, kommt näher, aber wir entwischen, und er fällt wieder runter. Paps schickt noch einen zweiten Pfeil hinterher, aber der erreicht uns erst recht nicht. Wir sind viel zu schnell.

Aber ich habe eine Idee. »Maximilian, du hast doch einen Dolch! Damit kannst du den Ballon kaputt machen. Das klappt bestimmt besser als mit einem Pfeil, weil du ein richtig großes Loch schneiden kannst. Und dann zischt ganz viel Luft raus.«

Maximilian lächelt mir zu, und sein Knickfühler wackelt. »Ja, das stimmt.«

M

Parminter und ich balancieren über den wackeligen Stoff und klammern uns je an eine der beiden Holzstreben, die den Sack mit den Kindern am Schiff befestigen. In der Ferne sehe ich einen glitzernden Streifen Dunkelblau. Das, erklärt Parminter mir, ist das Meer – und es kommt mit jeder Sekunde näher.

Über uns befindet sich der dicke Silberbauch des Schiffes. Er ist nicht weit weg, doch wenn wir die Streben loslassen und fliegen, reißt die Luft, die singend an uns vorbeirauscht, uns sofort mit. Parminter nennt sie Wind. Offen gestanden finde ich diesen Wind nicht sonderlich angenehm.

Rutschend und schlitternd schieben wir uns im Schneckentempo die Streben hinauf, unterstützt von unseren Flügeln, und ich staune wieder einmal darüber, dass ich noch vor zwei Tagen ein tristes kleines Leben in der tristen kleinen Welt unter der Sphäre geführt habe. Und nun bin ich draußen, unter dem Bauch eines fliegenden Fisches, der Wind heult mir in den Hörorganen wie ein Dämon, und ich würde es gegen nichts eintauschen wollen. Ich ziehe meinen Dolch aus der Scheide unter den Hautflügeln. »Bereit?«, rufe ich Parminter zu.

»Bereit!«, ruft sie zurück und klappt Kaitlins Messer auf. Zusammen rammen wir die Klingen in die feste Haut des Silberschiffs.

Nichts geschieht.

»Darunter ist noch eine zweite Schicht«, schreit Parminter. »Mein Messer ist zu kurz, ich komme nicht dran.«

Damit liegt es an mir. Ich schiebe das Stilett weiter vor und spüre, wie die zweite Haut zurückweicht, um nicht verletzt zu werden. Ich denke an meine Schwester, meine Brüder und all die anderen jungen Flügellosen mit Angst in den Augen, an das große Meer vor uns, das nur darauf wartet, sie zu verschlucken. Es muss mir einfach gelingen. Also presse ich die Knie fest um die Strebe, schlage mit den Flügeln, um das Gleichgewicht zu halten, und treibe den Dolch mit allen drei Händen tiefer und tiefer ein, bis auch die zweite Haut endlich nachgibt.

»Mach den Schnitt groß genug«, ruft Parminter.

Mit aller Kraft säbele ich durch den steifen Silberstoff, bewege die Klinge im Zickzack, weite die Öffnung. Mein Dolch ist scharf, ich drücke und drehe, so fest ich kann, und trotzdem tut sich nichts. Wo ist das Gas?

Ich fürchte schon, dass sich unter der zweiten Schicht noch eine dritte befindet, als plötzlich etwas zerreißt und das Gas herausschießt – viel zu viel, viel zu schnell. Ein seltsam riechender Schwall trifft meine Brust und wirft mich mit solcher Kraft zurück, dass mir das Stilett aus der Hand fliegt und ich den Halt verliere. Wie ein Stein falle ich rückwärts in die Tiefe. Ich will die Flügel ausbreiten, doch der Luftwiderstand ist zu stark. Ich will mich umdrehen, doch das kann ich nicht ohne meine Flügel. So stürze ich mit rudernden Gliedmaßen auf den Boden zu. Parminter hat mir während unserer Flugstunden erklärt, dass so etwas passieren kann. Es ist nicht gut. Es ist sogar verheerend.

Hilflos starre ich hinauf in das irrwitzige Blau über mir und sehe Parminter, die im Sturzflug auf mich zujagt. Einen Moment später gleitet sie unter mich und rollt mich herum, sodass meine Flügel ausklappen und auch ich sicher segele. Sofort steige ich wieder auf, will zurück zum Schiff, doch es ist schon zu weit weg. Der lästige Wind bläst es pfeilschnell über den Himmel.

Parminter und ich wechseln einen verzweifelten Blick. »Oh, Parminter«, flüsterte ich, »was haben wir getan?«

Unter uns ertönt Hufgetrappel. Ein weißes Pferd galoppiert auf uns zu. Darauf sitzt mein Papa. »Wartet«, ruft er. »Wartet!«

Also landen wir im hohen Gras. Von Nahem sieht das Pferd noch eigentümlicher aus als von Weitem, und ich bin mir nicht sicher, was ich davon halte. Es wirkt wild und wütend und schnaubt laut durch die riesigen Nasenlöcher. Aber es trägt meinen Papa.

Sein zerzaustes Haar ist dunkel und grau meliert, und um die Schulter hat er einen Bogen geschlungen, mitsamt Köcher und Pfeilen. Ich hole tief Luft und gehe auf ihn zu.

Papa lächelt. »Maximilian. Mein Junge.« Schon ist er abgesprungen und drückt mich an sich. Ich lege den Kopf auf seine Schulter, und wir stehen ganz still. Er ist der Mann mit den traurigen Augen, den Büchern und dem Bären. Er ist mein Papa.

Und ich bin sein Junge.

Kapitel 32

NETZI

K

Erschrocken habe ich beobachtet, wie Maximilian in die Tiefe gestürzt ist. Wenn Parminter ihn nicht gerettet hätte, wäre er jetzt tot. Aber so sind sie da unten neben den beiden weißen Pferden, dunkle Punkte im grünen Grasmeer. Ich kann gar nicht in Worte fassen, wie gerne ich bei ihnen wäre.

Das ist der endgültige Abschied. Tomas hat mir und Mattie erzählt, was mit uns passieren wird. Es überrascht mich nicht. Den anderen haben wir es nicht verraten. Stattdessen haben wir noch mehr Fenster in den Stoff geschnitten, damit die Bären und Wölfe abwechselnd nach draußen schauen können. Ich lausche ihrem aufgeregten Geplapper, während die Menschen, die ich liebe und niemals wiedersehen werde, vor meinen Augen kleiner und kleiner werden.

Da kommt Tomas zu mir. Er hat Flip, sein Multitool, in der Hand und klappt die Klinge aus. »Ich bringe zu Ende, was Maximilian angefangen hat.«

»Tomas.« Mattie tritt neben ihn und deutet auf die Handschellen. »Das schaffst du nicht. Nicht mit diesen verdammten Mistdingern.«

»Tomas vielleicht nicht, aber wir schon!« Ich strecke die Hand nach Flip aus.

Parminter und ich fliegen tief und schnell. Voll Staunen beobachte ich, wie unsere Schatten über das wogende Gras rasen – so deutlich sind sie im trüben Licht unter der Sphäre nie zu sehen.

Über der Spitze einer Hügelkette warten wir schwebend auf Papa und Parminters Großmutter. Unter uns erstreckt sich ein breites Tal, durch das sich ein schimmernder Fluss windet, und weit, weit vor uns steuert das Silberschiff auf eine tiefblaue Fläche zu, die den gesamten Horizont bedeckt und in der Sonne funkelt. Das ist, wie Parminter und ich beide wissen, das Meer – wunderschön und doch so tödlich. Darüber wölbt sich der Himmel in einem helleren, blasseren Blau. Doch wo genau die beiden aufeinandertreffen, ist schwer zu erkennen. Etwas Eigenartigeres habe ich noch nie gesehen.

Die zwei weißen Pferde haben den Gipfel erreicht. Wir landen neben ihnen und verfolgen zusammen mit Papa und Parminters Großmutter, wie das Silberschiff sich unerbittlich seinem Ziel nähert.

Papa ist ganz aufgelöst. »Seit ich erfahren habe, dass deine Geschwister zur Crew dieses grässlichen Dings gehören, warte ich darauf, es abzuschießen. Aber ich habe versagt. Schon wieder.«

Ich verstehe ihn gut, denn so fühle ich mich auch oft.

»Niemand hat versagt«, meint Parminter. »Seht doch!«

Und tatsächlich, ich glaube, das Silberschiff ist ein klein bisschen weniger dick als zuvor. Und es bewegt sich seltsam – wie der Fluss darunter macht es Schlenker, als könnte es sich nicht entscheiden, in welche Richtung es will. Hoffnung regt sich in mir. »Es verliert Luft!«

»Aber nicht genug, Max«, erwidert Papa. »Es wird längst über dem Meer sein, bevor es aufsetzt. Also stürzen sie nur noch früher ins Wasser.«

Eine schreckliche Vorstellung. »Nein, tun sie nicht«, sage ich. »Jetzt sind sie viel langsamer, Parminter und ich werden sie einholen.« Ich ergreife ihre Hand, und gemeinsam heben wir ab. Der rauschende Wind raubt uns den Atem, als wir in die Höhe schießen. Wir lassen einander los und sausen am Berghang entlang abwärts.

Und du, mein blinder Passagier, fliegst mit uns. Durchqueren wir zusammen dieses unerhört grüne Tal mit dem glitzernden Fluss. Brausen wir über die verlassene Siedlung, wo verrottete Boote das Flussufer verschmutzen wie alte Fischkadaver. Jagen wir den unentschlossenen Riesenfisch am Himmel, der inzwischen sogar *wabbelt*, ehe er das tiefe, dunkle Meer erreicht. Und dann fangen wir ihn, bitte. Denn inzwischen glaube ich fest, dass wir es schaffen können.

K

Hier oben weht ein stürmischer Wind. Die Streben sind so dick und rutschig, dass wir unmöglich daran hochklettern können, aber das macht gar nichts. Über uns in der Ballonhülle prangt bereits ein beachtliches ausgefranstes Loch und weht uns das Gas um die Ohren. Maximilian und Parminter haben es geschafft! Die komplette Unterseite ist schon ganz zerknautscht.

Zwei imposante weiße Vögel mit großen gelben Füßen und orangefarbenen Schnäbeln segeln an uns vorbei, frei wie … nun ja, frei wie Vögel. Ich klammere mich an eine der Streben und atme tief und gierig ein. Die Luft fühlt sich beinahe an wie flüssiges Licht. Der schmale Streifen Strand rückt immer näher, und die Gischt auf den Wellen, die sich daran brechen, leuchtet weiß. Es ist ein seltsamer und gleichzeitig wunderschöner Anblick. Wie gerne wäre ich jetzt dort unten! Ich möchte den Sand unter den nackten Füßen spüren, das Wasser, das meine Zehen umspült. Ich möchte so lange wie möglich Teil dieser Welt sein. Ich möchte … leben!

Ich bin so in Gedanken versunken, dass ich beinahe den Halt verliere, als eine leise, blecherne Stimme meinen Namen ruft. Ich drehe mich um. Neben mir landen Parminter und Maximilian auf dem Gondeldach.

»Wir nehmen direkt zwei mit«, erklärt Maximilian, »und dann kommen wir wieder, so lange, bis …«

Aber er wird von Tomas unterbrochen, der den Kopf herausstreckt: »He, Parasit. Bleib, wo du bist.« Dann taucht er wieder ab.

J

Tomas ist so gemein. Er hat mir Netzi weggenommen. »Gib sie wieder her, gib sie wieder her!«, schreie ich, aber er steckt sie durch die Luke in der Decke, und jetzt ist Netzi weg, und sie lassen mich nicht hinterherklettern. »Netzi«, rufe ich, »Netziii!«

M

Tomas taucht wieder auf und übergibt mir etwas Rundes und Weiches, wie einen Bären ohne Arme und Beine. »Jonnos neues Kuscheltier«, sagt er mit einem reumütigen Lächeln. »Der Arme, mit denen hatte er in letzter Zeit wenig Glück.«

Verwirrt betrachte ich das Objekt.

»Das ist ein Fischernetz«, erklärt Tomas. »Ziemlich groß. Und robust. Wirf es über den Propeller. Wenn wir Glück haben, hält es uns auf.«

Die Idee ist nicht schlecht. »Danke, Parasit.«

»Selber Parasit.« Tomas reckt beide Daumen nach oben, ehe er mit einem kleinen Aufschrei wieder im Inneren der Gondel verschwindet. »Hey, Jonno, lass das!«, höre ich ihn schimpfen.

Ich falte das Netz auf. Es ist tatsächlich groß und sehr leicht, aber damit zu fliegen ist gefährlich, weil man sich darin verheddern könnte. Parminter und ich halten es mit ausgestreckten Armen vor uns, während wir unter dem wabbelnden Bauch des Schiffes schweben. Wir beobachten den mächtigen Propeller, der sich im Schatten unter der Heckflosse dreht. Die Spitzen seiner Rotorblätter glitzern im Sonnenlicht, und ich fürchte, dass er, wie Parminter sagen würde, unser Netz zum Frühstück verspeist. Doch wir müssen es versuchen. Wir warten, bis das Schiff uns passiert hat, dann schießen wir wie Raubvögel von hinten darauf zu und werfen das Netz.

Es landet auf einem der Blätter, von dem es mit Sicherheit sofort weggeschleudert werden wird. Ich bin so überzeugt davon, dass ich schon in die Tiefe stürze, um es für einen zweiten Versuch zu fassen zu bekommen, aber das ist gar nicht nötig. Das Netz verfängt sich im zweiten Blatt, im dritten, und kurz darauf wickelt es sich um die lange Stange, die in der schlaffen Silberhaut des Schiffes verschwindet. Die Blätter werden immer langsamer, bis sie sich schließlich kaum noch bewegen. Aus dem Schiffsinneren ertönt ein lang gezogenes, leises Knirschen, und der Propeller hält an. Alles ist still. Das Silberschiff schwebt über dem gelben Sandstreifen vor dem blauen Wasser.

Parminter und ich schauen einander verblüfft an. »Wir haben es geschafft«, quiekt sie begeistert. »Wir haben es geschafft!«

Tomas steckt wieder den Kopf aus der Gondel wie ein Kaninchen aus seinem Bau und schwenkt triumphierend die Arme, trotz der schweren Astroschellen. »Guter Wurf, Parasit«, ruft er lachend.

»Gute *Idee*, Parasit«, rufe ich zurück und lache ebenfalls.

K

Anmutig sinkt das Silberschiff in sich zusammen, zerknittert wie eine leere Papiertüte. Ich habe ein großes Loch in die Gondelwand geschnitten, sodass wir leicht hinauskrabbeln und auf Maximilians und Parminters Rücken klettern können, die neben uns herschweben. Wir haben entschieden, dass die Jüngsten zuerst gerettet werden, dann die Zweitjüngsten und so weiter. Was bedeutet, dass Tomas als Letzter an Bord bleibt. Ich finde, wir sollten tauschen, damit er und Mattie das Schiff gemeinsam verlassen können – ich weiß, dass Mattie sich das insgeheim wünscht –, aber Tomas lässt nicht mit sich reden. »Der Älteste zuletzt. Das ist nur fair.«

J

Leon und ich fliegen! Ich sitze auf Maximilian, der großen Schabe mit dem Knickfühler, und Leon auf der kleineren Schabe, die immer alles bestimmen will. Als wir auf dem Strand landen, kommt Paps auf einem großen weißen Pferd auf uns zugaloppiert. Das fühlt sich an wie im Traum, aber es ist echt.

M

Parminter und ich setzen das letzte Paar, Mattie und Kaitlin, sicher auf dem Sand ab, doch als wir wieder aufsteigen, um Tomas zu holen, peitscht eine Windböe durch die Dünen, erfasst das Silberschiff und weht es hinaus aufs Meer. Es trudelt hin und her wie eine leere Papiertüte.

»Nein!«, schreit Mattie. »Nein, bitte nicht! Tomas, Tomas!« Sie rennt los, gefolgt von meiner Schwester, die sie festhält, bevor sie sich in die Wellen stürzen kann, um Tomas hinterherzuschwimmen.

»Wir bringen ihn dir zurück«, sage ich zu Mattie. »Versprochen.«

Gemeinsam schießen Parminter und ich tief übers Wasser, den Geschmack von Salz im Mund, den Duft des Meeres in der Nase. Doch ich kann nur an eins denken: Was, wenn das Silberschiff aufs Wasser trifft, bevor wir es erreichen, und Tomas mit seinen schweren Eisenschellen wie ein Stein in die kalten, dunklen Tiefen sinkt?

Kapitel 33

SONNE, SAND UND STERNE

K

Panisch haben wir zugesehen, wie Maximilian und Parminter dem Silberschiff hinterherjagten, bis sie nur noch zwei kleine schwarze Punkte am Horizont waren. Maximilian hat später erzählt, als sie es erreicht hätten, sei nicht mehr als ein riesiges Stück schwimmender Stoff übrig gewesen. Unsere Gondel war schon untergegangen. Tomas hatte sich an eine der Heckflossen des Ballons geklammert, in der noch Luft war, doch seine Astroschellen zogen ihn unerbittlich in die Tiefe.

Aber sie haben ihn gerettet und zurückgebracht, und das ist alles, was zählt.

Jetzt stehe ich am Strand und schaue hinaus aufs Meer – wie seltsam, das sagen zu können. Ich beobachte die Wellen, die wirklich aussehen wie im Countdown-Film und die Paps »Seegang« nennt, das beständige Auf und Ab, wie der Atem eines gigantischen Monsters. Noch will es mir nicht ganz in den Kopf, dass es so viel Wasser auf einem Fleck geben kann. Übrigens schmeckt es tatsächlich salzig, was mich ziemlich überrascht hat. Inzwischen ist der Strand breiter geworden, weil die See sich zurückzieht, aber Paps sagt, sie wird langsam wiederkommen. Der Sand ist weich und feuchtkühl, und wenn ich stillstehe, versinken meine Füße darin und Wasser steigt zwischen meinen Zehen auf. Es fühlt sich genauso spektakulär an, wie ich es mir vorgestellt habe.

Der große orangerote Sonnenball wandert auf die Linie zu, an der das Dunkelblau des Wassers und das Blassblau des Himmels aufeinandertreffen, und die Farben sind so intensiv, dass mir fast schwindelig wird. In der Ferne sehe ich noch das Funkeln einer silbernen Hülle, die flach auf dem Meer dümpelt. Bei ihrem Anblick schaudert es mich. Tomas steht tropfend neben mir, zusammen mit Mattie, und auch sie blicken schweigend hinaus zu den schwimmenden Überresten. Da richtet sich plötzlich das Heck auf, und mit einem letzten Aufblitzen verschwindet das Silberschiff für immer.

Stillschweigend lege ich das Versprechen ab, alles daranzusetzen, dass es kein neues geben wird. Nie wieder.

Ich lasse Tomas und Mattie allein, damit sie den Sonnenuntergang genießen können, und folge dem leckeren Essensgeruch. Auf einmal möchte ich unter Leuten sein, sicher an einem Feuer, weit weg von der großen Leere des Meeres. Ich erklimme die Dünen und steuere auf die verfallenen Hütten am Ufer des breiten Flusses zu, wo Paps und Parminters Oma unser Lager aufgeschlagen haben. Als ich die Wiese erreiche, auf der sich die anderen im Dämmerlicht um das Lagerfeuer drängen, löst sich eine kleine Gestalt aus der Gruppe und rennt auf mich zu. »Katie! Katie!«

Es ist Jonno, und er klingt fröhlich. Nicht traurig, nicht wütend, nicht ängstlich. Einfach fröhlich.

J

»Ich habe drei Fische fürs Abendessen gefangen«, erzähle ich Katie. »Und wir Bären schlafen am Fluss, genau wie wir es geplant hatten.

Komm mit, du musst es dir anschauen!« Ich zerre sie am Ärmel. Sie soll schneller gehen. Ich bin so glücklich.

Aber dann fällt mir Netzi wieder ein.

K

»Katieee …« Jonno runzelt die Stirn. »Tomas will mir Netzi nicht zurückgeben. Aber er sagt nicht, warum. Das ist ungerecht.«

Tja, da hat sich unser großer Bruder wohl mal wieder gedrückt. Aber das kann ich ihm ausnahmsweise verzeihen.

»Netzi hatte eine wichtige Aufgabe zu erledigen«, erkläre ich Jonno. »Sie hat uns allen das Leben gerettet.«

Jonno reißt die Augen auf. »Wirklich?«

»Ja, wirklich. Sie war sehr tapfer. Aber … Es tut mir leid, sie musste fort, und sie kommt nicht wieder.«

Jonno kullern ein paar Tränchen über die Wange. Er hat in den letzten Tagen einiges durchgemacht. Zu viel für einen Sechsjährigen. Ich nehme ihn auf den Arm, und er schmiegt den Kopf in meine Halsbeuge. Während wir auf den flackernden Feuerschein zulaufen, murmelt er schlaftrunken: »Ich hab dir doch gesagt, dass ich Fische zum Abendessen fange und wir ein Lagerfeuer am Fluss machen.«

»Ja, das hast du.«

»Ich hab genau gemerkt, dass du mir nicht glaubst, aber ich habe es *gewusst*. Hier drin.« Und mit der winzigen Faust klopft er sich aufs Herz.

Vielleicht habe ich den kleinen Kerl unterschätzt.

M

Die Nacht ist hereingebrochen, und wir sitzen um ein Feuer am Flussufer. Gebannt beobachten wir die tanzenden Flammen, die nicht hinter Glas gefangen sind, und ich staune über die Hitze, die sie ausstrahlen. Wie seltsam es sich anfühlt, im Dunkeln draußen zu sein, ohne sich vor den Nachtschaben zu fürchten, frei unter dem gewaltigen Himmel. Jedes Mal, wenn ich nach oben schaue, kommt es mir vor, als würde ich in eine tiefe Schlucht stürzen. Es ist höchst sonderbar, aber Parminter meint, ich würde mich daran gewöhnen.

Im Hintergrund höre ich das rhythmische Kratzen einer Säge. Papa hat ein paar rostige Werkzeuge in einer verfallenen Bootswerft gefunden. Zuerst hat er Parminters Handschelle entfernt, jetzt bearbeitet er Tomas' Astroschellen. Es ist ein gutes Geräusch.

Parminters Großmutter hat auf ihrem Pferd Kochutensilien, Decken und Kartoffeln herbeigeholt und ein Fischgulasch gekocht, das wir alle direkt aus dem Topf essen. Ich war noch nie von so vielen jungen Flügellosen umgeben, und ich muss gestehen, ich finde es recht ermüdend. Sie sind laut, temperamentvoll und sagen schrecklich alberne Dinge. Doch sie sind auch liebenswert, auf ihre eigene weiche Art, und sie singen sehr schön. Gerade haben sie ihr *Gutenachtlied* angestimmt, wie Jonno mir verrät. Es ist ruhig und langsam, und Papa begleitet es auf der Flöte. Während ich lausche, überfällt mich ein eigenartiges, neues Gefühl: Glück und Traurigkeit zusammen. Es ist nicht unangenehm. Als das Lied zu Ende ist, sind die Kleinsten, darunter auch Jonno, bereits eingeschlafen.

»Lasst sie am Feuer liegen, die armen Würmchen«, sagt Parminters Großmutter. »Ich passe auf sie auf.« Sanft deckt sie sie zu und wendet sich dann noch einmal an mich. »Maximilian, mein Lieber, warum gehst du dir nicht mit Parmilein den Mond über dem Meer anschauen?«

Also wandern Parminter und ich durch die Dünen, auf das Rauschen der Wellen zu. Ganz oben halten wir an. Ich schnappe nach Luft – über den sanften Hügeln im Osten geht noch eine Sonne auf! Das muss der Mond sein, doch er ist beinah genauso hell und groß und rund wie die Sonne und hat keinerlei Ähnlichkeit mit dem matten Schimmer, den wir früher Mond genannt haben. Das Meer darunter ist riesig, dunkel und tief, und auf der gekräuselten Oberfläche tanzen Hunderttausende Miniaturmonde.

Parminter schiebt ihre Hand in meine. »Die Sterne«, flüstert sie. »Siehst du die Sterne?«

Ich reiße den Blick von der Helligkeit des Mondes los, und da sind sie, hauchfein und silbrig, als hätte jemand eine Handvoll glitzerndes Brausepulver über den Himmel gepustet. Es sind so viele, dass ich es kaum glauben kann. Und doch tue ich es. Ich glaube an die Sterne.

Wir setzen uns in den weichen Sand am Fuß der Dünen und starren hinauf in die silberstaubbestreute Dunkelheit. Als ich darüber nachdenke, dass auch wir zu den Sternen und dem Himmel und der sich drehenden Erde unter uns gehören, wird mir schwindelig vor Glück.

»Wie klein wir sind«, flüstert Parminter. »Wie Sandkörner.«

»Zwei Sandkörner«, sage ich. »Zusammen.«

Kapitel 34

TEEKANNE

M

Ach, mein blinder Passagier, da bist du ja wieder! Dich habe ich zuletzt vor zwei Nächten in unserem Lager gespürt, doch jetzt wartest du in Parminters Haus auf uns. Du kennst mich einfach zu gut – du wusstest natürlich, dass ich mit Parminter zurückkehren würde, um nach ihrer Mutter zu suchen. Es ist schön, dass du hier bist, aber bitte entschuldige mich noch einen Moment, damit ich Papa, Tomas und Kaitlin helfen kann, den Schuft Cassius Schnak festzubinden. Der saß schadenfreudig inmitten der Zerstörung, während der arme Andronicus gefesselt in der Ecke lag. Doch nun trägt Cassius Andronicus' Fesseln. Und die Schadenfreude ist ihm vergangen.

Lass mich dir berichten, was in der Zwischenzeit geschehen ist. Wir verbrachten noch einen Tag am Fluss, um wieder zu Kräften zu kommen, und machten uns dann gleich am nächsten Morgen auf den Weg. Mattie blieb bei Parminters Großmutter und den anderen. Papa, Tomas und Kaitlin ritten die Pferde zurück zu ihrer Koppel neben dem Häuschen von Parminters Großmutter jenseits der Hügel, ehe wir zusammen durch den Hohlweg und den Geheimtunnel zu Parminters Container wanderten.

Andronicus hatte aus dem Container heraus und zurück zu Parminters Haus gefunden, wo jedoch unglücklicherweise Cassius Schnak umherschwirrte. Der nahm Andronicus gefangen, und das war keine schöne Erfahrung für meinen armen Freund. Er ist ein bisschen durcheinander, darum bemerkt er auch erst jetzt, da sich Cassius mit Seil umwickelt auf dem Boden windet wie eine riesige und sehr erboste Raupe, dass Tomas bei uns ist. »Du meine Güte«, sagt er zu mir. »Du hast den Parasiten mitgebracht.«

»Er ist ein guter Parasit«, versichere ich ihm. »Sogar ein sehr guter.«

Tomas lacht und legt einen Arm um mich. »Der hier gibt auch keinen schlechten Parasiten ab.«

Das verschlägt Andronicus die Sprache.

»Cassius allerdings hat sich als besonders garstige Art von Parasit erwiesen«, füge ich hinzu.

Cassius will mich anfauchen, kann aber nicht tief genug Luft holen. Seine Fesseln sitzen zu stramm.

»Da hast du allerdings recht«, pflichtet Andronicus mir bei. »Wir müssen uns überlegen, was mit ihm geschehen soll.«

»Ich für meinen Teil *habe* schon überlegt«, meint Parminter wütend, stapft auf Cassius zu und funkelt ihn an. »Wo ist meine Mutter? Was hast du mit ihr gemacht?«

»Das *vergesse* ich ständig«, antwortet er grinsend. »Genau wie alle anderen bald auch.«

Wir wissen nur zu gut, was das bedeutet. Parminter wendet sich von Cassius ab, und in ihren Augen glitzern Tränen.

Ich sage: »Parminter, selbst wenn es stimmt, ist deine Mutter erst seit drei Tagen in den Zellen des Vergessens.«

»Erst?«

»Es geht ihr bestimmt gut. Wir holen sie da raus, versprochen.«

Cassius kichert. »Na, dann viel Glück. Ihr werdet es brauchen.«

Leider hat er recht. Die Zellen des Vergessens sind ein riesiges Gefängnislabyrinth, das fünf Kellerstockwerke des Wachturms einnimmt. Es ist abgeriegelt und streng bewacht. Auch wenn wir es irgendwie schaffen, unbemerkt hineinzugelangen, bräuchten wir tonnenweise Glück, um Parminters Mutter zu finden. Gefangene werden in eine zufällige Zelle gesteckt, ohne jede Aufzeichnung darüber, und der Schlüssel wird einfach weggeworfen. Ich spüre Parminters verzweifelten Blick, doch ich kann ihr nicht in die Augen sehen. Stattdessen konzentriere ich mich auf die Adler-Teekanne, die unversehrt auf dem Küchentisch steht, starre sie an und denke, wie ungerecht es doch ist, dass ein so garstiges, zerbrechliches Ding überlebt und Parminters Mutter nicht.

Kaum hat Papa die Teekanne entdeckt, greift er danach und hält sie auf Armeslänge von sich, als könnte der spitze Schnabel ihn beißen. »Wie ist denn dieses Biest hierhergekommen?«

Ich schäme mich dafür, es auszusprechen. »Ich habe es mitgebracht. Ich … ich dachte, wenn ich es Mama zurückgäbe, würde sie mir verzeihen.«

»Was verzeihen, Maximilian?«, fragt Papa. »Dass du ihr Sohn bist?«

»Vielleicht. Und dass ihre teure Porzellansammlung in tausend Stücke geschlagen wurde.«

Papas Augen funkeln belustigt. »Wirklich? Die ganze Sammlung? Das hat ihr bestimmt nicht gefallen.«

»Ganz und gar nicht.« Wie seltsam es ist, so über Mama zu reden. Und wie befreiend. »Die Teekanne war eine törichte Idee«, sage ich. »Selbst wenn ich wüsste, wo ich Mama finde, würde sie mir sicher nicht verzeihen.«

Meine Schwester Kaitlin sieht mich sonderbar an. »Aber Maximilian, du weißt doch, wo deine Mutter, ich meine, deine Mama ist.«

Ich zucke mit den Schultern. »Woher denn? Sie hat es mir nie erzählt. Sie will nicht von mir gefunden werden.«

Kaitlin wirkt fassungslos. »Spätestens als sie mit mir bei dir zu Hause war, muss es dir doch klar geworden sein.«

»Was muss mir klar geworden sein?«, frage ich. Nun mustert mich auch Papa mit demselben Ausdruck wie sie. Und Tomas. Und Parminter. Herrje. Ich glaube, ich war wieder einmal ein Narr. Ich seufze. Warum nur geschieht das immer, sobald es um Mama geht?

Papa läuft langsam auf und ab, stakst über das Chaos auf dem Boden wie ein Reiher auf der Suche nach Fisch. Niemand sagt etwas.

Schließlich bricht Tomas das Schweigen. »Keine Geheimnisse mehr, Paps«, sagt er, und Papa schaut betroffen drein.

Er kommt zu mir und nimmt zwei meiner Hände in seine. »Maximilian, dass deine Mama dich verlassen hat, lag nicht daran, dass du irgendetwas gesagt oder getan hast. Sondern daran, dass sie« – er atmet tief ein – »zur Wächterin ernannt wurde. Der Obersten Wächterin. Im Wachturm.«

Ich schnappe nach Luft. Hinter mir höre ich auch Andronicus keuchen und fühle mich ein bisschen besser. Wenigstens hatte mein Freund auch keinen Schimmer. Wir waren beide Narren.

»Deshalb wurden deine Geschwister als Silberlinge eingezogen«, erklärt Papa. »Deshalb wurde deine wunderbare Stiefmutter, meine Joanna, die dich geliebt hat wie ihren eigenen Sohn, in diesen barbarischen Astro gesteckt. Und deshalb wurde ich zur Nachtschabenkirche gebracht. Denn als Oberste Wächterin bekam deine Mama endlich die Macht, zu beenden, was sie vor all diesen Jahren begonnen hatte. Die Macht, uns zu vernichten.«

Meine Beine zittern, und ich lasse mich auf den nächsten Hocker fallen. Nun begreife ich etwas. »Es war *deine* Flöte, die ich in der Nachtschabenkirche gehört habe, nicht wahr? Ich bin jeden Abend hingeflogen, um zu lauschen. Weil die Musik so schön war, dachte ich. Aber in Wahrheit lag es daran, dass *du* gespielt hast. Mein Papa.«

Papa lächelt mich an. »Ach, Max, ich wünschte, ich hätte gewusst, dass du zuhörst. Dann hätte ich dein Lieblingslied gespielt.«

Ich kenne mein Lieblingslied nicht, darum erwidere ich nichts. Vielleicht schweige ich aber auch, weil mir das Sprechen zu schwer fällt. Ich bin mir nicht sicher. Wie konnte Mama nur etwas derart Böses tun. Böse. So habe ich noch nie über sie gedacht. Doch es stimmt. Mama ist böse.

Papa stakst wieder. »Max, ich glaube, du hast recht. Du musst deiner Mama die Teekanne zurückgeben.«

Ich antworte höflich: »Es tut mir leid, Papa, aber das möchte ich nicht. Es kümmert mich nicht mehr, was sie von mir hält. Ich will nur Parminters Mutter finden, zum Strand zurückkehren und unter den Sternen leben.«

Doch das lässt Papa nicht gelten. »Wir dürfen nicht nur an uns denken, Maximilian«, sagt er streng. »Es ist unsere Pflicht, *alle* Bewohner dieser Stadt zu befreien, damit auch sie unter den Sternen leben können.«

Ich verstehe nicht, wie das alles mit Mamas Teekanne zusammenhängen soll. Plötzlich hören wir in der Ferne eine Explosion.

Cassius lacht heiser. »Niemand in dieser Stadt wird unter irgendwelchen sogenannten Sternen leben. Während ihr weg wart, haben wir eure Verschwörungsschaltzentrale durchsucht und einen äußerst interessanten Tunnel entdeckt. Der gerade in die Luft gejagt wurde. Euer kleiner Triumph wird nicht lange andauern, das kann ich euch flüstern. Ich freue mich schon auf ein nie da gewesenes Spektakel – einen Massenastrostart, bei dem die ersten Schabenastros getestet werden. Alles ist vorbereitet. Es sind orangefarbene Säcke, falls es euch interessiert. Schlicht und einfach. So wie eure widerlichen Kokons.«

Hat Cassius den Verstand verloren? Er scheint zu vergessen, dass er selbst eine Schabe ist.

»Parminter, können wir diesen Widerling an irgendeinen Ort schaffen, wo er uns nicht weiter belästigt?«, fragt Papa wütend.

»Wir haben eine Jauchegrube.« Parminter geht lächelnd voraus, und Tomas und Papa schleifen Cassius hinter sich her, als würde *er* in einem Schabenastro stecken.

Kaitlin bleibt zurück. Sie kniet sich vor mich und nimmt meine Hände, genau wie Papa. Das muss wohl eine Familientradition sein. Eine leicht unangenehme, offen gestanden, denn ich bin längere Berührungen von weichen Flügellosen nicht gewohnt. Sie sind so feucht und klebrig. Doch ich zeige mein Unbehagen nicht, schließlich ist meine Kaitlin Drew jetzt meine Schwester.

»Maximilian«, sagt sie, »jeder hat das Recht, die Sterne zu sehen, meinst du nicht auch?«

»Ja, natürlich«, antworte ich.

»Dann musst du deiner Mama die Teekanne zurückbringen.«

Aber warum? Was hat diese hässliche Teekanne mit den Sternen zu tun? Allmählich wünschte ich, ich hätte sie nie entdeckt.

K

Ich habe sofort erraten, was Paps vorhat, und ich glaube, dass es unsere einzige Hoffnung ist. Ich spüre, dass Maximilian gerne die Hände wegziehen würde, aber ich lasse nicht los. Das hier ist zu wichtig.

»Warum?«, fragt er leicht ungehalten.

»Weil sie dann einwilligt, dich zu treffen.«

»Aber ich wünsche gar nicht, sie zu treffen.«

Darauf gehe ich nicht ein. »Und während du sie mit der Kanne ablenkst, holen wir uns die DiSk.«

»Das ist doch völlig verrückt.«

»Ja, vielleicht, aber es ist unsere einzige Chance, die Sphäre zu öffnen und alle zu befreien, für immer. Bitte. Du musst uns helfen!«

»Nein. Ich kann nicht.« Und plötzlich sieht er wieder aus wie an dem Tag, als er sich in seinem eigenen Haus im Dunkeln zusammengekauert hat. Total verschreckt. Und *einsam*.

»Du bist nicht mehr allein, Maximilian. Du hast uns, deine Familie, die dich lieb hat. Du brauchst keine Angst mehr vor deiner Mama zu haben. Sie wird Angst vor *dir* haben!«

Er lacht. »Das glaube ich kaum.«

»Oh doch«, beharre ich. »Vor uns allen!« Ich lasse ihn los, und Erleichterung huscht über seine Züge. Vielleicht habe ich ihm zu früh zu viel aufgebürdet. Aber uns läuft die Zeit davon. Jeden Augenblick könnten sie uns finden, und das war's dann. Aus und vorbei. Finito. Nur kapiert Maximilian das anscheinend nicht. Also stehe ich auf. »Maximilian, jetzt ist der Moment, in dem du dich deiner Mutter stellen musst. Und das weißt du auch.«

Er starrt mich aus den großen grauen Augen an, die genauso funkeln wie die von Paps. Ich habe ihn fast überzeugt. Als er gerade den Mund aufklappt, kommt Parminter mit hektisch klappernden Deckflügeln in die Küche gerannt. »Vollstrecker!«, ruft sie atemlos, »sie kommen über das lange Feld. Wir müssen verschwinden, sofort! Nur wohin?«

Und dann sagt Maximilian etwas Wundervolles: »Zum Wachturm. Mit der Teekanne. Wir statten Mama einen Besuch ab.«

Am liebsten würde ich ihm um den Hals fallen, aber ich halte mich zurück. Ich habe ihn schon genug bedrängt. Außerdem sollten wir uns beeilen.

Wir haben eine Teekanne abzuliefern.

Kapitel 35

FAMILIENTREFFEN

T

Wir waten durch die schwüle Luft unter der drückenden Dunstglocke der Sphäre. Nach nur zwei Tagen unter dem großen Blau – wie Jonno den Himmel der Draußenwelt nennt – ist es unerträglich, wieder in dieser muffigen Stadt eingesperrt zu sein. Ich drehe mich zu meinem neuen Schabenbruder um, der uns in diskretem Abstand folgt, weil es illegal ist, in gemischten Gruppen unterwegs zu sein. Vorher habe ich das nie hinterfragt, aber jetzt, wo ich Maximilian allein hinter uns hertrotten sehe, stört es mich ganz gewaltig.

Auch sonst ist der Spaziergang kein Vergnügen. Die Stadtbewohner sind angespannt, weil das Silberschiff nicht zurückgekommen ist und keiner weiß, warum. Immer wieder schauen sie nervös hoch zur Sphäre und zucken beim kleinsten Geräusch zusammen, als könnte jeden Moment das Heulen der Sirenen ertönen und sie müssten Schutz in den Gebäuden suchen. Am Ende einer schmuddeligen Gasse, bekannt als Spitzelsteig, erreichen wir endlich eine verbeulte Tür. Sie sieht aus wie die eines zwielichtigen Nachtclubs. Passenderweise verkündet ein Schild: *Tanz bis zwei Uhr morgens. Kein Zutritt für Schaben.* Aber das ist nur Tarnung. In Wahrheit befindet sich hier der geheime Eingang für Spitzel und Vollstrecker zu den unteren Etagen des Wachturms.

»Da wären wir«, sage ich zu Paps.

Er wirkt überrascht. »Oh, ach so. Na, dann verschwinden wir mal um die Ecke.« Er schenkt Kaitlin und mir ein knappes Lächeln und entfernt sich von uns.

Wir warten, bis auch Maximilian vorbeigelaufen ist – die Teekanne sicher im Arm, in eine Decke gewickelt wie einen Säugling – und sich zu Paps in den Schatten gesellt hat. Ich hebe den Kopf. Unter der schmutzig weißen Sphäre entdecke ich Parminter und Andronicus, die uns von oben im Auge behalten. Alle sind bereit. Kaitlin und ich werfen uns einen nervösen Blick zu. Jetzt liegt es an uns.

Wir stoßen die Tür auf und schreiten forsch durch den schäbigen Flur. Unser erstes Ziel ist die Wäschekammer der Vollstrecker. Der Schlüsselchip ist in meine zerfetzte CarboTex-Rüstung eingenäht. Mit jedem Schritt bringen wir uns mehr in Gefahr. Wieso haben wir das Ganze noch mal für eine gute Idee gehalten? Aber jetzt gibt es kein Zurück mehr. Wir müssen das durchziehen.

K

Geschafft!

Tomas hat ohne Probleme zwei frische CarboTex-Rüstungen aus der automatisierten Wäschekammer geholt, und jetzt sind wir zwei Vollstrecker, die im Gleichschritt marschieren. Das CarboTex fühlt sich super an. Es gibt einem völlige Bewegungsfreiheit und enormes Selbstbewusstsein. Daran könnte ich mich gewöhnen. Ich klappe das Visier herunter und halte mit Tomas Schritt.

Plötzlich ruft jemand: »Hey, Marne!«

Mir rutscht das Herz in die Hose. Tomas wird blass, wirbelt herum und salutiert. Dann ballt er die rechte Hand zur Faust und schlägt sie sich an die Brust. Ich tue es ihm nach und verdecke dabei möglichst unauffällig die Initialen T. M. auf meiner linken Brusttasche.

»Frau Kommandeurin«, grüßt er sie.

Ihr Titel ist an ihrer Uniform abzulesen. Misstrauisch mustert sie Tomas. »Marne, Sie sind es tatsächlich. Aber man hat Sie doch in einen Astro gesteckt!«

Mein neu erworbenes CarboTex-Selbstbewusstsein verpufft. Ich bin kurz davor, schreiend wegzulaufen. Oder ihr eine reinzuhauen. Oder beides. Alles, nur raus aus dieser Situation.

Aber Tomas ist völlig abgebrüht. »Eine Coverstory, Frau Kommandeurin«, lügt er, ohne rot zu werden. »Bitte um Verzeihung. Ich darf noch nichts preisgeben. Entschuldigen Sie mich, ich werde auf höchster Ebene erwartet, Sie verstehen?«

Sie versucht, unbeeindruckt zu wirken, aber es gelingt ihr nicht. »Also schön, Marne, weitermachen!« Sie macht auf den metallverstärkten Absätzen kehrt und klackert von dannen.

Wir sehen zu, dass wir wegkommen, und stolpern wenig später erleichtert auf den Spitzelsteig. »Das war megacool, Tomas! Sie hat es dir so was von abgekauft!«

Mein Bruder wirkt auf einmal ziemlich durch den Wind. »Ja, vorerst. Aber ich weiß, wie meine Kommandeurin tickt. Ziemlich bald wird sie sich bei irgendwem beschweren, dass sie nicht eingeweiht wurde. Und schon sind sie hinter uns her.«

»Na, dann sollten wir keine Zeit verlieren.« Ich marschiere zackig los, um Paps und Maximilian zu suchen. Mein CarboTex-Selbstbewusstsein ist wiederhergestellt.

M

Wir betreten die Höhle des Löwen.

Mag sein, dass ich von meiner Familie umringt bin, der ich mein Leben anvertrauen würde. Mag sein, dass wir einen detaillierten Plan haben, dass wir alle wissen, was zu tun ist, und es sogar ein Codewort gibt – »böse« –, damit wir auch wissen, wann es zu tun ist. Doch als ich die hohen Säulen aus Ebenholz passiere und die weißen Marmorstufen zum Haupteingang des Wachturms hinaufsteige, habe ich trotzdem so viel Angst, als wäre ich wirklich die erste Schabe, die in einem Astro landet.

Papa geht voran, und ich folge ihm, flankiert von Tomas und Kaitlin in ihren glatten Vollstreckerpanzern. Ich fürchte, jeder Schritt könnte mein letzter sein, denn dieser Eingang ist für Schaben verboten. Papa meint, wenn wir selbstsicher genug wirken, werde uns niemand aufhalten, doch als wir das Ende der Treppe erreichen, versperrt uns eine Wächterin den Weg. »Insektendreck hat hier nichts zu suchen«, bellt sie.

»Absolut richtig«, sagt Papa. »Aber das da« – er deutet auf mich, als wäre ich ein *Ding* – »wird unser erster Schabenastro.« Er lächelt stolz, dann beugt er sich vor und senkt vertraulich die Stimme. »Wir testen die Säcke. In ungefähr einer halben Stunde ist es so weit. Dürfte ganz lustig werden.« Er lacht. »Wie eine riesige orangefarbene Wurst. Haha!«

Ich begreife nicht, wie Papa über etwas derart Schreckliches lachen kann, doch er ist so überzeugend, dass die Wächterin einstimmt. »Wir haben schon von den Plänen gehört. Ich würde ja gleich das ganze Pack über die Planke schicken.«

»Mehr Geld für mich, haha«, meint Papa. »Die Schabenastros sind meine Erfindung, und ich bin sehr zufrieden mit dem Ergebnis, wenn ich das so sagen darf.« Er kramt in seinen Taschen, tut, als würde er etwas suchen. »Warten Sie, ich kann Ihnen die Entwürfe zeigen. Es ist unheimlich interessant, wie …«

Wie clever Papa ist! Selbstverständlich will die Wächterin nichts weniger, als dem verrückten Erfinder der Schabenastros zuzuhören.

»Ja, ja, das glaube ich gern«, sagt sie ungeduldig. »Der Aufzug ist da drüben. Kommen Sie nicht zu spät, sonst steckt man Sie am Ende noch selbst in einen Ihrer Säcke. Haha.«

Papas ängstliche Miene wirkt sehr echt. Hastig eilt er an der Wächterin vorbei, und unsere beiden »Vollstrecker« eskortieren uns bis zu zwei schwarzen Marmorsäulen mit einer dunklen Holztür dazwischen. Tomas öffnet sie und die rasselnde, käfigartige Falttür dahinter so lässig, als hätte er sein Leben lang nichts anderes getan. Dann quetschen wir uns in den seltsamen Kasten, der uns schlingernd immer weiter nach oben befördert. Zu Mama. Mir ist übel.

Mit einem *Ping* hält der Kasten schließlich an. Tomas und Kaitlin öffnen das Gitter und die Holztür dahinter, und wir stolpern in ein überraschend helles und farbenfrohes Foyer. Dort steht, als hätte sie uns erwartet, *Mama*.

Ich kann es kaum glauben. Mir wird schwindelig. Sie ist es wirklich, und sie trägt eine schwarze Jacke mit den drei goldenen Streifen der Obersten Wächter. Also stimmt es. Mama ist die Oberste Wächterin.

Sie schlägt sich die Hände vor den Mund und unterdrückt einen schrillen Aufschrei. »Matthew!«

»Marianne«, erwidert Papa.

Ich frage mich, wer das sein soll, dann begreife ich – es ist Mama! Dass sie auch einen Namen hat, ist sehr verstörend.

Offenbar findet Mama das ebenfalls. Vor Schreck wird ihre Haut ganz grau. »Aber … *wie*?«, flüstert sie.

Papa lacht. »Wer hätte gedacht, dass Nachtschaben beim Klang einer Flöte einschlafen? Erstaunlich musikbegeisterte Wesen …«

Mama sammelt sich. »Tja, Matthew, diesen dämlichen Schaben bist du vielleicht entkommen, aber *mir* nicht.« Sie schnippt mit den Fingern, und die beiden Leibwächter, die mit verschränkten Armen vor einer hohen Flügeltür stehen, erwachen zum Leben. »Holt die Astrotechniker. Los!«, bellt sie. Die Leibwächter stürzen zum Aufzug, zerren die Türen zu und schweben scheppernd nach unten. Mama funkelt Tomas und Kaitlin an und gestikuliert in Papas und meine Richtung. »Vollstrecker, warum weiß ich hiervon nichts?«

Tomas' verzerrte Stimme erschreckt mich. »Bitte entschuldigen Sie vielmals, Oberste Wächterin. Es hieß, Sie wären informiert.«

»Das war ich nicht«, faucht sie. »Wie schade. Ich hätte mich gerne ein paar Stunden auf dieses … Ereignis gefreut.« Ein schmales Lächeln huscht über ihre Lippen, und ihr Kopf schnellt zu mir herum wie der einer Schlange. »Sieh mal einer an. Matthew und Maximilian wiedervereint. Wie süß. Ganz wie in alten Zeiten. Die drei Ms – erinnert ihr euch? Ein richtiges Familientreffen.«

Ihre Worte dröhnen mir in den Hörorganen. Denn es ist wirklich ein Familientreffen. Ich war schon so lange nicht mehr mit meinen beiden Eltern zusammen, dass ich mich gar nicht daran erinnern kann. Aber genau wie damals will Mama mich umbringen.

K

Das ist der Moment, in dem Maximilian der Obersten Wächterin von der Teekanne erzählen sollte. Nur tut er es nicht. Ich spüre seinen Arm durch die Uniform zittern. Aus dem Augenwinkel werfe ich ihm einen Blick zu. Er ist vor Angst wie versteinert, genau wie auf dem Treppenabsatz in seinem Haus. Das ist gar nicht gut. Die Stille zieht sich.

Schließlich springt Paps in die Bresche. »Marianne, Maximilian würde dir gerne etwas geben.«

Es ist so komisch, dass er die Oberste Wächterin bei einem ganz normalen Namen nennt. Und noch komischer, dass er mal mit ihr verheiratet war, dass sie und Max seine Familie waren. Bevor Tomas, Jonno und ich geboren wurden.

Die Oberste Wächterin lacht ihr hohes, sprödes Lachen. »Tja, aber ich möchte nichts von ihm haben, vielen Dank auch. Er hat mir immer nur Unannehmlichkeiten beschert. Und davon habe ich langsam genug.« An Tomas und mich gewandt, bellt sie: »Vollstrecker! Bringt sie in den Astroraum.« Dann macht sie kehrt und stolziert auf die Flügeltür zu.

Bestürzt schauen wir alle Maximilian an.

»Maximilian«, sagt Paps lautlos. »Jetzt!«

M

Ich muss es tun. Ich muss sprechen. »Mama!«, rufe ich verzweifelt. »So warte doch, Mama!« Mama hält abrupt an, als hätte sie jemand an einer Leine zurückgezogen. »Ich habe deine Teekanne, Mama«, sage ich rasch. »Deinen goldenen Adler. Deinen teuren Lieblingsvogel.«

Langsam wendet sie sich um. Ich wickle die Kanne aus ihrem Kokon und sehe, wie Mamas Augen sich weiten. »Oh …«, haucht sie.

Ich strecke ihr die Teekanne hin wie ein Geschenk. »Ich habe sie gerettet, Mama. Nur für dich.«

Mama will danach greifen, doch Papa stellt sich ihr in den Weg. »Zuerst würde ich mich gerne mit dir unterhalten, Marianne«, sagt er. »Aber ungestört.«

Mama kann den Blick nicht von ihrem scharfäugigen Adler abwenden. »Und warum sollte ich mich darauf einlassen, Matthew?«

»Weil Maximilian dir erst dann deine Teekanne gibt«, erwidert Papa.

Mama lacht. »Meine Vollstrecker könnten sie ihm auch – *zack!* – einfach abnehmen.« Sie schnippt mit den dünnen, harten Fingern vor Papas Nase.

»Das stimmt wohl«, meint der ganz ruhig. »Aber sie ist so filigran, Marianne, so schrecklich … *zerbrechlich*.«

Mama wägt ihre Optionen ab. Zu unserer großen Erleichterung sagt sie schließlich: »Na schön. Aber schnell. Wir gehen in mein Büro. Und nicht stolpern, Maximilian. Du weißt ja, wie tollpatschig du bist.« Sie legt die Hand auf den Scanner, die Doppeltür schwingt auf, und wir huschen hinterher wie das lästige Ungeziefer, für das sie uns hält.

T

Da stehe ich nun im Büro der Obersten Wächterin, als Vollstrecker mit einem Gefangenen, der zufällig mein Vater ist. Wie ist das passiert? Vor drei Tagen war ich noch auf der anderen Seite dieses Spiegels mit dem protzigen Rahmen und wurde in den Astroanzug gesteckt.

Ich schiele hinüber zu Kaitlin. Hoch konzentriert hält sie Maximilians linken oberen Arm im bewährten Zweihand-Schabengriff. Er ist mindestens zwei Köpfe größer als sie, aber meine Schwester hat ihn völlig unter Kontrolle. Sie ist ein Naturtalent. Als echte Vollstreckerin wäre sie innerhalb weniger Monate Kommandeurin, so viel ist sicher.

Dieser Einwegspiegel macht mich fertig. Verstohlen riskiere ich einen Blick. Noch ist keinerlei Betriebsamkeit dahinter zu erkennen. Tja, *noch*. Ob die Astrotechniker, nach denen die Wächterin geschickt hat, wohl schon auf dem Weg sind? Oder sind sie längst da und bereiten alles für Paps und Maximilian vor? Nicht zu vergessen für Kaitlin und mich, falls das hier schiefgeht.

Was wir hier machen, ist völliger Wahnsinn!

Ich werde nicht noch einmal durch die Scheibe schauen. *Ich werde nicht in Panik geraten.*

K

Die Oberste Wächterin verschanzt sich hinter ihrem Riesenschreibtisch und beobachtet uns wie eine Spinne ein paar einfältige Fliegen, die soeben in ihr Netz schwirren. »Stell die Kanne auf den Tisch«, fordert sie Maximilian auf.

Das ist sein großer Moment, aber zu unser aller Überraschung funkt Paps dazwischen. »Noch nicht, Maximilian. Vorher muss ich noch etwas loswerden.« Er macht einen Schritt auf den Schreibtisch zu, aber Tomas, ganz in seiner Rolle, reißt ihn zurück.

»Vollstrecker, erlauben Sie dem Gefangenen, sich zu nähern«, befiehlt die Wächterin kühl.

Paps tritt vor, und die Wächterin betrachtet ihn mit halb geschlossenen Augen. Betont locker stützt er die Hände auf die Platte und beugt sich vor. Sie reagiert nicht. Sie starrt ihn einfach weiter an, und ich erhasche einen flüchtigen Eindruck, wie es einmal zwischen ihnen gewesen sein muss, kann sie mir als glückliches junges Paar vorstellen, mit einem Neugeborenen namens Maximilian.

Dann ist der Augenblick vorüber, und Paps sagt mit mühsam unterdrückter Wut: »Ich wüsste wirklich gerne, wie du nachts schlafen kannst, Marianne.«

»Wie bitte?« Sie wirkt geschockt, aber nicht einmal halb so sehr wie wir. Das sieht unser Plan nicht vor.

Paps kennt jetzt kein Halten mehr. »Du verwandelst eine ganze Stadt in ein Gefängnis und versetzt alle in Angst und Schrecken. Du ermordest Unschuldige und schickst Kinder in den Tod. Hält dich das nachts nicht wach? Nie?«

Die Oberste Wächterin lehnt sich zurück und mustert ihn mit der Andeutung eines Lächelns. »Was für ein Unsinn, Matthew. Wir sperren die Menschen nicht ein. Wir *beschützen* sie. Vor der tödlichen Seuche. Und niemand wird *ermordet*. Wir haben ein faires Rechtssystem, das vernünftigerweise keine Verräter toleriert. Was die Kinder angeht, die werden nicht in den Tod geschickt. Das ist völliger Humbug. Die Silberlinge sind höchst privilegierte junge Leute, und wir arbeiten hart daran, ihnen ein neues Leben zu ermöglichen.«

»Lügen, Marianne, nichts als Lügen.«

Mensch, Paps, denke ich, hör auf, dich mit deiner Ex zu kabbeln. So kenne ich ihn gar nicht. Er benimmt sich wie ein Hund, der einen Knochen nicht loslassen will.

Doch der Obersten Wächterin scheint das Wortgefecht ebenfalls Spaß zu machen. Haben sie wohl immer so gezankt? Sie verschränkt die Arme, und das Lächeln um ihre Mundwinkel wird breiter. »Beweise es«, fordert sie Paps auf.

Ich habe echt Schiss, dass jeden Moment die Astrotechniker

aufkreuzen, und das war's dann für uns alle, aber Paps lässt nicht locker. »Schön«, sagt er. »Die letzten paar Monate habe ich in der Draußenwelt gelebt. Und rate mal, wer eines frühen Morgens in den Hügeln herumspaziert ist?«

Die Wächterin hat gar keine Chance zu antworten, denn das erledigt er für sie. »Du, Marianne. Du.«

Da wird es ihr zu bunt. »Vollstrecker«, ruft sie, »festnehmen!«

Sofort sind Tomas und ich an Paps' Seite. Wir zerren ihn weg vom Schreibtisch und drehen ihm die Arme auf den Rücken. Er schnappt nach Luft. Ich fühle mich furchtbar, aber er hat uns eingebläut, uns authentisch zu verhalten.

Man sollte meinen, damit wäre die Sache erledigt, aber die Oberste Wächterin hat anscheinend genauso gern wie Paps das letzte Wort. Sie steht auf, geht um den Tisch herum und baut sich trotz ihrer geringen Größe vor ihm auf, um ihm ins Gesicht zu lachen. »Du machst mir nichts vor, Matthew. Du bist doch nur wütend, weil zwei deiner Blagen auf dem Silberschiff waren. Das heißt, es ist keins mehr übrig, oder? Nur noch die Schabe.«

Paps windet sich in unserem Griff, aber wir halten ihn zurück. Die Wächterin lächelt, wie wohl eine Schlange lächeln würde, wenn sie es könnte. »Oje, hast du etwa noch gar nicht von deinem Ältesten gehört? Der Astro vor drei Tagen? Hat geflennt wie ein Baby, als wir ihn hineingesteckt haben.«

Ich spüre, dass Tomas kurz vorm Explodieren ist. Bleib ruhig, beschwöre ich ihn stumm.

Paps hat sich mittlerweile wieder gefangen. Vielleicht hat er sich jetzt alles von der Seele geredet. »Ich weiß sehr gut, was mit Tomas passiert ist«, sagt er beherrscht. »Du bist eine Mörderin, Marianne. Mit unserem kleinen, wehrlosen Sohn hast du angefangen, und ich habe immer geahnt, dass du jede sich bietende Gelegenheit nutzen würdest, um meine übrigen drei Kinder zu erledigen.«

Die Oberste Wächterin schnaubt entrüstet. »Ich bitte dich, was hast du erwartet? Nachdem du mit dem Kindermädchen durchgebrannt bist und mich zum Gespött gemacht hast? Ganz zu schweigen davon, dass du mir einen Schabensohn angehängt hast.«

Der arme Maximilian. Verstört umklammert er die grässliche Teekanne und beobachtet den Schlagabtausch zwischen seinen Eltern. Wie seltsam, dass sie beide hier bei ihm sind und er doch so verwaist wirkt.

»Maximilian ist ein wunderbarer junger Mann, Marianne«, sagt Paps. »Du solltest stolz auf ihn sein. Außerdem warst *du* es, die ihm das Schabengen vererbt hat, nicht ich. Vielleicht weißt du es nicht, aber du hattest früher mal zwei Schwestern, Zwillinge, die sich verpuppt haben. Was glaubst du wohl, was sich unter den beiden Apfelbäumen in deinem Garten befindet?«

Das gefällt der Obersten Wächterin überhaupt nicht. »Maximilian«, blafft sie, »gib mir die Teekanne. Auf der Stelle!«

Paps seufzt. »Ja, mein Junge, lass deine Mutter nicht länger warten.«

M

Ich strecke Mama die kleine weiß-goldene Teekanne mit dem Adlerausguss hin, und meine Hände zittern nicht. Umringt von meiner Familie bin ich nicht länger das arme, verängstigte Ding, das sie in mir sieht.

Sie greift nach der Kanne, doch, wie geplant, lasse ich sie nicht los. Mamas spitze Fingernägel kratzen über das Porzellan, als ich die Kanne wieder außer Reichweite ihrer gierigen Finger ziehe.

Dann löse ich meinen Griff. Kurz scheint der Adler in der Luft zu schweben, ehe er auf den Steinboden stürzt und in tausend Stücke zerspringt. Einen Herzschlag lang ist alles still, wie erstarrt.

Es ist vollbracht.

K

»Du minderbemittelte Mistschabe!«, kreischt die Oberste Wächterin.

Kühl antwortet Maximilian: »Ich bin nicht minderbemittelt, Mama, und war es auch nie.« Er hält inne, und dann, endlich, folgt das Codewort: »Aber du, Mama, du bist *böse*.«

Böse.

Aufs Stichwort klappen Tomas und ich unsere Visiere zurück. Verblüfft starrt die Wächterin uns an. Ihr Blick wandert von Tomas zu mir. Dann fällt der Groschen. Ihr Mund öffnet sich, und zum ersten Mal zeigt sie Angst.

Drohend treten wir auf sie zu. Der Plan sieht vor, dass wir sie festhalten, während Paps die DiSk aus ihrem Versteck holt. Wir wissen, wo das ist, weil Mam es ihm erzählt hat. Aber die Oberste Wächterin entwischt uns und wieselt aus dem Raum, bevor wir sie aufhalten können.

»Lasst sie«, winkt Paps ab und eilt hinter den Schreibtisch. Er zieht eine Schublade auf und schaut erschrocken hoch. »Sie ist nicht da!«

Hastig stürzen wir zu ihm, reißen auch alle anderen Schubladen und Fächer auf. Keine DiSk.

»Verflixt, vielleicht trägt sie sie inzwischen immer bei sich!«, murmelt Paps.

Wir erstarren. Das war's dann wohl. So kurz vor dem Ziel zerfällt unser Plan zu Staub. Aber halt – in der Ecke sitzt ein kleiner Teddybär, so sauber, dass er fast nicht wiederzuerkennen ist. Ich schnappe ihn mir. »Tedward!«

Paps meckert: »Katie, verschwende keine Zeit mit solchem Firlefanz, wir müssen die DiSk finden!«

Ich will schon erwidern, dass ich ja wohl nicht die Einzige bin, die hier Zeit mit Firlefanz verschwendet, aber dann überlege ich es mir anders. Denn Tedward hat eindeutig wieder an Gewicht zugelegt und ist stolzer Besitzer eines nagelneuen Reißverschlusses auf der Rückseite. Ich ziehe ihn auf, und zum Vorschein kommt: die DiSk.

In Windeseile stürzen wir aus dem Büro ins Foyer. Es ist menschenleer. Offenbar ist die Oberste Wächterin geflohen. Als wir jedoch die große Tür mit der silbernen *9* öffnen, hören wir, dass der Fahrstuhl zurück nach oben rattert.

M

Wir sind in der Schaltzentrale neun. Sie ist ganz anders als Parminters Container. Hier führt eine Metalltreppe zum Schaltpult hinauf, und durch die dicken Glasfenster erkennt man das Dach des Wachturms. Natürlich gibt es weder einen gemütlichen Schaukelstuhl noch warme Decken oder einladende Lampen.

Das Schaltpult selbst sieht ähnlich aus – ein leuchtender Ring bezifferter Lämpchen für die verschiedenen Stratomasten –, doch es besteht ein kleiner, aber entscheidender Unterschied. In der Mitte des Rings, direkt unter dem Lämpchen für Stratomast Nummer neun, befindet sich eine runde DiSk-Öffnung, die nicht mit grauem Metall verstopft ist. Sie ist von einem Netz aus goldenen Linien durchzogen und funkelt, als würde sie nur auf die DiSk warten.

»Die DiSk will rausspringen, nachdem die Verbindung hergestellt wurde«, sagt Papa zu Kaitlin. »Aber du musst sie festhalten, bis die Sphäre ganz offen ist.«

»Alles klar, Paps!« Kaitlin drückt die DiSk mit der Linienseite nach unten in die Öffnung. Ein befriedigendes *Bssst* ertönt, und die neun Lämpchen fangen an, hell zu blinken. Wir warten atemlos. Plötzlich zuckt ein gleißender Lichtblitz über die Sphäre.

»Die DiSk«, ruft Kaitlin. »Sie wird heiß!«

»Nicht loslassen«, ermahnt Papa sie nervös. »Wir müssen einen Kurzschluss verursachen, um die Sphäre für immer zu zerstören. Halt die DiSk fest, bis der Himmel vollkommen klar ist.«

»Ich weiß, ich weiß«, stößt Kaitlin zwischen den Zähnen hervor.

Tomas ist durch die Luke nach draußen geklettert, und Papa und ich beobachten durch die trüben Fenster, wie die Lichtstrahlen über die Sphäre schießen. Sie bewegen sich schnell, doch sie erlöschen, ehe sie sich berühren.

Kaitlin keucht auf. »Autsch ... *heiß*!«

Papa wirkt besorgt. »Alles in Ordnung, Katie?«

Meine Schwester beißt sich auf die Lippe. »Es tut echt weh, Paps.«

»Ich übernehme«, meint er. »Meine Hände sind alt und verhornt.«

»Lass mich«, sage ich. »Meine Hände sind noch verhornter.«

Er weiß, dass ich recht habe. »Danke, Max. Pass auf, dass sie nicht herausspringt. Sie *muss* unten bleiben, bis die Blitze erlöschen und die Sphäre vollständig verschwunden ist.«

Ich nicke. Es macht mich glücklich, derjenige zu sein, der Trost aus seinem Gefängnis befreit. Ich hole tief Luft und lege meine mittlere Hand über Kaitlins Finger, denn die Haut der unteren Schabengliedmaßen ist härter als die der empfindlicheren oberen.

»Du kannst loslassen«, sage ich. »Ich halte die DiSk fest.«

Kaitlins weiche Hand verschwindet unter meiner gepanzerten, und nun drücke ich auf die DiSk, die zu meiner Erleichterung noch immer in der Vertiefung steckt und die Sphäre öffnet. Doch sie ist wirklich schrecklich heiß. Ich drücke und drücke. Ich werde nicht loslassen. *Erst wenn unsere Stadt frei ist.*

T

Ich stehe draußen auf dem Dach des Wachturms, direkt unter dem Stratomast. Alles kribbelt vor elektrischer Spannung, aber das kümmert mich nicht. Ich will die Wiedergeburt Trosts miterleben.

An der Spitze des Masts ertönt ein Krachen. Ich schirme die Augen gegen die Helligkeit ab. Ein Strahlenkranz breitet sich im Zickzack über die Sphäre aus, um sich mit den Lichtfingern aus den anderen Stratomasten zu vereinigen. Doch kurz bevor sie sich berühren, erstarren sie und ziehen sich wieder zurück.

Ein neuer Strahlenkranz schießt hervor. Diesmal rasen die Lichtblitze so schnell über die Sphäre, dass sie einfach aufeinanderprallen *müssen.*

Mit ohrenbetäubendem Donnern schließen sie sich zu einem blendend hellen Netz zusammen, das die ganze Sphäre überzieht. Vor meinen Augen löst sich die weiße Dunstglocke, unter der wir so lange eingeschlossen waren, auf wie Nebel in der Sonne und enthüllt einen strahlend blauen Himmel. Draußen ist ein herrlicher Tag.

»Ja!« Ich recke meine Faust in die Luft. »Ja! Ja! Ja!«

K

Tomas' Freudenschreie hallen in der Schaltzentrale wider. »Mission erfüllt!«

Blitzschnell reißt Maximilian die Hand weg, schiebt sie sich unter die Achsel und springt vom Schaltpult zurück.

Paps und ich sehen nach der DiSk. Wir wollen ganz sichergehen, dass es kein Zurück mehr gibt. Und da ist sie, oder das, was von ihr übrig ist: ein Klumpen Gold und Silber und ein paar indigofarbene Sprenkel, verschmolzen mit dem Schaltpult. Übel riechende Rauchfäden steigen davon auf.

»Verschwinden wir«, murmelt Paps.

Zuerst bugsieren wir Maximilian durchs Dachfenster. Der Rauch wird immer dichter. Er stinkt bestialisch und kratzt im Hals. Plötzlich wird die Tür am Fuß der Treppe aufgestoßen. Zwei Astrotechniker stürmen auf uns zu. Ich bin starr vor Angst, aber Paps hebt mich hoch und reicht mich durch die Luke an Tomas, der mich ins Freie zerrt. Mit einem Zischen schlagen orangefarbene Feuerzungen aus dem Schaltpult. Sekunden später bin ich auf dem Dach und helfe Tomas, Paps nach draußen zu hieven. Eine Astrotechnikerin hält ihn am Knöchel fest, aber er schüttelt sie ab. Wir rollen uns außer Reichweite der Flammen, die nun aus der Luke schießen. In der Schaltzentrale ertönen erstickte Schreie. Dann hören wir nichts mehr, nur noch das Brüllen des lodernden Feuers.

M

Das Dach des Wachturms brennt, Flammen lecken an unseren Füßen – und meine Familie streitet.

Papa sagt zu Kaitlin, dass sie auf meinen Rücken steigen soll, damit ich sie fortfliegen kann, aber Kaitlin weigert sich und sagt zu

Tomas, er müsse zuerst gehen. Dann sagt Papa zu Kaitlin, dass sie gefälligst tun soll, was man ihr sagt, und ich sage zu beiden, dass sie sich besser einig werden, bevor wir alle zu Asche verbrennen. So schreien wir einander an, bis ich aus dem Augenwinkel etwas Wunderschönes erblicke – Parminters violette Flügel, die in der Sonne glitzern. Und dicht hinter ihr Andronicus. Ich war noch nie so froh, meine Freunde zu sehen. Sie gleiten durch den Himmel und landen leichtfüßig auf dem Dachrand. Während sie auf uns zueilen, kracht es laut, und die Schaltzentrale wird von einem Flammenmeer verschluckt. Höchste Zeit, zu verschwinden.

Wir starten. Ich trage Papa, Parminter trägt Kaitlin und Andronicus Tomas. Als wir an den Fenstern des Astroraums vorbeizischen, entdecke ich erschrocken Mamas blasses, ausdrucksloses Gesicht. Das dünne Goldkettchen des Teekannendeckels um den Finger gewickelt, beobachtet sie, wie die Familie, die sie nie wollte, sie für immer verlässt. Beinahe tut sie mir leid. Aber nur beinahe.

K

Wir gleiten durch das unwirkliche Blau, weg von Feuer und Hitze und dem Geruch verbrannten Gummis. Unter uns wuseln aufgeschreckte Leute durcheinander wie Ameisen, deren Haufen zerstört wurde. Sie rufen, schreien, deuten auf die prasselnden Flammen und die dicken schwarzen Rauchschwaden, die aus dem Wachturm dringen.

Wir landen unten vor dem Eingang des Turms. Leute stürzen hervor, brüllen: »Feuer, Feuer!«, um dann abrupt innezuhalten und ungläubig nach oben in den strahlend blauen Himmel zu starren.

Alle wollen raus, aber wir stürmen hinein. Wir müssen Parminters Mutter finden, bevor es zu spät ist. Gegen den Strom der Menschenmenge kämpfen wir uns die breiten Stufen zum Eingang hoch. Ich bin erstaunt, wie viele Menschen in den Wachturm passen. Nicht nur Wachen, auch ganz normale Leute: Köche, Reinigungskräfte, Ärztinnen, Büroangestellte. Eine Krankenpflegerin drängt sich an mir vorbei, und ich halte sie am Ärmel fest. Sie starrt mich angsterfüllt an. Ich brauche einen Moment, bis mir klar wird, warum. Ich trage eine Vollstreckerrüstung. Aber ich nutze sie für einen guten Zweck: »Evakuieren Sie das Krankenhaus«, befehle ich ihr. »Sofort!« Sie eilt die Treppe wieder hinauf.

Wir allerdings steigen hinab. Nach unten, ins dunkle Herz des Wachturms.

Ins Vergessen.

Kapitel 36

VERGESSEN

M

Tomas führt uns hinunter in einen großen, runden Raum, der Spitzelhalle genannt wird. In der Mitte befindet sich ein Blechhäuschen mit einer einzelnen Wache darin. Nun erweist sich Tomas' Parasitenausbildung als überaus nützlich – er hat eine Woche als Wächter hier verbracht und weiß, wie alles funktioniert. Entschlossen tritt er an das kleine Fenster des Häuschens. »Woche vierundzwanzig. Welche Ebene?«

Die Wache beäugt unser Grüppchen misstrauisch, doch Tomas' stählerner Blick lässt keinen Widerspruch zu. »Ebene drei«, antwortet sie nervös.

Daraufhin beugt Tomas sich vertraulich vor. »Übrigens, ich habe dich eingesperrt. Und der Wachturm brennt, nur zur Info. Gib uns den Generalschlüssel zu den Zellen, und ich lasse dich raus.«

Panisch wühlt die Wache nach dem Schlüssel, zerrt das Fenster auf und wirft ihn Tomas zu. Sekunden später stolpert sie aus dem Häuschen und flieht, so schnell ihre Beine sie tragen.

»Gehen wir«, sagt Tomas. Wir sind schon unterwegs. Während wir durch eine Tür mit einem silbernen *V* darauf in einen schmutzigen Gang rennen, erklärt er uns, dass es zwar keine Aufzeichnungen darüber gibt, in welchen Zellen die Gefangenen landen, aber jede Woche eine andere Ebene verwendet wird. »Und deine Ma wurde in Woche vierundzwanzig hergebracht«, meint er zu Parminter. »In derselben Woche, in der ich in den Astro gesteckt wurde.« Parminter schaudert. »Also müssen wir nur eine Ebene durchsuchen«, fährt Tomas fort. »Sehr viel besser als fünf.«

Parminter ist gut vorbereitet. Sie hat eine Taschenlampe dabei, eine Rolle dünne Schnur und eine Flasche Wasser. Das Wasser ist für ihre Mutter, wenn wir sie finden. Keiner von uns wagt es, »falls« zu sagen, obgleich wir es alle denken. Wir sprinten eine schmale Treppe hinunter bis zu einer verwitterten Tür mit der Aufschrift *3*. Parminter bindet das Ende der Schnur an den Türknauf und leuchtet uns mit der Taschenlampe den Weg in das Labyrinth der Verdammnis.

Jeder enge Gang ist mit zahllosen Zellentüren gespickt, die Tomas nacheinander aufstößt. Ich werde dir nicht berichten, was wir darin sehen. In den ersten zehn Minuten entdecken wir jedenfalls niemanden, der noch am Leben ist. Erst ganz am Ende eines klammen, tropfenden Korridors regt sich etwas in einer Zelle. Der Geruch ist kaum zu ertragen. »Ma?«, flüstert Parminter furchtsam. *»Ma?«*

Der Zelleninsasse rappelt sich stöhnend hoch und wankt auf uns zu, starrt uns aus wilden Augen an, packt Parminters Wasserflasche und drängt sich humpelnd an uns vorbei.

»Minna?«, ruft Andronicus erschrocken. »Das war Minna!«

»Willst du ihr folgen?«, frage ich.

»Nein«, meint Andronicus, ehe er sich anders besinnt. »Doch. Sonst trennt sie am Ende noch die Schnur durch.«

Wir befreien zwei weitere erbarmungswürdige Gestalten, bis schließlich eintritt, was wir befürchtet haben – wir riechen Rauch.

Wir ziehen das Tempo an. Tomas stößt die Türen noch schneller auf, und Parminter stürmt in jede Zelle und ruft: »Ma?« Wir sind bereits im allerletzten Gang, als sie endlich schreit: »Ma! Oh Ma! Ma!«

Es ist ein guter Schrei. Ein Freudenschrei.

Die Spitzelhalle ist voller Rauch, doch Tomas führt uns sicher durch noch mehr Gänge, bis wir hinaus auf den Spitzelsteig stolpern, wo Andronicus schon auf uns wartet.

»Ich bin ihr bis hierher gefolgt«, berichtet er. »Ich weiß nicht, wohin sie verschwunden ist, und es ist mir auch egal. Immerhin konnte ich ihr die hier abnehmen.« Er reicht Parminters Mutter die Flasche Wasser, die sie in einem Zug hinunterstürzt. Sie hat seit drei Tagen nichts getrunken.

Wir stützen sie und machen uns Arm in Arm, Schaben und Flügellose zusammen, auf den Weg zum Hof. Dabei wandern unsere Blicke immer wieder hinauf zum wunderschönen blauen Himmel, über den nun schwarze Rauchfahnen wabern.

Hinter uns brennt der Wachturm, und vor uns liegt die Freiheit.

Kapitel 37

UNSER ZUHAUSE

M

Der Wachturm loderte die gesamte Nacht, ein Leuchtfeuer der Freiheit. Der Rauch verdeckte die Sterne, und erst als der nächste Tag anbrach, der Wachturm nur noch ein schwelender Stumpf und der Himmel zum Erstaunen aller weiterhin blau war, entspannte die Stadt sich allmählich. Trost ist ein kleiner, klatschfreudiger Ort, darum verbreitete sich schnell die frohe Kunde, dass die Draußenwelt sicher und die Seuche längst fort ist. Die Menschen glaubten es so bereitwillig, als wäre mit dem Wachturm auch das schwankende Lügengebäude in sich zusammengestürzt.

Den ersten Morgen der Freiheit verbrachten wir damit, in Parminters Haus für Ordnung zu sorgen. Dann wanderten wir das lange Feld entlang, vorbei am astroförmigen Krater, den Tomas hinterlassen hatte, und an den Füßen des Stratomasts, hinunter in den Sphärengraben und auf der anderen Seite wieder hinauf, bis wir im üppigen Gras standen, das gestern noch zur Draußenwelt gehört hatte. Ich glaube, erst in diesem Moment begriffen wir wirklich, dass wir frei waren. Parminter führte uns über den Hohlweg in die Hügel, zur Siedlung ihrer Großmutter.

Menschen kamen auf uns zugerannt und begrüßten uns lachend wie lang vermisste Familienangehörige. Dort erzählten wir zum ersten, doch nicht zum letzten Mal unsere Geschichte. Anschließend ritten Tomas und Kaitlin – und natürlich Tedward – auf den beiden weißen Pferden zu unserem Lager am Fluss, um die wunderbare Nachricht von unserer Freiheit zu überbringen.

Sobald Parminters Mutter wieder wohlauf war, machten sie, Papa, Parminter und ich uns auf denselben Weg, zusammen mit den Eltern und Verwandten all der jungen Silberlinge. Welch vergnügliche Reise!

Drei Monate lang lebten wir im Lager unter freiem Himmel. Wir schwammen im Meer und schauten hinauf zu Sonne, Mond und Sternen. Wir gingen und flogen, wohin wir wollten, fingen Fische, pflückten Obst von den Bäumen und ernteten Gemüse aus den Beeten der verlassenen Siedlungen am Flussufer. Und wir spürten uns nie satt am Wind und am Regen auf unseren Gesichtern. Doch irgendwann wurden die Tage kälter und die Nächte länger, und wir beschlossen, heimzukehren. Zu diesem Zeitpunkt wollte selbst mein kleiner Bruder Jonno zurück nach Trost.

Gerade erleben wir unseren ersten echten Winter. Wir wohnen alle in meinem Haus, und es ist ein fröhlicher Ort voll Lärm und Lachen. Parminter und ich teilen uns das Dachgeschoss, Papa, Kaitlin und Jonno haben je ein eigenes Zimmer im Stockwerk darunter – Mamas Sachen haben sie ausgeräumt und verschenkt –, und Mattie und Tomas sind im ersten Stock.

Heute ist ein besonderer Tag, denn es hat zum allerersten Mal *geschneit*. Wir sitzen zusammen unten im großen Wohnzimmer am Kamin. Papa und Parminters Mutter sind eben mit einem randvollen Korb Leinsamenküchlein gekommen – Papa hilft inzwischen auf dem Hof aus –, und wir rösten die Kuchen über den Flammen. Unter der Sphäre war offenes Feuer verboten, doch jetzt können wir es uns so warm machen, wie es uns gefällt. Ich balanciere ein Leinsamenküchlein auf den Zinken meiner Röstgabel, Jonno erzählt zum bestimmt hundertsten Mal, wie schnell er und Tedward auf dem Schlitten gefahren sind, und ich bin so glücklich, dass es sich anfühlt, als würde ich gleich platzen.

An Mama denke ich kaum noch. Mit der Teekanne habe ich auch ihre Macht über mich zerschlagen. Ich weiß nicht, ob sie das Wachturmfeuer überlebt hat. Manche behaupten, sie hätten sie auf der Straße umherirren sehen und sie würde mit einem Grüppchen Gleichgesinnter im Untergrund hausen. Doch das spielt keine Rolle mehr. Der Wachturm hat sich in Rauch aufgelöst, und er wird uns nie wieder beherrschen, nun, da die Sonne ungehindert auf Trost scheint und uns die ganze Welt offensteht.

Und du, mein blinder Passagier, lässt dich in letzter Zeit nur noch selten blicken, nicht wahr? Du hast mich durch höchst sonderbare Zeiten begleitet, und manchmal frage ich mich, ob ohne deine Anwesenheit an diesem denkwürdigen Abend all dies überhaupt geschehen wäre. Vermutlich nicht. Denn hätte ich dir nicht beweisen wollen, dass ich ein gutes Wesen bin, hätte ich niemals zwei flügellose Ausreißer in mein Haus gelassen und nie meine Geschwister und meinen lieben Papa kennengelernt. Und Trost wäre weiter in seinem Albtraum unter der Sphäre gefangen.

Deshalb möchte ich dir im Namen aller danken. Und dir versichern, dass du hier jederzeit auf ein geröstetes Leinsamenküchlein willkommen bist. Nun wünschen dir noch einen schönen Tag – Parminter und ich, Maximilian Flügelschlag.

Danksagung

Maximilian Flügelschlag zu schreiben war eine faszinierende Reise mit einigen unvorhergesehenen Wendungen, und ich möchte mich bei meinen Mitreisenden bedanken. Es braucht so viele Menschen, um ein Buch zu machen, ich kenne nicht einmal die Namen all jener, die *Maximilian Flügelschlag* aus seinem Kokon befreit haben. Aber ich danke euch allen von Herzen!

Ein besonderer Riesendank geht an meine wunderbare Verlegerin und Lektorin Katherine Tegen, die mir geholfen hat, aus Max' Welt herauszutreten und von draußen einen Blick hineinzuwerfen. Und an meine liebe Agentin Eunice, deren Enthusiasmus jeden Tag erhellt. Außerdem an Mabel Hsu bei HarperCollins, die mich mit ihrer Weitsicht sicher durch alle Untiefen geleitet hat.

Danke, danke, danke auch an die großartigen Amy Ryan und David Curtis, die Red Nose Studio entdeckt und für mein umwerfendes Originalcover verpflichtet haben. Und an Chris Sickels von Red Nose Studio, der Maximilian so perfekt eingefangen hat.

Herzlichen Dank an Kathryn Silsand und Jacqueline Hornburger, deren Blick fürs Detail und Verständnis für Max' Welt dem Manuskript den letzten Schliff gegeben haben. Und an Lisa Lester Kelly für die unglaublich wichtigen Feinjustierungen kurz vor knapp.

An Rhodri, der immer da war und ist zum Lesen, Reden, Kaffeekochen und noch ein bisschen mehr Reden: Danke für deine unendliche Geduld und dein Wissen über seltsames Insektenzeug.

Dank auch an Thomasin für ihre Brainstorming-Superkräfte. Und zu guter Letzt an Maximilian Flügelschlag selbst, der eines Tages aus dem Nichts aufgetaucht ist und nicht mehr verschwinden wollte – vielen Dank, Max!

Angie Sage ist in London geboren und lebt in Cornwall. Sie liebt das Meer, gruselige alte Häuser und Zeitreisen (der einfachste Weg: Geschichtsbücher lesen). Sie ist die Autorin der weltweiten Bestseller-Serie rund um Septimus Heap, die in 33 Sprachen übersetzt wurde und sich allein in den USA mehr als 3,5 Millionen Mal verkauft hat.

Paul Durham
Die Ungeheuerlichen –
Das Böse ist auf deiner Seite
€ 15,00, Hardcover
ISBN 978-3-7488-0013-2

Manchmal kann dich nur das Böse retten

Düstere Legenden ranken sich um Rileys Heimatstadt. Eines Nachts erwacht eine von ihnen in Gestalt der totgeglaubten Nobolde wieder zum Leben. Die Einzigen, die die Stadt vor den Monstern aus den Sümpfen beschützen können, sind die Ungeheuerlichen. Doch die hat der Graf vor langer Zeit zu Aussätzigen erklärt. Wem kann Riley jetzt noch trauen? Soll sie sich an die Regeln halten, die ihr von klein auf eingebläut wurden, oder auf ihr Gewissen hören? Und ist es möglich, dass es manchmal die Bösen braucht, um die wahren Monster zu besiegen?

www.dragonfly-verlag.de